Die Perspektive des Zwielichts

ANDREA
FEHRINGER

THOMAS
KÖPF

DIE PERSPEKTIVE DES ZWIELICHTS

ueberreuter

Danke, dass Sie sich für unser Buch entschieden haben. Wir freuen uns, wenn wir Sie auch weiterhin über unsere Neuerscheinungen informieren dürfen, und laden Sie ein, unseren Newsletter unter www.ueberreuter.at zu abonnieren.

FSC
www.fsc.org
MIX
Aus verantwortungsvollen Quellen
FSC® C014138

1. Auflage 2022

ISBN 978-3-8000-7824-0

Lektorat: Maria-Christine Leitgeb, www.diesprachagentur.com
Titelseite: Bild Adobe Stock
Covergestaltung und Satz: Saskia Beck, s-stern.com
Druck und Bindung: Finidr Ltd., Ceský Tesin
www.ueberreuter.at

»Kein gutes Buch oder irgendetwas Gutes zeigt seine gute Seite zuerst.«

Thomas Carlyle

I

Gut präpariert

Das Haus stand grau da. Stille im Innenhof. Leiser Nebel. Die einzige Farbe war das Türschild aus Messing, seltsamerweise ohne Namen. Sie überprüfte, ob die Adresse stimmte, ja, Wannweg 9.

Anna Lindberg drückte den Knopf, *Dssss*, und das Gartentor öffnete sich einen Spalt. Da sie einen Korb in der rechten Hand trug, schob sie das Tor mit der linken auf und trat ein in den Garten. Er wirkte, als hätte sich längere Zeit niemand mit ihm beschäftigt. Ein Asphaltweg führte durch den begrünten Innenhof in einer Rechtskurve zum Haus. Ihre Stöckelschuhe klackten bei jedem Schritt, und ihr Atem bildete weiße Wölkchen vor Mund und Nase. Obwohl es kalt war für November, trug sie den Zobel offen. Am Ende stand sie vor einer wuchtigen braunen Tür. Anstatt einer Klinke oder eines Knaufs war am Eingang das gebogene Horn eines Mufflons angebracht.

Bevor sie anklopfte, ging die Tür auf. Ein großer Mann in Jeans und Holzfällerhemd stand vor ihr. »Sie müssen Frau Lindberg sein«, sagte er mit wohltemperierter Stimme. Sie nickte. Er verzog den Mund zu einem Lächeln, das alles bedeuten konnte. »Kommen Sie doch herein. Ich beiße nicht.«

Sie betrat das Haus. »Bitte legen Sie hier ab«, sagte er und deutete auf eine Art Garderobe, die aus Geweihen von Elchen und Hirschen bestand. »Darf ich Ihnen den abnehmen?« Er wartete nicht auf die Antwort und besah den Pelzmantel. »Schöne Arbeit. Zobel können gut klettern. Und bis zu vier Meter weit springen.«

»Danke. Das wusste ich gar nicht.« Sie nahm den Korb, den sie mitgebracht hatte, und wartete, dass er sie weiterbat.

»Verzeihen Sie«, sagte er, »ich sollte mich vorstellen. Mein Name ist Buschenbrenner, Frank Buschenbrenner. Meine Freunde nennen mich Buschi. Meine Feinde nennen mich Tiermörder« – er lachte auf und wies nach vorne –, »gehen Sie ruhig weiter, Frau Lindberg.«

Im Haus roch es nach Tod und Chemikalien. Bärenfelle stapelten sich in einer Ecke, Antilopen, Büffel und Moschusrinder standen mitten im Raum, und die Wände waren so dicht mit Köpfen von Wildschweinen, Gämsen und Zebras behangen, dass sich das Gemäuer unter der Last zu biegen schien. »Sehen Sie den Seelöwen da?«, fragte er. »Der ist aus Neuseeland.« Mit dem Zeigefinger deutete er auf die andere Wand. »Und der Kopf dort hat einmal einer Giraffe gehört. Sie ist aufgewachsen im südlichen Teil der Sahara. Tagsüber kann es sich dort auf sechzig Grad aufheizen. Ohne Wasser und Proviant wird man schnell zu Tierfutter.«

Anna Lindberg sah auf ihre rot lackierten Fingernägel, mehr aus Verlegenheit. Der Mann schien in der Welt viel herumgekommen zu sein, ihn umgab der Nimbus des Abenteurers. Safari. Fährten lesen. Überleben in Extremsituationen. Sie sah sich zögerlich um und kam sich vor wie in der Albtraumversion eines Zoos. Ein Vexierbild von einem Tiergarten, in dem ausschließlich tote Tiere die Attraktion waren.

»Aber setzen Sie sich doch bitte.« Frank Buschenbrenner klopfte auf ein lindgrünes Sofa, er selbst nahm vis-à-vis Platz in einem Fauteuil mit Camouflage-Muster. »Möchten Sie einen Kaffee oder etwas zu essen?«

»Nein, danke.« Sie schlug die Augen nieder. Beim Gedanken an eine Wildwurst unbekannter Herkunft oder an ein hausgemachtes Schmalz vom Gnu meldete sich ihr Magen.

»Gut, dann kommen wir zum Geschäftlichen.« Er rieb sich die Hände, groß wie Fleischteller. Seine atlantikblauen Augen fixierten sie auf eine Weise, wie Jäger schauen, wenn sie durch ein Zielfernrohr ihre Beute erspähen. »Ich nehme an, es geht um die da, ja?« Er deutete auf den Korb.

»Ja«, sagte Anna Lindberg. »Cilli … ich meine, Cäcilia, so heißt sie, nein, so hat sie geheißen, muss man jetzt sagen. Ich habe mich noch immer nicht daran gewöhnt.«

»Das ist ganz normal.«

Er sprach in verständnisvollem Ton und sah eigentlich ganz gut aus, Ende dreißig wahrscheinlich, braune Haare und die Haut eines Menschen, der viel Zeit an der frischen Luft verbracht hatte.

Die Frisur passte zur Inneneinrichtung, sie war gleichzeitig wild und starr.

Anna Lindberg seufzte, als sie den Korb auf den Tisch stellte. »Unser Kätzchen war unser Ein und Alles, wie ein Familienmitglied. So liebesbedürftig, so kuschelig und auch so selbstbestimmt.«

»Katzen haben Charakter«, sagte Frank Buschenbrenner. »Sie kommen mir vor wie verzauberte Adelige, wiedergeboren in einem Tierkörper, aber mit der Seele eines waschechten Aristokraten.«

Sie schmunzelte. »Da haben Sie recht. Wie gehen wir weiter vor? Brauchen Sie etwas von mir?«

»Ehrlich gesagt, nur den Inhalt des Korbs – Cilli.« Er fuhr sich mit dem Mittelfinger über die rechte Augenbraue, wie ein Künstler, der etwas Großes auszudrücken gedenkt. »Wir bereiten sie vor für die Ewigkeit, wie ich es gerne nenne.« Auf dem Holztisch stand eine Tasse, er nahm einen Schluck. Der Kaffee musste längst kalt sein.

»Was kostet das so bei Ihnen?«

»Das hängt von der Größe des Präparats ab. Achthundert Euro eine Antilope, dreitausend ein Eisbär. Kommt drauf an, wie genau man arbeitet. Ein Fuchs braucht rund zwölf Stunden. Ganz anders eine Giraffe. Ich habe erst vier bearbeitet, und jede hat drei Wochen Arbeit bedeutet.« Er machte eine Pause, wie um zu überlegen. »Für die Katze kann ich Ihnen jetzt schon den Weihnachtstarif anbieten, dreihundert geradeaus.«

»In Ordnung.« Vorsichtig übergab sie ihm den Korb. »Passen Sie gut auf meine Cilli auf.«

»Mit Sicherheit. Ich werde sie mit besonderer Sorgfalt behandeln, versprochen.« Er gab ihr die Hand und sah ihr zwei Sekunden länger in die Augen, als es nötig gewesen wäre. »Ich melde mich bei Ihnen, Frau Lindberg.«

*

Als sie um elf aufwachte, war ihr Mann schon fort. Auf dem Nachtkästchen lag ein handgeschriebener Zettel.

Mein Schatz, bin schon auf dem Weg nach Kapstadt. Komme in drei Tagen wieder zurück. Liebe dich so sehr, Kurt.

Sie lag allein in dem großen Bett mit den weißen Seidenlaken und sinnierte über das Leben und den Tod. Alles war vergänglich, nur manches konnte man beeinflussen. Und welches Leben hatte sie sich ausgesucht? Die Villa im Cottage-Viertel fühlte sich fremd an. Anna Lindberg konnte sich das nicht so richtig erklären. Sie lebte wie eine Millionärin, und dennoch kam sie sich vor wie ihr eigener Schatten. Sie musste sich selbst begleiten und hatte keinen Einfluss auf die Person, die sich Ich nannte.

Vor vier Jahren, noch vor der Hochzeit, hatte Kurt sie mit der Jugendstilvilla überrascht. Da waren sie schon ein paar Monate zusammen gewesen. Er fuhr sie mit seinem Porsche in den Wiener Bezirk Währing, parkte und ließ sie die Augen schließen. Er führte sie ein paar Schritte weiter und sagte: »Jetzt kannst du die Augen öffnen. Darf ich dir unser neues Zuhause vorstellen.«

Kurt Lindberg hatte einen Hang zum Theatralischen. Obwohl er sonst große Auftritte tunlichst vermied. Er hatte keine Familie, keine Freunde, eher Bekannte und jede Menge Geschäftspartner, die kein Deutsch sprachen. Zu ihrer Hochzeit waren sechs Leute erschienen. Kurt reiste viel. Sein Job als Diamantenhändler setzte das voraus. Südafrika, Namibia, Angola, Botswana, Sierra Leone, Australien, Kanada. Diese Reisen unternahm er vorwiegend allein. Anna konnte sich Besseres vorstellen, als im Kongo mit einem hochrangigen Vertreter der Militärjunta über Schürfrechte zu verhandeln oder über den niedrigsten Reinheitsgrad von Diamanten zu scherzen. Lieber war ihr ein Besuch im Day-Spa oder ein kleiner Shopping-Ausflug auf den Kohlmarkt. Louis Vuitton hatte ihr gemailt, dass die neue Kollektion – vorab und exklusiv für Stammkunden – da sei. Schuhe und Taschen waren ihr lieber als Giftschlangen im Urwald.

Anna Lindberg streckte sich im Bett, ach, wie herrlich. Ein Tag ohne Termine. Sie ging ins Badezimmer und erfreute sich am Anblick ihrer Figur. Neunundzwanzig und kein Gramm Fett auf den Hüften. Sie sah aus wie ein Mannequin kurz vor der Anprobe für die Modeschau. Lange schwarze Haare, der Körper ein Geschmeide, alles von Gott geschaffen, okay, bis auf die Brüste, die hat Doktor Schwender so perfekt hinbekommen, dass man nicht einmal den Schimmer einer Narbe sah. Kurt konnte sich glücklich schätzen, sie als Frau zu haben. Immerhin war er zweiunddreißig Jahre älter als Anna. Mehr als doppelt so alt wie sie.

Sie stellte sich unter die Wasserfalldusche, verwendete ein Gel mit Pfirsichduft und legte den Kopf in den Nacken; das Prasseln auf ihr Gesicht war eine Wohltat. Nachdem sie sich abgetrocknet und die Haare geföhnt hatte, benutzte sie eine Körperlotion von La Mer, mit Goldstaub angereichert. Schnell zog die Creme in die Haut ein, sie konnte zusehen. Erstaunlich. Strukturen erscheinen, Strukturen verschwinden.

Ihr iPhone meldete sich mit dem Klingelton, wie früher alte Telefone geläutet hatten.

»Hallo?«

»Frau Lindberg?«

»Ja?«

»Hier ist Frank Buschenbrenner. Sie erinnern sich?«

»Natürlich, was kann ich für Sie tun?«

»Cilli ist fertig. Ich habe sie vorgezogen. Ich dachte, das wird Sie freuen.«

»Sie sind ja von der ganz schnellen Truppe«, sagte sie mit einem amüsierten Unterton.

»Ich bemühe mich. In der Savanne bleiben die Langsamen immer auf der Strecke.« Er machte eine kurze Pause. »Ich denke, in der Großstadt ist das nicht anders.« Ihr gefiel die Art, wie er die Welten zu einen verstand, das Wilde und das Urbane. Vor allem, als er sagte: »Es kommt immer drauf an, wer hinter wem her ist.«

»Sie klingen wie jemand, der sich mit dem Jagen auskennt.«

»Ertappt. Aber liegt das nicht in der Natur des Menschen? Ich weiß, ich gleite manchmal thematisch ab, ins Animalische, bitte nehmen Sie mir das nicht krumm.«

»Keinesfalls, ich bin sehr gespannt, wie Sie Cilli … nun ja, hinbekommen haben. Wie machen wir das, schicken Sie sie mir per Boten?«

»Das kann ich gerne tun. Aber wissen Sie, Frau Lindberg, ich schließe die Aufträge gerne mit einem lebendigen Zeichen ab.

Sonst wäre das zu banal. Als würde man ein Stück Holz bestellen und liefern.«

»Aha. Lebendiges Zeichen. Was meinen Sie damit?«

»Also wenn es nach mir ginge, und ich bin mir nicht sicher, ob das nicht verkehrt rüberkommt, wollte ich Sie fragen, ob ich Sie zum Essen einladen darf.«

Stille. Sie dachte nach. »Wissen Sie, ich bin verheiratet.«

»Das eine hat mit dem anderen nichts zu tun. Ich dachte mir nur, es wäre eine nette Geste. Sie haben irgendwie traurig gewirkt, kein Wunder nach dem Ableben Ihrer Katze. Aber ich möchte Ihnen keinesfalls zu nahetreten. Es wäre nur eine Abschiedsfeier. Kein Leichenschmaus. Cillis Vermächtnis, könnte man meinen.«

Seine Art zu reden gefiel ihr immer mehr. Er verwendete Wörter, die bei ihr etwas zum Klingen brachten. »Was genau schwebt Ihnen vor, Herr Buschenbrenner?«

»Es gibt einen neuen Italiener in der Innenstadt. Sergios. Kennen Sie den?«

»Ich habe schon davon gehört, war aber noch nicht dort.«

»Na bitte. Das wäre doch eine wunderbare Gelegenheit. In memoriam Cilli. Was sagen Sie dazu?«

Wieder dachte sie angestrengt nach, die Gedanken schlugen Salti in ihrem Kopf. Nach vier Sekunden sagte sie: »Ich bin um 20 Uhr dort.«

*

Als sie das Restaurant betrat und am Eingang ihren Namen nannte, nickte der Kellner und brachte sie zu einer kleinen Loge, wo Frank Buschenbrenner schon saß. Im dunkelblauen Anzug mit weißem Hemd und sauber zurückgekämmten Haaren hatte sie ihn auf den ersten Blick gar nicht erkannt.

»Sie sehen fantastisch aus«, sagte er. Anna Lindberg quittierte das Kompliment mit einem spröden Lächeln. »Danke.«

Das Lokal war voll. Zwei männliche Gäste drehten sich nach ihr um und murmelten etwas Unverständliches. In dem dottergelben Chanel-Kleid mit den roten Jimmy-Choo-Pumps und der

Birkin Bag von Hermès sah sie aus wie eine Frau, für die auch der Dompfarrer ein Kirchenfenster eingetreten hätte. Elegant setzte sie sich auf die Bank, ihre Rolex Daytona blitzte kurz auf, und sie sagte: »Schönes Lokal. Sind Sie öfter hier, um … lebendige Zeichen zu setzen?«

Sein Lachen war herzlich. »Nein, das übersteigt ehrlich gesagt mein Budget. Normalerweise schicke ich Kunden nach getaner Arbeit eine kleine Aufmerksamkeit zum Naschen. Eine Hirschwurst, eine Spezialsalami oder so was in der Richtung. Nie mehr.«

»Und bei mir haben Sie eine Ausnahme gemacht, richtig?«

»Ich dachte, die Investition könnte die beste meines Lebens sein.«

Sie nahm die Stoffserviette vom gedeckten Tisch und legte sie sich mit einer geübten Bewegung auf den Schoß. »War das jetzt ein verstecktes Kompliment oder so?«

Bevor Frank Buschenbrenner antworten konnte, stand schon der Kellner da und überreichte ihnen die Speisekarten, als wären sie Familienalben. Luigi stand auf seinem Namensschild. In einem Singsang aus bemühtem Deutsch und lupenreinem Italienisch pries er die Empfehlungen des Tages an. Den gegrillten Oktopus mit Chilischaum, die Tagliolini mit frisch gehobelten Scheibchen von der weißen Alba-Trüffel und den Branzino in der Salzkruste mit geschmortem Mediterrangemüse und einem Basilikumpüree, so flaumig, dass sogar der Chef selbst, Sergio, überrascht war, wie man das hinbekommen hatte. Una Poesia, wie der Kellner sagte, ainäh Gädiecht. Anna nahm das vorgeschlagene Menü, um sich nicht näher mit der Karte auseinandersetzen zu müssen. Frank tauschte den Fisch gegen ein Filetto di Manzo alla Boscaiola. Er konnte Lebewesen, die im Meer schwammen, grundsätzlich nicht viel abgewinnen und nahm daher das Rind mit Steinpilzen, eine Spezialität des Hauses. Danach, wenn noch Platz wäre, könne man sich für die Crème brûlée erwärmen oder einen Brunello di Montalcino zum Taleggio dekantieren, aber mal sehen, der Abend war noch jung. Der Kellner kritzelte alles auf einen Zettel und lächelte, wie um die exzellente Wahl und den guten Geschmack zu bestätigen. Bellissimo. Er zündete die Kerze an, die neben einer Rose in einer schmalen Vase stand. Ob sie diesen Abend mit einem leichten Pinot Grigio aus dem Friaul beginnen wollten? Frank schaute zu Anna hinüber, sie nickte. Aber ja, warum nicht. Perfetto.

»Na bitte. So viele Entscheidungen. Jetzt zu uns«, sagte er und fixierte Anna mit dem Blick eines Raubtiers. »Erzählen Sie mir etwas von sich. Wer ist diese geheimnisvolle Schönheit?«

»Sie schmeicheln mir, Herr Buschenbrenner.« Sie fuhr sich kurz durch die schwarzen Haare.

»Bitte nennen Sie mich Buschi. Oder Frank. Was Ihnen lieber ist.«

»Anna.« Sie reichte ihm die Hand zum Per-du. »Wie soll ich anfangen. Ich komme aus einer ziemlich armen Familie in Wels. Gemeindebau.«

»Du bist eine Oberösterreicherin?«

»Gebürtig, ja. Mein Vater war Elektriker, die Mutter zu Hause. Es war nicht gerade das, was man eine Bilderbuchehe nennt. Er trank zu viel, sie trug zu oft Sonnenbrillen.«

»Schlimm«, sagte Frank, legte den Ellenbogen auf den Tisch und die Hand aufs Kinn, Zuhörpose.

»Ich bin ein Einzelkind«, sagte Anna, »und das ist gut so. Eine Schwester oder ein Bruder hätte im Haus nur mehr Leid bedeutet. Na ja. So ist das Leben.«

»Hast du studiert?« Er nahm einen Schluck Wasser.

»Nein, nach der Schule habe ich meine Sachen gepackt und bin gegangen. Nach Wien. Seit damals habe ich keinen Kontakt mehr zu ihnen. Ich hatte keine Ahnung, was ich tun sollte. Putzen? Da war dieses Magazin, *Bella*, sie haben eine freie Mitarbeiterin für den Fashion-Teil gesucht, und ich habe mich beworben. Ich hatte keine Ahnung von Mode, aber die Chefredakteurin hat mich aufgenommen. Anscheinend habe ich ihr leidgetan. Ja, und irgendwie bin ich dort hängen geblieben. Ich konnte eine Vierzig-Quadratmeter-Wohnung mieten und mir hier langsam ein Leben aufbauen. Die kleine Anna in der großen Stadt. Der einzige Glamour, den ich kannte, spielte sich in dem Magazin ab. *Bella.* Verlogenheit auf Hochglanz. Gedrucktes Chi-Chi. Aber bitte. Auch so kann man die große weite Welt kennenlernen. Und du?«

Der Wein kam, und Frank setzte eine Miene auf, die Nostalgie vermittelte. »Ich bin ein Kind aus Ottakring. Mein Vater organisierte früher Abenteuerreisen nach Afrika. Eigentlich war er Fleischhauer. Meine Mutter hat ihr Glück bei einem anderen Mann gefunden, irgendeinem Vertriebsheini, der mit ätherischen Ölen handelte. Mein Vater nahm mich manchmal mit auf diese Reisen. Großwildjagden, Tiger, Leoparden, Wasserbüffel. Das hat mich fasziniert, dieses Ursprüngliche.« Seine Augen leuchteten wie blaue Flammen. »Vor vielen Jahren lernte mein Vater einen Meister der Taxidermie kennen. So nennt man die Kunst des Ausstopfens. Er ließ sich alles zeigen und war vollkommen eingenommen vom Präparieren. Er sah darin eine Möglichkeit, die Zeit einzufrieren. Und er wollte den Tieren den Stolz zurückgeben.«

»So habe ich das noch gar nicht gesehen.«

»Interessant, nicht? Die Perspektive ändert den Blick aufs Wesentliche. Jedenfalls, er hat dann eine Firma gegründet, und ich bin gewissermaßen bei ihm in die Lehre gegangen. So wird man Präparator.«

Während sie den Oktopus aßen, köstlich, sagte Anna, erzählte Frank von seinen Aufträgen. »Da kommen ziemlich schräge Leute. Einer wollte, dass sein Eisbär zum Kühlschrank passt. Ich habe ihn so gestaltet, dass er ihn von oben andeutungsweise umarmt. Ein anderer wollte eine Pinguinfamilie ausstopfen lassen. Er hat sie aus der Antarktis mitgebracht.«

»Darf man so etwas überhaupt?«, wollte sie wissen.

»Ich stelle keine Fragen, ehrlich gesagt. Die Tiere sind ja schon tot. Meine Aufgabe besteht darin, ihre Schönheit zu konservieren. Der Weißwein ist übrigens wunderbar.«

»Finde ich auch.« Langsam taute sie auf. Sie fühlte, dass dieser Mann etwas Geheimnisvolles an sich hatte, gut so.

Sie redeten über Kontinente, Reisen, Freiheit und fanden erstaunlicherweise viele Gemeinsamkeiten. Die Trüffelpasta ließen sie sich auf der Zunge zergehen, bestellten eine zweite Flasche, und Frank Buschenbrenner gewann in ihren Augen noch mehr an Ausdruck. Er wirkte wie die Wiener Version eines Indiana Jones, ein wenig einfältig, was Kunst und Kultur betraf, aber doch beredt.

Nach dem Branzino legte Frank das Besteck auf den Teller und die Stirn in Falten; Luigi trug das Gedeck eilfertig fort. Beifällig fragte er: »Und wie geht es deinem Mann?«

Bei Anna zeigte die zweite Flasche Wein schon Wirkung. Sie überlegte kurz, was sie sagen sollte, und wie sie es sagen wollte: »Weißt du, die Sache ist kompliziert.«

»Aha? Ehen haben das so an sich.« Nebenbei wies er Luigi an, zwei Gläser Rotwein aus dem Piemont und das angedachte Dessert zu bringen, grazie. »Wie kompliziert genau?«

»Schau, ich meine, Kurt ist jetzt auch schon über sechzig.«

»Was?« Die Frage kam als Mischung aus Erstaunen und Belustigung. »Du bist doch höchstens vierundzwanzig.«

»Neunundzwanzig, danke. Also, was soll ich dir erzählen. Wir haben uns vor knapp fünf Jahren kennengelernt. Bei einem Empfang in der Oper. Ich war dort für das Magazin, er einer der Donatoren. So nennen sie die Leute, die spenden und Logen kaufen am Opernball. Kurt ist Diamantenhändler. Irgendwie sind wir ins Gespräch gekommen. Wie das halt so ist. Er hat mich nach Cannes eingeladen. Ich war verrückt genug, das anzunehmen.« Sie zuckte mit den Schultern. »C'est la vie.«

»Das klingt nicht nach einem Märchen von der Côte d'Azur.«

»Am Anfang war alles wie im Traum. Untertags auf der Jacht, abends im Casino. Monaco. Spielen mit Zehntausend-Euro-Jetons. Baccara. Ein bisschen wie in einem James-Bond-Film. Ich an der Seite des Bösewichts.«

Frank Buschenbrenner lachte. »Gleich kommt das Aber.«

»Genau. Nachdem wir geheiratet hatten, ging's bergab. Ruckzuck. Er war wie ein anderer Mensch. Kurt wurde immer besitzergreifender. Ein Kontrollfreak. Er musste immer genau wissen, wo ich war und mit wem ich meine Zeit verbrachte. Ich konnte mich nicht einmal mit Freundinnen treffen.«

»Klingt nach goldenem Käfig.« Er nahm einen kräftigen Schluck vom Rotwein, sie auch, und bestellte noch zwei Gläser.

»Genauso war's. Und vor einem Jahr bin ich dann draufgekommen.«

»Auf was?«

»Dass er mich betrügt.«

»Das gibt's doch nicht. Wer sollte fremdgehen – bei einer Frau wie dir?«

»Ich habe ihn zur Rede gestellt, er ist auf die Knie gegangen und hat mich angefleht, dass ich ihn nicht verlassen soll. Dann hat er mich mit Geschenken überhäuft. Wir haben es noch einmal probiert. Und vor drei Wochen habe ich wieder was entdeckt. Eine SMS. *Willst du nicht wieder vorbeischauen und mich ordentlich durchficken?*«

»Puh. Schrecklich.«

»Ich habe dort angerufen. Eine Anita hat sich gemeldet. Fitnesstrainerin. Seine Personal Trainerin. Zum Turnen.«

»Alles klar. Tut mir leid für dich.«

»Ich weiß auch nicht, wie's weitergehen soll. In der letzten Zeit habe ich viel gelesen, mich viel mit Cilli beschäftigt. Und dann wache ich auf, und sie liegt im Schlafzimmer. Hat sich nicht mehr bewegt. Irgendwie bin ich auf die Idee mit dem Ausstopfen gekommen. Am Anfang habe ich gedacht, das ist eigentlich sehr makaber, aber trotzdem im Internet nachgeschaut. Und so habe ich dich gefunden, Buschi.«

»Ich werde Google ein Dankesschreiben schicken.« Er legte seine Hand auf ihre, sie zog sie nicht weg.

Sergio, der Chef, kam herbeigetänzelt. Ob dieses schöne Paar noch einen Grappa verkosten möchte, freilich auf Haus. »Klar, gerne, grazie.«

Pheromone flogen zwischen den beiden hin und her wie Glühwürmchen in einer klaren Nacht. Nachdem Frank die Rechnung beglichen hatte, half er ihr in den Mantel, diesmal ein Rotfuchs. »Arrivederci!«, rief der Chef und winkte ihnen nach.

Draußen auf der Straße nahm er sie in die Arme und ertrank in ihrem Blick. Solche Momente hatten etwas Elektrisches, sie ließen alles zu, und die Zeit zerschmolz zu einer Idee. Die ersten Schneeflocken fielen vom Himmel. Er wollte etwas sagen, aber sie kam ihm zuvor. Der erste Kuss war immer etwas Besonderes, innig und lang.

»Das war schön«, sagte er, und es klang wie aus einem Kitschroman. »Ich möchte nicht unverfroren sein, aber …«

»… du würdest mich noch gerne auf einen Drink zu dir einladen, nicht?«

»Du hast es erraten. Außerdem wollte ich dir Cilli zeigen. Wenn du sie heute überhaupt sehen willst.«

Es muss eine Vorahnung gewesen sein, dass sie den roten Spitzen-BH und den winzigen String angezogen hatte, denn noch im Auto suchte seine Hand den Weg zwischen ihre Schenkel.

*

Kurz nach drei in der Früh wurden beide munter und sahen sich mit dem Blick zweier Liebender an. Eine gedimmte Lampe goss Restlicht in den Raum. An der Schlafzimmerwand hing der Kopf eines Bisons. Er strich ihr mit dem Mittelfinger über die Schulter, die Brust, den flachen Bauch und hielt inne. »Was für eine Nacht«, sagte er. »So was habe ich schon lange nicht erlebt.«

»Das liegt nur an dir«, sagte sie in neckischem Ton und spielte mit seinem schlaffen Glied. »Noch eine Runde?«

»Gönn ihm noch eine Verschnaufpause.« Er drehte sich im Bett zu ihr. »Wie kann man nur so eine Frau wie dich heiraten und dann hintergehen? Ich verstehe es nicht. Was muss das für ein Mensch sein.«

»Ich möchte aber nicht, dass du glaubst, ich würde mich mit dir an ihm rächen wollen, weißt du, Buschi. Schon bei unserem ersten Treffen hast du mir gut gefallen. Du bist ein richtiger Mann. So etwas habe ich mir immer gewünscht.«

»Glaubst du, wir zwei haben eine Zukunft?«, fragte er.

»Das hoffe ich doch.«

»Und dein Mann?«

»Kurt ist für mich gestorben.« Sie machte eine längere Pause und setzte sich auf im Bett. »Eigentlich sollten wir ihn auch ausstopfen.« Sie verzog keine Miene.

Er wusste nicht, ob das ein Scherz war oder ernst gemeint. »Wie meinst du das?«

»Genauso, wie ich es gesagt habe.«

»Das klingt spannend. Denken wir das rein hypothetisch weiter. Weißt du, Anna, das Problem bei meiner Arbeit ist, dass die Objekte tot sein müssen.«

»Das ist mir klar.«

Er setzte sich ebenfalls auf, wirkte hochkonzentriert. Der Jäger in ihm war erwacht. »Und wie willst du das bewerkstelligen? Willst du ihn vergiften oder erschießen und dann so tun, als wäre er ein Einrichtungsgegenstand?«

»Ich habe eher gedacht, dass du mir dabei hilfst, Buschi.«

»Du willst, dass ich deinen Mann umbringe?«

»Warum nicht? Vielleicht mit einer Spritze betäuben und dann hierherbringen in deinen Zoo. Erstickt ist schnell jemand. Ich bin zu schwach, um ihn sicher zu erwischen. Stell dir vor, das klappt nicht beim ersten Mal, und er holt die Polizei. Dann ist es aus, auch aus mit uns.«

»Das klingt nach einem handfesten Plan. Normalerweise bekommt man doch für so etwas Geld, oder?« Er rieb Zeigefinger und Daumen aneinander, um das zu untermauern. »Ich habe einmal in einem investigativen Blog gelesen, dass ein Auftragsmord Hunderttausend kostet.«

»Kannst du gerne haben. Traust du dir so etwas zu?«

»Ich weiß nicht«, sagte er. »Ich weiß es wirklich nicht.«

»Machen wir's so. Ich bringe dir morgen die Hunderttausend in bar vorbei, und du überlegst dir die Sache. Übermorgen kommt Kurt nach Hause. Er landet um elf Uhr in Schwechat und fährt dann mit seinem schwarzen Porsche zu uns nach Hause. Ich schreibe dir die Adresse auf und nehme ein Foto von ihm mit. Damit du ihn gleich erkennst. Wenn alles erledigt ist, lege ich noch einmal Hunderttausend drauf. Fürs Ausstopfen. Du kannst das Geld sparen – für unseren ersten Urlaub auf Fidschi.«

»Zweihunderttausend? Die hast du herumliegen?«

»Im Safe, ja. Keine Sorge. Geld und Diamanten. Davon ist mehr als genug da. «

»Als Belohnung möchte ich noch was haben.« Er fasste ihr an den Busen.

»Davon ist auch mehr als genug da«, sagte sie.

*

Die Maschine landete pünktlich. Kurt Lindberg ging durch die Passkontrolle und holte seinen Koffer ab, den er an Rollen durch das Terminal schob. Er machte sich auf den Weg in die Garage, um seinen Sportwagen abzuholen. Der Besuch in Kapstadt hatte sich gelohnt. Den Kontakt zu Ben Schleisser hatte er über einen Bekannten bekommen. Ben erwies sich als vertrauenswürdig. Normalerweise machte Kurt Lindberg beim ersten Geschäft keine größere Transaktion, aber man hatte ihm versichert, dass Schleisser in Ordnung sei, was sich als richtig herausgestellt hatte. Die Qualität der Ware war sensationell. Alles 4C-zertifiziert. Anna wollte einmal wissen, was das bedeutete, und er hatte es ihr erklärt. Die berühmten vier Cs standen für Cut, Colour, Clarity und Carat. Der Schnitt bestimmte, wie sehr der Diamant funkelte. Die Farbe war das zweite Kriterium: Je farbloser der weiße Diamant schimmerte, desto wertvoller war er. Die Klarheit des Steins entschied ebenso über die Qualität. Und der letzte Faktor war das Gewicht. Ein Karat wog zweihundert Milligramm. Anna liebte es, wenn Kurt von diesen Dingen sprach. Sie lernte schnell.

Er betätigte die Fernbedienung seines Autos. Für Reisen zum Flughafen nahm er lieber den Panamera Turbo S, da passte zumindest der Koffer hinein. Und die sechshundertdreißig PS reichten. Für Ausfahrten nahm er sowieso das Ferrari-Cabrio. Anna mochte den Aufschrei des Motors, vor allem wenn der Fahrtwind ihre seidenschwarzen Haare zerzauste. Was hatte er doch für ein Glück mit dieser fantastischen Frau! Das Schicksal war etwas Magisches. Es machte Überraschungen, wenn man es am wenigsten erwartete.

Damals hatte er gar nicht zu diesem langweiligen Empfang in die Oper gehen wollen. Lauter Statisten in Smokings. Gespräche in Zeitlupe. Und auf einmal war sie da gewesen. Heute noch dachte er oft an diese erste Begegnung zurück, was für ein Wunder. Anna. Sie war erst neunundzwanzig, aber schon sehr lebenserfahren. Er liebte sie von ganzem Herzen und tat alles für sie. Sie hielt ihn jung. Er fühlte sich wie vierzig, nicht wie einundsechzig. Gut, er machte viel Sport und ernährte sich lehrbuchmäßig. Auch sonst verzichtete er auf Ausritte, die nur Komplikationen bereiteten. Seit der Hochzeit hatte er sich geschworen, dieser Frau treu zu bleiben, und an dieses Versprechen hatte er sich gehalten. Anna war ihm ebenso treu, welchen Grund hatte er also für einen Seitensprung? Avancen oder mögliche Flirts hatte er geflissentlich und dankend abgelehnt. Da war diese Frau in der Hotelbar in Kapstadt, geliftet und sicher nicht mehr fünfzig. Sie hatte sich zu ihm an die Bar gesetzt und ein Gespräch begonnen. Am Ende hatte sie Kurt ihren Zimmerschlüssel hingeschoben und gemeint, er möge nachkommen, sie wolle ihm ihr Zimmer zeigen, er aber schob den Schlüssel zurück und sagte, vielen Dank, meine Liebe, ich fühle mich in meiner Suite sehr wohl. Es kostete ihn nicht einmal Beherrschung. Er hatte sich entschlossen. Anna wusste das zu schätzen. Sie liebte ihn genauso, da war er sich sicher. Sie führten die perfekte Ehe, kein Streit, keine lauten Worte, kein Zwist um Kleinigkeiten. Es gab auch keinen Grund dazu. Er brachte ihr jeden Monat ein kleines Geschenk, eine Uhr, eine Halskette, einen Ring, jedes Jahr ein neues Auto. Sie freute sich über den Luxus und sagte, dass sie gar nicht genug davon kriegen könne.

Kurt überlegte, ob er Anna nicht doch überreden sollte, ein Kind zu bekommen. Es wäre so schön, eine Familie, nur sie drei, mehr brauchte er nicht. Aber Anna war immer ausgewichen, sie hätte es nicht so mit Babys und Windelnwechseln und all dem Geschrei. Der Kinderkram würde nicht zu ihrem gehobenen Lifestyle passen, wie sie meinte. Vielleicht konnte er sie mit einem besonderen Stein umstimmen. Heute würden sie in die Innenstadt essen gehen, da gab es einen neuen Italiener, der exzellente Kritiken bekommen hatte, Luigis oder Sergios oder Giovannis, irgend so etwas. Das wäre doch eine gute Idee. Anna liebte die italienische Küche. Sie war keine Frau, die nur ein Salatblatt aß, nein, sie konnte auch zulangen. Er wunderte sich, wie man so einen Körper behalten konnte, ohne ausschließlich Mineralwasser zu trinken. Alles an Anna gefiel ihm. Ihr großes Herz, ihr fabelhaftes Aussehen und ihre erfrischende Art, durchs Leben zu stolzieren. Würde man sich eine ideale Frau als Lebenspartnerin, als Ehefrau, wünschen, dann wäre das Anna. Jedes Mal, wenn er von einer Dienstreise zurückkam, fiel sie ihm um den Hals und wollte genau wissen, was alles passiert war. So ein Schatz.

Kurt Lindberg bog in die Straße ein; immer hatte er dieses anheimelnde Gefühl, die Gewissheit nach Hause zu kommen. Er konnte sich glücklich schätzen, mehr noch, er war der glücklichste Mann auf der Welt.

Die Villa verfügte über keine Garage, aber er hatte erwirkt, dass vor dem Haus ein Halteverbotsschild stand, das – als einzige Ausnahme – sein Autokennzeichen zeigte. So hatte er einen permanenten Parkplatz direkt vor der Tür. Kurt Lindberg stieg aus, zog seinen schwarzen Boss-Mantel an, nahm seinen Koffer und ging über den Gehsteig zum Haus, da kam ein Mann auf ihn zu. »Entschuldigen Sie«, sagte er, »ich bin nicht von hier. Könnten Sie mir verraten, wie ich zum Türkenschanzpark komme?«

Kurt Lindberg stellte den Koffer ab. »Sicher. Sie gehen, sagen wir, zwei-, nein, dreihundert Meter in diese Richtung«, er wies mit der Hand den Weg, »und dann biegen Sie –«

Ah! Ein Stich. Am Hals. Was war das? »He!« Der Fremde hatte eine Injektionsnadel in der Hand. »Sind Sie verrückt? Ich rufe die Poli–« Die Welt vor seinen Augen verwässerte sich. Alles war schwer. Warum? Die Beine trugen ihn nicht mehr, und noch bevor er mit dem Kopf auf den von Schneematsch überzogenen Asphalt knallte, hatte sich eine Weltkugel aus Dunkelheit über ihn gestülpt.

*

»Er ist fertig. Willst du ihn sehen?«

»Buschi! Wahnsinn. Du hast es wirklich geschafft?« Anna hörte sich entzückt an.

»Ja. Du wirst staunen.«

»Ich mache mich sofort auf den Weg.« Sie war noch im Jogginganzug, schlüpfte schnell in die Ugg-Boots und nahm eine Montcler-Winterjacke aus der Garderobe. Ein bisschen Chic musste immer sein. Sie konnte es kaum glauben. Ab jetzt würde alles anders werden.

Sie nahm den Cayenne, weil es in der Nacht wieder geschneit hatte. Aufgeregt und ein wenig zu schnell fuhr sie den Weg, den sie schon kannte. Keine zwanzig Minuten dauerte es, bis sie das graue Haus am Wannweg sah. *Dssss.* Das Tor ging auf. Sie rannte zum Eingang, Frank Buschenbrenner öffnete die Tür. »Meine liebste Kundin«, sagte er und küsste sie. »Bist du aufgeregt?«

»Und wie! Wie lange hast du für ihn gebraucht?«

»Fünf Tage. Es war nicht leicht, kann ich dir sagen.«

»Kann ich mir vorstellen. Ein Mensch ist halt doch was anderes als ein Büffel, oder was du sonst so machst, nicht?« Sie streifte die Schuhe ab und trippelte ins Wohnzimmer.

»Weiter hinten«, sagte Frank Buschenbrenner, »im Atelier.«

Sie betrat den Raum, und da stand ihr Mann. Kurt Lindberg in voller Größe, das Gesicht leicht zur Seite gedreht, die Arme fragend nach vorne gerichtet, der Körper nackt und in der Bewegung erstarrt wie ein Standbild.

»Das gibt's ja nicht«, sagte sie. »Du bist wirklich ein Künstler.«

»Ich weiß. Gefällt er dir? Ich wollte ihn ausdrucksstark darstellen.«

Anna Lindberg kam näher und berührte die Wange, sie war ganz kalt. Ihr toter Mann sah sie aus zwei täuschend echten Glasaugen an. Sie schüttelte langsam den Kopf. »Unfassbar. Er schaut aus wie echt. Total lebendig. Als würde er jeden Moment etwas sagen. Wie hast du das überhaupt hinbekommen?«

»Wie gesagt, es ist eine Kunst. Die Vorbereitung auf die Ewigkeit.«

Neben dem ausgestopften Körper von Kurt Lindberg lag Cilli zu seinen Füßen. »Ein besonderes Arrangement«, sagte Frank, »ich habe mir gedacht, das würde dir gefallen.«

Für ein paar Sekunden war sie sprachlos.

Frank Buschenbrenner umarmte sie von hinten. »Es ist eine Installation, mein Schatz. Ich habe ihr einen Titel gegeben. Abschied mit Katze. Was sagst du dazu?«

Anna machte ein »Mhm«. Frank fuhr fort: »Wenn ein neues Kapitel im Leben beginnt, ist es wichtig, das alte abzuschließen. Du kannst dich von beiden verabschieden und sie immer wieder anschauen, wie alte Bilder in einem Album. Und jetzt, genau hier und jetzt, fängt unser neues Leben an, Anna, du und ich, wir beide gehen in die Zukunft als Liebespaar, bis ans Ende aller Tage.«

Sie löste sich aus der Umarmung. Ihr Gesicht nahm andere Züge an. Aus der Faszination wurde eine Art Belustigung. Sie kicherte hell auf. »Ja, ja. So hast du dir das vorgestellt und hübsch ausgemalt, nicht? Wir ficken die Prinzessin und reiten in den Sonnenuntergang. Männer sind so simpel gestrickt, wie ein Kinderschal.«

Er legte die Stirn in Falten. »Was meinst du damit?«

»Was ich damit meine? Kann ich dir gerne verraten. Du hast deine Aufgabe erfüllt. Lieben Dank. Besten Dank. Gott sei Dank. Es hat sich alles so entwickelt, wie ich's mir ausgedacht habe. Ich war gut präpariert, ha!, so heißt das doch in deiner Sprache, nicht? Gut präpariert. Der Plan ist aufgegangen.«

»Anna. Was ist los mit dir. Du bist auf einmal so anders. Was redest du da.« Er schluckte.

»Du glaubst doch nicht im Ernst, dass ich mit jemandem wie dir zusammenleben würde, oder?« Sie lachte ihn aus. »Ich bin in Monte Carlo und sage: Mein Mann ist Tierpräparator, ha-ha! Glaubst du, das kommt gut an in der High Society? Andere Situation, pass auf.« Sie tat, als würde sie zu einer imaginären Person sprechen und ihren toten Kurt miteinbeziehen. »Um Gottes willen, Herr Kommissar, helfen Sie mir doch, schauen Sie, was da Schreckliches passiert ist. Mein Mann wurde umgebracht, von einem Irren, ja, niemand konnte das voraussehen. Der Wahnsinnige hat ihn ermordet und dann, Sie werden es nicht glauben, hat er ihn ausgestopft. Ja, so richtig. Wie man das von Bären kennt. Bitte kommen Sie, und überzeugen Sie sich selbst.«

»Spinnst du jetzt total, oder was?

»Nein, Buschi!« Sie sprach seinen Namen betont aus wie einen Scherz. »Jetzt bin ich eine freie Frau. Keiner wird Kurt vermissen. Er hatte niemanden außer der liebe Anna. Vielleicht werden ein paar Geschäftspartner fragen, und denen sage ich, er leidet an einer schweren Krankheit, der Arme. Weißt du, Buschi, mein toter Mann, den du hier in deinem Atelier so schön modelliert hast, geht mir seit drei Jahren ganz schön auf die Nerven. Ich hasse ihn, er liebt mich. Diese Gleichung geht nicht auf. So einfach ist das.«

»Aber du hast doch gesagt, er hat dich oft betrogen.«

»Die Perspektive hat nicht ganz gestimmt. Er war mir immer treu, nur ich, na ja, von mir kann man das nicht wirklich behaupten. Da war dieser Fitnesstrainer, mein Yogalehrer, der Installateur, der Nachbar, der leider weggezogen ist, und ein paar andere. Am besten war der Pizzabote, du wirst es nicht glauben. Das Gerücht über die Schwarzen und ihre Schwänze stimmt. Kann ich bestätigen. Ich meine, was willst du, ich bin noch keine dreißig.«

»Alles war gelogen …« Frank Buschenbrenner sah zu Boden, als stünden dort Erklärungen.

»Kurt hat sehr brav gearbeitet. Bei uns daheim liegen Diamanten im Wert von neunzehn Millionen Euro. Ich würde einmal sagen, dass man sich damit, wenn man ein bisschen sparsam lebt, durchaus über Wasser halten kann.« Mit einer kessen Kopfdrehung brachte sie ihre schwarzen glatten Haare wieder in Ordnung. Sie nahm ihren rot lackierten Zeigefinger in den Mund. »Ungezogenes Mädchen, nicht? Ich hoffe, du bist mir nicht böse. Immerhin hattest du deinen Spaß. Und die restlichen Hunderttausend habe ich dir mitgebracht.« Sie holte ein dickes Kuvert aus ihrer Chanel-Tasche und legte es auf den Tisch. »Damit sind wir quitt. Stillschweigen. Du führst dein Leben weiter und ich meins. Zwei Geraden, die sich nicht mehr überschneiden. Oder willst du für einen Mord ins Gefängnis?«

»Du hast mich dazu angestiftet«, sagte er kleinlaut.

»Das wird dir niemand glauben. Wie du weißt, kann ich eine sehr überzeugende Frau sein. Im Glück wie in der Trauer. Stell dir mich vor, wie ich zusammenbreche, wenn sie mir mitteilen, was mit meinem Mann passiert ist. Weinkrämpfe auf Kommando, kein Problem. Die werden dich für mehr als zwanzig Jahre ins finsterste Loch stecken, das du dir nicht einmal vorstellen kannst. Also, Chérie. Schön war's mit dir. Den kalten Kurt lasse ich dir da, die Katze kannst du auch behalten, die habe ich genauso gehasst wie den Alten. Wir zwei werden uns nie wieder sehen. Vielleicht denke ich kurz an dich, wenn ich in der Südsee bin oder sonst wo, weit weg. Und dann spiele ich ein Lied. *Diamonds are a girl's best friend*, genau. Ich bin die neue Monroe. Salut!« Sie lachte und drehte sich um.

Der Schlag traf sie unvermittelt und hart. Auf den Hinterkopf. Sie taumelte. Frank hielt einen Knochen in der Hand. Anna dachte, es musste sich um einen Oberschenkelknochen von einem großen Tier handeln, oder war es ein Horn? Ihre Gedanken rasten, wie konnte er nur so schnell sein? Sie fiel nieder. Benommen kroch sie auf allen vieren von ihm weg. Frank ging einen Schritt nach dem anderen auf sie zu. Er wirkte völlig gefasst. Sie wollte etwas sagen, da holte er weit aus und zog ihr das Ding über die linke Schläfe, und der Film riss.

*

Unfassbare Kopfschmerzen. Sie kannte das nicht. Nicht einmal nach einem Champagner-Gelage mit einem ihrer Liebhaber hatte sie so starke Schmerzen gespürt. Stiche wie mit heißen Nadeln, gefolgt von einem rhythmischen Pochen. Sie hatte Mühe, die Augen zu öffnen, sah nur verschwommene Konturen. Eine Silhouette. Nach und nach gewann das Bild an Bedeutung.

»MMMM.«

Etwas steckte in ihrem Mund, sie konnte nicht reden. Als sie sich bewegen wollte, merkte sie, dass ihre Arme am Rücken festgebunden waren, auch die Füße waren festgezurrt. Sie saß auf einem Stuhl und konnte sich nicht rühren.

»Da bist du wieder«, sagte Frank. »Willkommen in meiner Welt.«

»MPFFFF.«

»Ja, ja, ich verstehe alles. Weißt du, mein Schatz, ich glaube nicht, dass du wirklich verstanden hast, mit wem du es zu tun hast. Macht nichts. Du brauchst dich auch nicht bemühen, Erklärungen zu liefern. Ich bin nicht der, für den du mich gehalten hast. Schon lustig, wie Menschen andere sehen und nicht erkennen. Sagt dir den Name Jean-Baptiste Boceur etwas?«

Sie versuchte, den Knebel herauszubekommen, keine Chance. Ein paar Mal wand sie sich, die Fesseln hielten sie zurück, sie erschlaffte und sah ihn hilflos an.

»Er war Apotheker. Im achtzehnten Jahrhundert hat Jean-Baptiste Boceur ein Konservierungsmittel entwickelt, und zwar mit Arsen gemischt. Damit konnte er größere Tierhäute präparieren, sie verfaulten nicht, stell dir vor! Boceur behielt sein Geheimnis für sich. Erst Jahre später, achtzehnhundertzwei, hat es ein Franzose wiederentdeckt und in den Handel gebracht. Ein gewisser Louis Dufresne. Magst du Geschichte, ja? Dann pass auf. Mitte des neunzehnten Jahrhunderts hat man Tierkörper nicht mehr ausgestopft wie Kopfkissen, sondern in Position gebracht. Also arrangiert. Entsprechend ihrer Anatomie und natürlichen Haltung. Die gegerbte Haut hat man dann mitsamt den Federn oder mit dem Fell des Tieres auf einen vorgefertigten Grundkörper aufgezogen. Wie einen Strumpf, musst du dir vorstellen. Für so einen Grundkörper braucht man sehr gutes anatomisches Wissen, auch was die Statik betrifft. Es handelt sich bei der Form um eine Plastik, verstehst du, wie bei einem Bildhauer. Sie muss mit Liebe angefertigt werden, und dann erst zieht man die Haut des Objekts auf. Und am Schluss kommt der Skalp.« Er fuhr ihr durch die Haare.

»MMMMMMMMMMMM.«

»Schhhhh. Nur die Ruhe. Mein Vater hat mich in der Kunst der Taxidermie unterwiesen, wie du weißt, und jetzt bin ich der Meister. Um es dir grob zu erklären: Das Verfahren sieht vier Schritte vor. Die Vorbereitung. Das Abbalgen. Das Ausstopfen. Und das Etikettieren.« Er ließ das kurz sickern. »Bei dir, schätze ich, wird das Abbalgen die meiste Zeit in Anspruch nehmen. Es bezeichnet den Vorgang, wenn man einem Tier die Haut abzieht, mitsamt Fell und allem Drum und Dran. «

Sie wollte schreien, aber da kamen nur erstickte Laute heraus.

»Kurz habe ich mir überlegt, ob ich dich überhaupt betäuben soll. Oder nur teilweise, verstehst du? Damit du hautnah dabei bist. Direkt am Geschehen. Ich habe mich dann doch dagegen entschieden, weil wir ein paar nette Stunden miteinander verbracht haben. Außer du willst natürlich. Möchtest du beim Abbalgen zuschauen?«

Ihr Körper zuckte wie unter Strom. Sie biss in den Knebel, streckte ihren Rücken durch, gab wieder auf.

»Alles klar. Dann leiten wir jetzt den ersten Schritt ein, die Vorbereitung. Drüben auf der Präparationspritsche liegt schon alles bereit. Ich darf mich offiziell von dir verabschieden, Chérie. Mach's gut, Anna. Lass mir deinen Kurt und die Cilli lieb grüßen. Ich bereite dich jetzt für die Ewigkeit vor.«

*

Fünf Tage später. Bald begann der Advent, dachte er, die besinnlichste Zeit des Jahres. Er sah aus dem Fenster, alles zuckerweiß, wie im Märchen. Der Schnee war heuer ziemlich früh gefallen. Im Haus war es gemütlich warm. Zur Feier des Tages hatte er den Kamin angeheizt und eine Sonate von Bach aufgelegt, in c-Mol, Opus 17 Nummer 2, I. Allegro. Er konnte richtig spüren, wie die Finger des Pianisten über die Klaviertasten tanzten. Er genehmigte sich einen Cognac aus dem Schwenker und zündete sich eine Zigarre an. Alles fühlte sich richtig an, alles stimmte.

Zu dieser Sinnlichkeit des Lebens gehörte, dass er einmal am Tag in den Keller ging. Hinunter, rechts durch den Gang, dann links. Unter einem kleinen Holztisch war ein Schalter versteckt, der eine Geheimtür offenbarte. An der Seite war ein Eingabefeld für einen digitalen Code angebracht. Er tippte neun Ziffern, die Tür ging mit leisem Zischen auf, und kühle Luft kam ihm entgegen. Er betrat sein Museum.

Seine private Ausstellung umfasste sieben Objekte. Sie standen lebensgroß in belüfteten Glasvitrinen. Sauber etikettiert. Lisbeth Kaiser. Erwin Schausner. Klaus Wegenstadt. Franziska Dörflinger. Judith Weiss. Und die beiden Neuzugänge – das Ehepaar Frank und Anna Lindberg. Prachtvoll.

An Nachschub mangelte es nicht. Er überprüfte seine Klientel bis ins letzte Detail, wusste alles über sie, ihre Marotten, ihre

Schwächen. Manchmal spielte ihm auch der Zufall in die Hände. Irgendwelche wunderlichen Gestalten konnten immer hereinschneien und ein paar Hundert Euro für eine Arbeit ausgeben, das ließ sich nie voraussehen. Er war ein begeisterter Sammler menschlicher Kuriositäten. Verworrene Leben zogen ihn an.

Nun verfügte er über sieben Exponate. Eine stattliche Sammlung. Bald würden es zwölf sein. Wenn er so weitermachte, hatte er das Dutzend spätestens im Frühling komplettiert. Dann würde er sich den Titel verleihen. Der beste Präparator der Welt. Sein Vater würde stolz sein. Allerdings würde diese Auszeichnung nie Einzug ins *Guinness Buch der Rekorde* finden. Schade eigentlich, schade.

Er schloss die Tür, gab den Code ein, sie verschwand im Gemäuer. Er ging die Stiegen hoch und setzte sich in den Fauteuil. Mit der Zigarre in der Hand blickte er ins Kaminfeuer, nippte am Cognac und zog langsam die Mundwinkel auseinander.

Für die Zukunft präpariert

Frank Buschenbrenner war es gewöhnt, schlecht zu träumen. Was er an Lebensfreude an den Tag legte, glich sein Hirn offenbar in der Nacht aus. Aber die Vorstellung heute hatte selbst sein so sonnengelbes Gemüt erschreckt. Ein paar Minuten saß er auf der Bettkante, sein Kopf hing zwischen seinen Schultern hinunter, als wäre er ihm zu schwer. Dann stand er auf und schlurfte ins Badezimmer.

Die Morgensonne brach durch die riesige Fensterfront wie ein Wasserfall aus Licht und füllte den Raum mit seinen Jugendstilornamenten auf den weißen und hellorangen Fliesen bis hinauf zum zartgelben Plafond. Normalerweise war er spätestens hier wach, badete im Lichtermeer und freute sich auf den Tag. Frank freute sich grundsätzlich. Auf jeden Tag. Auch auf die trüberen. Wegen dieses Badezimmers hatten sie die sonst etwas überteuerte Wohnung genommen. »Es ist wie du«, hatte Ilsa gesagt, »ihr seid von einer Fröhlichkeit, die nicht auszuhalten ist, und trotzdem will man nicht mehr ohne sie.« Sie hatte ihn in den Hintern gezwickt, ihm einen Kuss auf die Wange gehaucht und gesagt: »Im Ernst, dieses Bad ist die horrende Miete wert, du stopfst einfach ein paar Meerschweinchen mehr aus im Monat.«

Frank besah sich sein Spiegelbild. Alles wie immer, dieselbe gesunde Gesichtsfarbe, dieselbe wilde Frisur, die in der Früh aussah, als wäre sie im Schlaf erstarrt. Er legte die braun gebrannte Stirn in Falten. »Frankie«, sagte er zu sich selbst, »hinter dieser Fassade lauert der Verstand eines verkappten Mörders.«

»Franco?«, rief Ilsa aus dem Schlafzimmer. »Was, um Himmels willen, war denn heute Nacht wieder los?«

Frank wollte die Frage beschwingt übergehen, aber wenn Ilsa ihn Franco nannte, duldete sie keine Ignoranz. Die Anspielung auf den spanischen Faschisten-General, die bei seinem Namen so nahelag, war ihr wenig dezenter Wink, dass sie es mit jedem aufnahm, wenn sie etwas wollte, und sei es ein Diktator. »Ja, Scheiße«, sagte er also, »sie war wieder da.«

Es blieb still im Schlafzimmer, bis er ihre nackten Füße herantapsen hörte. Kurz bevor sie um die Ecke war, verstolperte sie sich, blieb aber mit ihrem Schlafleibchen an der Türklinke so glücklich hängen, dass sie nicht ins Badezimmer hineinfiel, sondern zurückgerissen wurde und sich aufrichten konnte, um sich, lässig, als wäre das so gewollt gewesen, mit der Schulter an den Türrahmen zu lehnen, einen Fuß über den anderen gekreuzt, die Arme verschränkt, das Kinn nach oben. Er kannte diese Stellung und liebte sie, auch wenn sie, selbst wenn sie gelang, meistens nichts Gutes verhieß, speziell in Kombination mit der Franco-Stimmung. Sie hat Beine bis zum Dachfirst, schoss es ihm nicht nur durch den Kopf, vielleicht sollten wir schnell noch einmal ins Schlafzimmer. Aber der Blick, mit dem sie seinem Spiegelbild in die Augen schaute, sagte ihm, dass er sich mit diesem Gedanken brausen gehen konnte. Er zog sich aus und drehte die Dusche an.

Ilsa ließ sich davon nicht irritieren. Wenn sie auf ihr Lieblingsthema zusteuerte, war sie nicht aufzuhalten. Gleich wird sie es sagen, dachte Frank: Du hättest das Geschäft nie übernehmen dürfen.

»Du hättest das Geschäft nie übernehmen dürfen«, sagte Ilsa.

Tropfnass trat er aus der Dusche, das Wasser zog seine Bahnen über seinen Körper nach unten. Oft hatte das schon genutzt, um sie abzulenken. Diesmal nicht. Er angelte sich ein Badetuch und zuckte mit den Schultern. »Was hätte ich denn tun sollen?«

Der Satz war draußen, bevor ihm eingefallen war, dass man besser nachdachte, wenn man mit Ilsa diskutierte. Es war ein Fressen für sie, und er hatte es ihr praktisch in den Mund geschoben. Sie hasste es, wenn man die Schuld bei anderen suchte für das, was man selber verbockt hatte. Aber Verbocken, dachte Frank, hat es an sich, dass man es nicht voraussieht. Und bei ihm war die Sicht noch extra verstellt gewesen. Ein Vater, der Abenteuerreisen und Großwildjagden organisierte, war ein stattliches Hindernis, durch den sah man nicht so schnell hindurch. Und überhaupt. Afrika statt Ottakring, das hatte schon was. Dort Elefanten, Leoparden, Wasserbüffel. Hier höchstens ein Fisch im Bauch. Der Fisch, das hatte er Ilsa, die aus Bayern kam, als eines der ersten Vokabel aus dem Ottakringer Sprachschatz beigebracht, bedeutete Messer, und das steckte in den mieseren Gegenden hier schnell einmal in einem Bauch. Nicht, dass Afrika ganz ungefährlich gewesen wäre, aber einer Raubkatze als Frühstück zu dienen, machte einfach mehr her, als von einem kleinen Pülcher im Suff niedergestochen zu werden. Da fuhr man lieber mit auf Safari, keine Frage, was sollte daran verbockt sein?

Bis hierher konnte Frank seine Lebensgeschichte einleuchtend verteidigen, haarig wurde es erst, als sein Vater diesen Taxitermiten kennengelernt hatte. Papa hatte es nicht ausstehen können, wenn er ihn so nannte. Die herrliche Kunst der Taxidermie so zu verhunzen, dafür hatte er null Verständnis. Was immer dieser Meister des Tiere-Ausstopfens an sich gehabt hatte, sein Vater war total auf ihn reingekippt, hatte sein Wissen aufgesogen und das Handwerk innerhalb kürzester Zeit gelernt. Er war der Musterschüler im Fach der Taxidermie gewesen, was man von Frank dann nicht behaupten konnte. Dass er die Lehre bei seinem Vater überhaupt angefangen hatte, lag bloß an Rita. Sie hatte ihm dazu geraten. Allerdings hatte sie ihm auch dazu geraten, ihr mit dreitausend Euro aus der Patsche zu helfen. Welcher Art die Patsche war, hatte sie nicht dazugesagt, und später hatte er keine Gelegenheit mehr gehabt, sie danach zu fragen. So schnell, wie sie samt dem Geld verschwunden war, hatte er gar nicht schauen können. Nein, Rita war als Argument für Ilsa komplett untauglich. Den Fehler hatte er nur einmal gemacht, und er hatte Ilsas Antwort noch im Ohr. »Was? Du hast eine Frau gebraucht, um deine Zukunft zu planen, noch dazu eine wie Rita, diese intrigante Schlampe, was für ein lauwarmer Waschlappen bist du denn?« Blieb also nur der Vergleich, der immer an dieser Stelle herhalten musste.

»Wäre dir Fleischhauer lieber gewesen?«, fragte Frank, während er sich mit dem Handtuch die nassen Haare abrubbelte. »Därme von irgendeinem Rindviech anstopfen statt eine Pinguinfamilie für die Nachwelt zu erhalten?«

»Nicht schon wieder die Pinguine«, sagte Ilsa, die immer noch, zum Glück bewegungslos, am Türstock lehnte. »Es war nur einer, und den hat es auf dem Weg hierher auf der Kreuzung vorne erwischt. Lastwagen, wumm, und platt war er, samt Besitzer. Und denk nicht einmal dran, mir jetzt mit dem Eisbären zu kommen, der zum Kühlschrank passen sollte. Das war nicht mehr als eine Anfrage. Am Telefon. Und beim Auflegen hat man mindestens fünf Teenager kichern gehört, ich bitte dich!«

Den Punkt hatte er verschenkt.

»Und wer sagt eigentlich, dass du unbedingt in die Fußstapfen deines Vaters hechten hast müssen? Tierpräparator oder Fleischhauer. Gibt's keine anderen Berufe auf der Welt?«

Dieser Punkt war wund. Und Ilsa bohrte mit Hingabe weiter darin herum. »Architekt, Arzt, Anwalt …«

»… Autoverkäufer, Arschkriecher …«

»Du bist so ein …«

»Aff?«

Ilsa war eine Lustige, aber wenn sie über seine verpatzte Zukunft redete, verstand sie nicht ganz so viel Spaß. »Du kannst mir doch nicht erzählen, dass zwischen Anzeigenkeiler und Zitherspieler nix für dich dabei war?«

»Müssen wir das alles ausgerechnet jetzt besprechen, Schatz? Es ist nicht einmal halb acht, wir stehen noch immer im Schlafleibchen herum …« Frank ging auf sie zu, nahm sie um die Taille und küsste ihren Hals. »Du weißt doch, ich mag Geier, Schweine, Hyänen und Papageien, aber nur als Tiere. Ich hasse die Branchen, in denen sie auf zwei Beinen mit ledernen Aktenkoffern herumlaufen«, murmelte er ihr in den Nacken, »und ganz ehrlich … mit Musik hab ich erst recht nix am Hut … sagst du selber … erinnere dich an *Blue Velvet*.«

Den Ball warf er ihr gern hin. Sie waren noch nicht lange zusammen gewesen, da hatten sie den Song im Autoradio gehört, er hatte ihr ein Ständchen bringen wollen und mit seiner ganzen taufrischen Leidenschaft mitgesungen. Zwei Strophen hatte sie ihm Zeit gelassen und dann gesagt: »Du singst so schiach.« Damals hatte er ihr geschworen, dass er nie wieder für sie singen würde, und wenn sie nackt auf allen vieren zu ihm gekrochen käme. Leider hatte sie das nie versucht.

Ilsa wand sich aus seiner Umarmung und schenkte ihm ein kurzes Lächeln, ein sehr kurzes. »Nicht ablenken«, sagte sie.

»Ich mag halt Tiere lieber als Menschen«, sagte Frank und ging in die Küche, um sich einen Espresso herunterzulassen.

Ilsa folgte ihm, ohne Zwischenfälle. »Da wäre V nicht schlecht gewesen. V wie Veterinär. Nicht wahr?«

Frank schwieg. Das war sein wundester Punkt, der einzige in seinem Leben. Sein größter Traum begann tatsächlich mit V. V wie Verhaltensforscher in Afrika, und er hatte ihn von Kind an geträumt. Die Reisen mit seinem Vater hatten den Traum zum Plan gemacht, er war schon zum Inskribieren in der Uni gewesen, Zoologie und Veterinärmedizin. Und dann hatte der Schalter zugemacht. Direkt vor ihm. Leider. Du nicht mehr. Natürlich hätte er tags darauf wiederkommen können, aber aus irgendeinem Grund tat er das nicht. Er setzte nie wieder einen Fuß in eine Universität, nicht in Wien, nicht sonstwo auf der Welt. Er hatte den verlassenen Schalter angestarrt, sicher zehn Minuten lang, dann hatte er kehrtgemacht, und das war's. Sein Vater hatte gestrahlt, als er zu ihm in die Werkstatt gekommen war und ihm davon erzählt hatte. Eigentlich war er auf ein paar blöde Meldungen gefasst gewesen, irgend so was wie: Einsicht oder nur Feigheit? Typisch Papa halt. Aber seinem Vater war nichts Besseres eingefallen, als die Verweigerung einer akademischen Ausbildung als Respektsbezeugung seines Sohnes für seine Profession zu nehmen. Er hatte Frank etwas unbeholfen an sich gedrückt und ihm ein schwülstiges Danke ins Genick gehaucht. Danke, dass du mein Lebenswerk weiterführen möchtest. Und statt klarzustellen, dass das ganz und gar nicht seine Absicht war, hatte Frank geschwiegen und genau das getan: das Lebenswerk seines Vaters weitergeführt. Nur dass mit dem Rückzug des Alten aus dem Geschäft die Aufträge für Giraffen und Gazellen immer weniger wurden, und die für Dalmatiner und Perserkatzen mehr. In letzter Zeit verbrachte Frank seine Tage zwischen verfilzten Hauskatern und übergewichtigen Dackeln, wenn er sehr viel Glück hatte, war ein Frettchen dabei. Drei Jahre nachdem er den Betrieb übernommen hatte, begann er schlecht zu schlafen. Damals trat Anna Lindberg in sein Leben.

»Hier.« Frank reichte Ilsa einen Kaffee, mit geschäumter Milch, so wie sie es mochte. »Wolltest du nicht wissen, was heute Nacht los war? Jetzt gehen sogar schon meine Albträume in dem blöden Berufsthema unter.«

»Entschuldige«, schnurrte Ilsa. Kaffee hatte eine besänftigende Wirkung auf sie. »Ich habe allerdings eher das Gefühl, sie kommen genau dadurch hoch.«

Frank hob seine Tasse und prostete Ilsa zu. »Auf Anna Lindberg! Heute hat sie den Vogel abgeschossen.«

»Ich dachte, es war eine Katze, die du präparieren solltest? Cilli, oder?«

»Ja, die gute Cilli. War aber nur ein Vorwand. In Wahrheit wollte sie, dass ich ihren Mann umbringe.« Dass er mit Anna im Bett gewesen war, als sie ihm das vorgeschlagen hatte, verschwieg Frank. Die Szene hatte nichts von einem Albtraum gehabt. Auch dass sie ihn Buschi genannt hatte, ließ er unter den Tisch fallen.

»Und? Hast du?«, fragte Ilsa.

»Was?«, fragte Frank.

»Ihren Mann umgebracht.«

»Natürlich.«

»Natürlich?«

»Na klar. Ich werde doch im Traum nichts auslassen, was ich im Leben nie tun würde. Interessiert einen doch, wie man so wäre als Mörder, oder?«

»Na ja«, sagte Ilsa, »so kann man es auch sehen.« Sie nippte an ihrem Kaffee. »Und wie warst du?«

»Super. Ich habe nicht nur ihren Mann umgebracht, sondern auch sie. Dann habe ich die beiden ausgestopft und samt Cilli in ein geheimes Museum im Keller gestellt, zu den anderen fünf, die ich früher schon umgebracht habe.«

»Fünf andere?« Ilsa verschluckte sich fast an ihrem Kaffee. »Und das erzählst du mir nicht?«

»Hab's ja selbst erst heute Nacht erfahren. Ich bin ein Serienkiller.«

Frank erzählte es so leichthin, aber Ilsa kannte ihn gut genug, um zu wissen, dass er die nächtlichen Besuche von Anna Lindberg gar nicht leicht hinnahm. Dazu hätte sie weder seinen unruhigen Schlaf noch sein verschwitztes Bettzeug gebraucht. In den ersten Folgen dieses Serienalbtraums hatte ihm zugesetzt, dass er seinen Alltag so realistisch in den Schlaf mitnahm. Es war, als hätte er Nachtschichten eingelegt. Der Tag war einfach weitergegangen, mit einer immer wiederkehrenden Kundin namens Lindberg. Und seine Morde in diesem Finale heute Nacht waren nicht weniger realistisch gewesen. Wenn es denn ein Finale gewesen war.

»Wie hast du's denn angestellt?«, fragte Ilsa. »Ich meine, bist du so ein Perversling wie der Serienkiller in dem Thriller, der uns so gut gefallen hat, wie hieß er gleich? *Die Poesie des Tötens?*«

Frank schüttelte den Kopf. »Das war echt ein bisschen enttäuschend. Dem Ehemann habe ich nur eine tödliche Spritze in den Hals gerammt. Und Anna … die hab ich behandelt wie alles beim Ausstopfen, nur dass sie dabei noch nicht tot war.« Er überlegte kurz. »Irgendwie war es ganz normal. Vermutlich war es gerade deswegen so ein Horror.«

»Was ich die ganze Zeit sage: Du hättest das Geschäft nicht übernehmen dürfen. Du hältst das nicht aus. Immer diese Freundschaftsdienste.«

»Sie hat mir zweihunderttausend Euro gezahlt.«

»Du weißt, was ich meine.«

Frank wusste es. Auch dieses Thema war noch jedes Mal aufgekommen, wenn er schlecht geträumt hatte. Allerdings nicht zu Unrecht, wie er zugeben musste. Die hässlichen Träume kamen immer dann, wenn er Aufträge von Bekannten annahm. Begonnen hatte es mit Oskar, der Schnecke.

*

»Ihm habe ich alles zu verdanken«, sagte Herr Töpfer und wischte sich eine Träne aus dem Augenwinkel. »Und da dachte ich, vielleicht kann der Herr Buschenbrenner …« Er reichte ihm eine kleine Schachtel über den Zaun.

Frank trat von einem Fuß auf den anderen, es war empfindlich kalt für Mitte Oktober. Er war barfuß, nur mitten im Anziehen schnell die vier Stockwerke hinuntergelaufen, um die Einkaufstaschen her-aufzuholen, die Ilsa beim Gartentor hatte stehenlassen, wie sie es nach ein paar Malheuren im Stiegenhaus vereinbart hatten. »Mach schnell«, hatte sie gesagt, »sonst sind sie wieder weg, die alte Großmeier hat schon wieder so begehrlich durch ihr Guckloch geschaut.« Herr Töpfer musste ihn abgepasst haben, und nun stand er in Boxershorts und T-Shirt am Zaun, den Schneckensarg vor der Nase.

»Ich habe noch nie eine Schnecke …«

»Oskar ist keine ordinäre Schnecke«, unterbrach ihn Herr Töpfer. »Er war mein Zuchtbulle, ja, bei ihm kann man das ruhig so nennen. Ich sage Ihnen ja, ohne ihn gäbe es meine Zucht nicht, mit ihm habe ich vor neun Jahren angefangen, fürs *Escargot* unten an der Straße, kennen Sie, ich weiß es, sind ja oft genug dort mit Ihrer Ilsa, und Sie bestellen oft genug Weinbergschnecken, weiß ich auch, François hat …«

… noch nie etwas für sich behalten können, dachte Frank.

»… mir den Tipp gegeben, dass ich Oskar zu Ihnen bringen soll. Sie präparieren ihn, und er gibt ihm einen Ehrenplatz im Restaurant, auf dem Regal über dem Eingang zur Küche, gleich neben seinen Auszeichnungen.«

Mahlzeit, dachte Frank, das war's dann mit den Weinbergschnecken bei François, wenn das alles Oskars Nachkommen sind, bring ich nie wieder eine runter.

Herr Töpfer hielt ihm den Schneckensarg noch ein Stück näher hin. »Wann kann ich mit der Fertigstellung rechnen?«

Frank nahm das Schächtelchen und überlegte. Er arbeitete gerade an einem Bärenfell aus dem vorigen Jahrhundert, das ein paar Generationen von Kindern nicht unversehrt überstanden hatte. »Gegen Ende der Woche könnte ich Oskar einschieben.«

»Und was wird mich das kosten?«

Frank schüttelte den Kopf. »Nein, nein, Herr Töpfer, ich werde nichts verlangen, es ist mir eine Ehre, Ihren Oskar für Sie zu präparieren. Unter Nachbarn, Sie wissen schon.«

Herr Töpfer wischte sich eine weitere Träne aus dem Augenwinkel. »Dann sage ich schon einmal danke. Danke. Auch in Oskars Namen.«

Oskar wurde ein kleines Meisterwerk. Was allerdings nicht einfach gewesen war. Bis dahin waren die kleinsten Tiere, die Frank präpariert hatte, Hamster gewesen, Riesen gegen den winzigen Oskar. Noch dazu hatte sich Herr Töpfer nicht schnell genug von ihm trennen können und ihn reichlich spät zu ihm gebracht. Schon bei den Wirbeltieren musste man auf zack sein, zwei, drei Stunden Sonne, und alles war hin. Einmal hatte er eine Chihuahua-Dame in ihrem sonnigen Badezimmer liegenlassen, hat man vergessen können. Ilsa war im Halbschlaf auf sie draufgetreten und hatte ihn eine Woche lang Franco genannt.

Frank erinnerte sich noch genau an die Fitzelarbeit. Allein schon Oskars Fühler. Das ist das Erste, was eine Schnecke macht, wenn sie über den Jordan geht: die Fühler einziehen. Zum Glück hatte Franks Vater auch das Werkzeug für derartiges Kleinvieh angeschafft. Er hatte Insekten, Schmetterlinge und Käfer fürs Naturhistorische Museum in Wien bearbeitet. Der Kontakt zum Museum war nach wie vor aufrecht. Immer wieder rief man auch Frank an, ob er nicht aushelfen könne, er hatte ein paar räudige Luchse und ein Opossum restauriert, das nur noch klebriger Staub zusammengehalten hatte. Man hätte ihn gern verbindlicher verpflichtet, auch so ein Thema mit Ilsa. Vielleicht hatte sie sich deshalb so genau erkundigt, was er alles mit Oskar anstellte. Sie war sogar mit ins Atelier gekommen, was sie sonst nur tat, wenn garantiert keine frisch gelieferten toten Tiere anwesend waren. Stundenlang hatte sie ihm auf die Finger geschaut und sich alles bis ins Kleinste erklären lassen.

Frank legte sich für sie ganz besonders ins Zeug. »Hier siehst du den Mantelschwulst … den durchtrenne ich jetzt, das ist der erste Präparationsschnitt … dann geht's dahinter weiter … schwupp … bis zum Herzen.«

»Das ist Oskars Herz?«, fragte Ilsa und zerdrückte eine Träne.

»Pass auf, du tropfst in ihn hinein.« Er formte mit seinen Händen ein Dach über Oskar. »Und steck deine Haare auf, ich seh gar nicht mehr, wo ich hinschneide. Ah … hier … ich muss am hinteren Nierenrand entlang … sooo … und jetzt verbinde ich diesen Schnitt mit dem vorigen … kannst du's erkennen?«

Sie nickte.

»Und jetzt setzen wir knapp über der Mundöffnung an … das ist das hier … und schneiden Oskar der Länge nach durch … ganz vorsichtig … damit kommen wir an die inneren Organe … immer den Windungen des Eingeweidesacks nach … und dann schön aufpinnen.«

Ilsa verfolgte jede seiner Bewegungen. Ganz verstand Frank ihr Interesse nicht, wo sie viel dankbareren Objekten wie einer der wunderschönen Siamkatzen, die er hin und wieder bekam, so gar nichts abgewinnen konnte. Aber es freute ihn.

»Das Geilste kommt zum Schluss«, sagte er. »Voilà: Oskars bestes Stück.« Er deutete mit der Spitze des winzigen Werkzeugs auf die Geschlechtsorgane.

»Was?«, fragte Ilsa. »Das Zipfelchen hat ihn zum Zuchtbullen gemacht? Ist ja kaum mit freiem Auge erkennbar.«

»Kommt eben auch bei Schnecken nicht auf die Größe an«, sagte Frank und grinste. »Das Zipfelchen ist ein Liebespfeil, und weißt du, was sie damit machen?« Er wartete ihre Antwort nicht ab. »Sie stoßen ihn der Schnecke ihres Herzens in den Fuß.«

»Was für einen Fuß?«

Frank deutete auf Oskars hinteres Ende.

»Der Fuß ist der Schwanz?« Ilsas Stimme wurde anzüglich. »Schwanz, Fuß, Liebespfeil … ist das nicht verwirrend für so ein Weinbergschneckerl?«

Frank lachte. »Wenn du das schon verwirrend findest, dann hab ich noch was für dich. Schnecken sind Hermaphroditen. Und sie suchen sich nicht nur nach Bedarf aus, ob sie Männchen oder Weibchen sind, sie können im Moment der Ekstase auch beides gleichzeitig sein. Schnecke und Schneckerich.«

»Beneidenswert«, sagte Ilsa.

»Sie lieben ein ausgiebiges Vorspiel …«

»… das ist vermutlich das Weibliche an ihnen.«

Frank sah kurz von der Arbeit auf. »Ich kenne da gewisse Weibchen, die brauchen gar kein Vorspiel, die gehen schon ab, wenn man sie nur am Ellbogen berührt.«

»Wirklich?«, flötete Ilsa, »wie ungeniert.«

»Gib ja den Arm da weg«, sagte Frank.

»Haben Schnecken Ellbogen?«

»Hab noch keinen entdeckt. Wozu auch, nach dem, was sie mit den Füßen können.«

»Super Frage für die *Millionenshow*«, sagte Ilsa. »Sind Schnecken Häuslratzen, Spaßbremser, Schleimscheißer oder Fußfetischisten?«

»Lass das nicht den Herrn Töpfer hören.«

»Fiele mir nicht ein. Mit dem über was Erotisches zu reden, uuaahhh.« Sie schüttelte sich. Frank hielt vorsorglich die Flasche mit dem Formalin fest. »Ist ja wohl kein Zufall, dass er das andere für sich erledigen lässt, und dann ausgerechnet Schnecken.« Sie schüttelte sich noch einmal. Der Arbeitstisch wackelte. »Und? Wie geht's dann weiter? Wo kommen nachher die vielen kleinen Oskars her?«

»Nach sechs, acht Wochen graben sie, und zwar beide, mit demselben Fuß, den sie sich gegenseitig hineingerammelt haben, ein Loch und legen die reifen Eier ab, jeder etwa zwanzig.« Frank hoffte kurz, dass das alles so stimmte, er konnte sich kaum noch erinnern, wann er das irgendwo einmal gelesen hatte.

»Wer bitte denkt sich so was aus?«, fragte Ilsa.

»Man nennt es Natur, das kennst du nicht.«

»Böses Wort, böses Wort«, sagte sie und hielt sich die Ohren zu. Ilsa war eine Stubenhockerin. Wenn Frank sie nicht regelmäßig aus dem Haus schleifen würde, bekäme sie Sonnenlicht ausschließlich in ihrem Bad zu sehen. Er verdrehte die Augen. Wie war er bloß an so eine Frau geraten, er, ein Naturmensch, der das ganze Jahr über am liebsten draußen in der Hängematte schlafen würde.

»Willst du noch wissen, wie die vielen kleinen Oskars entstehen, oder war das schon zu viel Frischluft?«

»Bin ganz Ohr«, sagte sie.

»Zwei Wochen bleiben die Jungen im Loch, dann schlüpfen sie. Samt Häuschen am Buckel.« Frank beugte sich tief über Oskar und kontrollierte, ob er nichts vergessen hatte. »So«, sagte er und warf das Werkzeug in die Wanne zum Desinfizieren. »Darf ich vorstellen: Oskar. Als würde er gleich wieder loslegen.«

Ilsa wollte auch mit, als Frank Herrn Töpfer seinen ausgestopften Oskar übergab. Der Nachbar war zu Tränen gerührt und strich seinem langjährigen Gefährten so liebevoll über die wieder aufgestellten Fühler, dass Frank fürchtete, er müsse von vorne anfangen.

Seither stand Oskar bei François im *Escargot* und wurde von jedem Gast mehr oder weniger freiwillig bestaunt. Der Restaurantbesitzer servierte die Details von Oskars Entstehung quasi als Zwischengang, ob man sie nun hören wollte oder nicht. Eine Zeit lang gab es gewisse Einbußen im Geschäft, den Leuten verging der Appetit, und sie bestellten die Spezialität des Hauses nur noch zögernd. Aber das gab sich wieder. Irgendwann war Oskar das allseits geliebte Maskottchen im Lokal, und seine Nachkommen landeten noch öfter auf den Tellern als vorher.

Die Sache sprach sich auch außerhalb des Lokals herum. So nach dem Motto: Wenn dieser Buschenbrenner eine schleimige Schnecke so täuschend am Leben erhalten konnte, was stellte er dann erst mit, na ja, mit echten Tieren an. Mit den Lieblingen von ganz normalen Menschen, Goldfischen, Ratten, Krokodilen. Die Auftragslage besserte sich schlagartig. Zuerst kamen die Terrariumsbesitzer. Was immer in den Glaskästen daheim gekreucht und gefleucht war, fand seinen Weg in Franks Kelleratelier in der Wanngasse. Er konnte sich vor Schlangen und Schildkröten kaum erwehren. Unglaublich, wer aller mit einem Gecko zusammengelebt hatte.

Als die Hobbyangler den Präparator entdeckten, schwand Ilsas Interesse. Der Geruch von Formalin und Fisch schien tatsächlich direkt aus der Hölle zu kommen. Frank war ja einiges gewöhnt, aber Fische akzeptierte er dann nur noch nach einer Geruchsprobe. Als aber der erste Hund, der ihm tags davor noch mit dem typischen Ich-habe-seit-drei-Wochen-nix-gefressen-Blick eine halbe Packung Leckerli abgeluchst hatte, auf seinem Arbeitstisch landete, wusste er, dass irgendwas schieflief.

*

»Es passt einfach nicht zu deiner, deiner …«

»… Natur«, half Frank aus.

»Genau«, sagte Ilsa und hielt ihm ihre leere Kaffeetasse hin. »Noch einen«, sagte sie, »bitte.«

Frank wandte sich der Kaffeemaschine zu.

»Du bist ein Sanguiniker …«, Frank hob erstaunt eine Augenbraue, sie überraschte ihn immer wieder, »… ja, bist du, ich hab's nachgeschaut, du bist ein zutiefst lebensfroher, leidenschaftlicher Mensch und hast den ganzen Tag den Tod um dich. Das geht nicht zusammen, da kannst du mir erzählen, was du willst. Schöne Erinnerungen, papperlapapp. Die Wahrheit ist: Das ganze Handwerk passt nicht zu dir, dein Organismus sagt es dir mit diesen Scheiß-Albträumen. Lass dir was einfallen. Irgendwas, woran du Spaß hast. Und hör um Himmels willen auf mit diesen Freundschaftsdiensten. Worauf willst du warten? Bis du den Xaver auf dem Tisch hast?«

Xaver war der Hund von Franks Schwester, eine Schönheit von einer Straßenmischung, weiß mit braunen und grauen Flecken, einem Schweif wie Dschingis Khan und Ohren, mit denen er alles konnte. Er war fast sechzehn, aber jeder hielt ihn für zehn Jahre jünger. Franks Mutter nannte ihn immer einen Sir, für Frank war er ein Feenwesen. Seine Schwester würde ihn, wenn es so weit war, schon aus reiner Familientradition zu ihm bringen. Aber er, da war er sicher, würde ihm nicht einmal ein Haar abschneiden können.

»Oder Max.« Ilsa ließ nicht locker.

Max war Franks zweiter Liebling in der Familie, er gehörte Ilsas Bruder. Ein Löwe von einem Golden Retriever mit der Seele eines Ghandi, nur dass er mehr fraß. Max war erst zehn, aber was machte das letztlich für einen Unterschied. Irgendwann musste Frank sich was überlegen.

Langsam drehte er sich zu Ilsa um, reichte ihr den frischen Kaffee, lehnte sich gegen die Arbeitsfläche und sah sie an. »Aber was ist denn die Alternative? Seien wir doch ehrlich, ich werde kein Assetmanager mehr, und auch kein Verhaltensforscher in Afrika. Ich bin Ende dreißig, da sind die besten Züge abgefahren.«

»Aber …«, sagte sie.

»Nein, Ilsa, jetzt hörst einmal du zu. Du redest immer so gescheit daher, und das meine ich durchaus positiv, was du sagst, stimmt ja leider. Ich plappere launig zurück, aber glaubst du wirklich, ich denke nicht darüber nach? Glaubst du, ich fürchte mich nicht vorm Max und vorm Xaver? Glaubst du, ich zerbreche mir nicht den Kopf, wie grotesk das alles ist? Wenn ich in diesem Atelier sitze, komm ich mir vor wie ein verkehrter Clown. Die haben einen total fröhlichen Beruf und innendrin sind sie todtraurig. Ich hab einen todtraurigen Beruf, und innendrin bin ich total fröhlich.«

Ilsa machte Anstalten dazwischenzureden. »Dann nimm doch den Vertr–«

Frank hob abwehrend die Hand. »Hör mir doch zu, wenn ich schon einmal den Mund aufmache. Weißt du, was nämlich das Ärgste ist? Ich habe darüber bis jetzt überhaupt nur mit den toten Viechern geredet. Gestern zum Beispiel habe ich mich mit diesem depperten Hirschen unterhalten, den mir der Karl gebracht hat. Na, hab ich zu ihm gesagt, fällt dir vielleicht ein, wie ich mehr Hetz hier in diesen Keller bringe?«

»Was hat er gesagt?«

»Er wird darüber nachdenken.«

»So ein Hirsch.«

Als Frank ins Atelier hinunterging, um den Hirschen fertig zu machen, nahm er die Stufen irgendwie beschwingter. Auch auf einer von Natur aus unbeschwerten Seele konnte etwas lasten, und zumindest einen Brocken davon war er gerade losgeworden. Reden nützte ja doch manchmal, selbst mit Menschen.

»Hi, deer«, sagte er zum Hirschen.

Die glanzlosen Augen schauten unter den zwölf Enden seines einst so stolzen Geweihs gelangweilt über ihn hinweg. Frank setzte sich auf seinen Drehhocker und besah sich den Kopf. Am Äser musste er noch etwas nacharbeiten.

»Du hast es gut«, sagte er zu dem Tier, während er sich an dessen Maul zu schaffen machte. Mit den Tieren sprach er deshalb so gern, weil sie nicht zurückredeten wie Ilsa. »Du musst dir nicht mehr überlegen, wie dir dein Leben wieder mehr Spaß machen soll, die Frage hat dir der Karl mit seiner Mauser erspart. Lustiges Kerlchen, der Karl, auch wenn du mir da vermutlich nicht zustimmen wirst. Liegt an seinem Namen. Karl steht für Gaudi, musst du wissen, warum auch immer. Gibt ein paar solcher Vornamen. Da wirst du zum Rudi. Heißt so viel wie: Man wird völlig deppert. Oder der Hugo. Wenn was für den Hugo ist, dann ist es sinnlos. Oder für Arsch und Friedrich. Gibt's auch mit Frauennamen, falls du in deiner Hirschenseele ein Feminist bist, wer weiß, vielleicht hat sich die Welt ja auch im Tierreich gegendert. Allerdings fällt mir dazu peinlicherweise nur die Marie ein, steht für Geld. Ja, die Menschen, gell, was für Deppen. Und wir sagen Hirschen zu denen, die wir für die Deppen halten.«

Frank trat etwas zurück, um ein besseres Gefühl für die Symmetrie zu bekommen.

»Apropos Deppen, ich bin wahrscheinlich der Größte von allen.«

Er stieß so gegen den Hirschen, dass der Kopf auf und nieder wippte. Es sah aus, als würde er nicken.

»Obacht, mein Lieber«, sagte Frank und brachte den Schädel zur Ruhe, »auf welcher Seite stehst du eigentlich?«

Eine Zeit lang arbeitete er schweigend weiter.

»Ilsa hat mir heute Früh den Kopf gewaschen. Wieder einmal. Na ja, schlecht war's nicht, sie hat ja recht. Außerdem konnte ich flüchten, bevor sie Gelegenheit hatte, das Museum ins Spiel zu bringen. Die bieten mir seit Jahren einen Vertrag an, musst du wissen. Lukrativ. Wunderschöner Arbeitsplatz mit ewigem Blick auf Maria Theresia … kennst du nicht? Egal, war einmal eine österreichische Kaiserin mit einem Riesenschippel Kinder, thront genau zwischen den beiden einstigen Hofmuseen, dem Naturhistorischen und dem Kunsthistorischen … ja, wurscht, das ist jetzt nicht wichtig, schön ist es. So wie der Job. Ich restauriere die Viecher, tolle Sammlung da im Naturhistorischen, muss man schon sagen, alles dabei Wolf, Grizzly, Zitronenfalter, Rhinozeros. Ich könnte mir die Zeit einteilen, ich könnte die handlicheren Objekte sogar mit nach Hause nehmen. Homeoffice, verstehst du. Sie haben einen Haufen Zugeständnisse gemacht im Laufe der Zeit, wollen mich unbedingt. Und weißt du, warum? Weil ich so verdammt guuuut bin! Da bitte, schau selber.«

Frank hielt dem Hirschen den Spiegel hin. Nichts veränderte sich an seinem glanzlosen Blick.

»Ah, du fragst dich, warum ich den Vertrag vom Museum trotzdem nicht annehme«, sagte Frank. »Obwohl es dann endlich nicht mehr stinken würde bei uns. Obwohl wir endlich wieder Leute einladen könnten. Obwohl wir endlich wieder so ein richtiges Leben führen würden. Ich sag dir, warum: Weil ich keine Angestelltenseele bin, Freiheiten hin oder her. Heute war ich knapp dran, es mir zu überlegen, schließlich bin ich über Nacht zum Mörder geworden. Wollt ich auch nie sein. Aber selbst als Auftragskiller war ich unabhängig, und das bleibe ich auch. Scheiß drauf, das Museum kann warten.«

Eine Zeit lang war es still im Atelier. Frank arbeitete hoch konzentriert. Schließlich erhob sich von seinem Drehsessel, trat ein paar Schritte zurück und betrachtete das nachgebesserte Hirschmaul.

»Jawolll. Nicht schlecht. Was sagst du, my deer?«

Er nahm eine Karotte aus der Schale, die ihm Ilsa täglich frisch mit Obst und Gemüse füllte, und steckte sie ihm so ins Maul, dass sie ihm im Mundwinkel hing wie einem südfranzösischen Rentner eine filterlose Gauloise beim Boule-Spielen.

»Mhh, das schmeckt dir, was? Und schaut verdammt lässig aus. Hey, wenn dich jetzt eine Hirschkuh sehen könnte. So cool warst du im Leben nicht.«

So cool war er im Leben nicht?

Eine leise Welle lief durch Franks Körper, von den Zehen aufwärts, die Kopfhaut prickelte, in den Fingern kribbelte es. Adrenalin. Wie immer, wenn er eine Idee hatte. Noch wusste er nicht, was ihm eingefallen war. Aber er wusste, dass ihm was eingefallen war. Als Karl kam, um seinen Hirschen abzuholen, steckte die Karotte immer noch im Äser.

Einen Augenblick lang war Karl verblüfft, dann begann er zu lachen. »Su-hu-huper, Fra-ha-hank! Wa-ha-has für eine gei-hei-heile Idee-hee!«

Beim Abendessen war Frank unüblich wortkarg. Hunger hatte er auch keinen, er schob die Stückchen der Debreziner-Würstel im Saft vom Erdäpfelgulasch gedankenversunken hin und her. Er könnte nicht desinteressierter sein, und das, obwohl Ilsa ihm aus lauter schlechtem Gewissen, weil sie ihm zu viel Druck gemacht hatte, sein Lieblingsessen gekocht hatte. Das heißt, gekocht konnte man es nicht nennen, Ilsa kochte nicht. Was Frank allerdings als Segen ansah, wenn er sich an ihre ersten Versuche erinnerte. Irgendwann hatte er ihr den Kochlöffel weggenommen, die Maler bestellt und den Herd zum Sperrgebiet erklärt. Ilsa hatte es nicht ganz undankbar akzeptiert und sich zur erstklassigen Essensbestellerin gemausert. Sie war grandios darin, für jede Speise das richtige Restaurant zu finden. Sie hatte sich praktisch durch ganz Wien gekostet, bis sie das beste Stroganoff, die besten Schinkenfleckerl, die beste Trüffel-Pasta, das beste Erdäpfelgulasch gefunden hatte. Aber selbst das konnte Frank heute nicht aus seinen Gedanken holen. Sie aßen schweigend.

»Wie lange halten Karotten?«, fragte Frank plötzlich.

»Das fragst du ernsthaft mich?«, fragte sie.

»Na ja, was schätzt du? Irgendwann werden sie doch schimmlig oder runzlig, schlecht halt. Jedenfalls sind sie irgendwann hin. Oder?«

Sie nickte. »Sie sind Gemüse, das hält nicht ewig.«

»Gemüse«, murmelte Frank, »Gemüse also nicht.« Er sah auf. »Hält Obst länger?«

»Was weiß denn ich. Aber warte.« Ilsa stand auf, lief zu der Schublade in der Kredenz im Wohnzimmer, in der sie Süßigkeiten aufbewahrte. Frank konnte hören, wie sie darin kramte und die Lade zuknallte. »Autsch!« hörte er und »Scheißdreck«. Dann kam sie mit einer Packung getrockneter Feigen zurück. »Laufen im April ab. Das sind sechs Monate.«

»Sechs Monate. Obst fällt auch aus.«

»Frank, worüber reden wir?«, wollte Ilsa wissen.

»Über unsere Zukunft«, sagte Frank.

*

Fünf Wochen arbeitete Frank an seiner gei-hei-heilen Idee-hee. Jetzt hatte er den Prototypen vor sich. Er setzte sich auf seinen Drehsessel und betrachtete ihn. Nein, dachte er und hob das Ding von der Arbeitsfläche, ich muss dich in prominenterer Pose sehen. Ich brauch einen Platz, wo es die Besitzer glatt umhaut, sobald sie reinkommen. Er sah sich im Atelier um. Bis jetzt hatte er die fertigen Tiere nicht sonderlich präsentiert. Wozu auch. Die Leute wussten, wie ihre Lieblinge ausgesehen hatten, äußerlich. Ab nun sollten sie sie so bekommen, wie sie innerlich waren. Als Charakterstudie. Von außen ähnelten sie dem lebendigen Tier nur noch wenig. Um es genau zu sagen: überhaupt nicht mehr. Dafür erkannte man auf Anhieb, welche Eigenschaften dieses Wesen ausgemacht hatten.

Frank ließ seinen Blick auf seinem jüngsten Werk ruhen. Es war eine fiktive Arbeit, er hatte kein existierendes Vorbild gehabt. Er hatte sich kein Tier ausgedacht, sondern einen Charakter, ein bisschen Gott gespielt. Es war ein männliches Geschöpf, ein Protot-Typ quasi, obwohl das keinen Unterschied machte. Er war schlau, und weil er so schlau war, war er auch ein Angsthase. Helden, die sich mit dumpfem Mut in jede Schlacht warfen, waren Trottel. Aus dem einfachen Grund, weil sie keine Fantasie hatten, sich vorzustellen, was alles passieren konnte. Als Angsthase war er scheu und hatte deshalb eine Art sechsten Sinn entwickelt, ein Gefahrenradar, das ihm sagte, wann er einen Haken schlagen musste. Und weil ihm das sein Lebtag so gut gelungen war, war er durchaus stolz auf sich, mitunter sogar ein bisschen eitel.

Und da stand es nun vor ihm, das seltsame Geschöpf. Ein Fuchskopf mit Rehkrickeln an einem Hasenkörper, aus dem am Rücken Fledermausflügel und am Hals als eine Art Krause das Rad eines

Pfaus wuchsen, was ihm eine gewisse Ähnlichkeit mit Queen Elisabeth verlieh, allerdings Elisabeth der Ersten.

»Wow«, sagte Frank, »genial.«

Es war alles da, was er gewollt hatte. Den Gedanken an Obst oder Gemüse hatte er komplett verworfen. Das Füchsische symbolisierte die Schläue; die Krickel des Rehleins standen für die Scheu; der Hase erinnerte an den Instinkt für den richtigen Zickzackkurs; und das Pfauenrad schlug die Verbindung zur Eitelkeit.

Das war ein Seelenporträt.

Das war Kunst.

Äußerlich hatte es mit dem ursprünglichen Tier nicht die geringste Ähnlichkeit mehr. Aber es war ein liebevolles Abbild von dessen inneren Werten. Eine nachhaltige Erinnerung an das, was man an dem Wesen geliebt hatte. Und vor allem, es war einzigartig. So wie sein Schöpfer. Kein anderer Präparator brachte solche Kunstwerke zustande. Kein anderer Präparator hatte je so eine Idee gehabt. Er war kein Taxidermist mehr, er war Künstler. Und er hatte dem Tod die Schwere genommen.

»Wow«, sagte Frank noch einmal. »Genial.«

*

»Und deshalb hast du dich fünf Wochen lang hier eingesperrt«, sagte Ilsa. Sie ging einmal um den Tisch herum, auf dem Frank seinen Fuchshasen, sein Fledermauspfauenreh platziert hatte.

»Gefällt's dir?«

»Ja. Lustig. Ein Wolpertinger. Der Fuchs ist süß.«

»Der Fuchs ist sogar extrem süß. Hab ich im Lager gefunden. Hab ich alles im Lager gefunden, und dort liegt noch viel mehr. Mein Vater hat jedes Vieh, das er in seiner Lehrzeit ausgestopft hat, aufgehoben, und er hat damals rund um die Uhr nichts anderes gemacht, als ausgestopft. Mein Problem ist gelöst, mein Engel. Gelöööst. Und ich habe nicht einmal besonders viel Arbeit damit. Die Einzelteile, die ich brauche, liegen gestapelt in den hinteren Atelierräumen. Eichkatzerln, Rehe, Hasen, große Hirsche, kleine Hirsche, Dachse, Vögel …«

»… ich kann's mir vorstellen, Schatz. Mäuse, Maulwürfe, Wiesel, Kröten, alle Tiere des Waldes.«

»Genau! Und aus der Savanne, aber mit denen werde ich sparsam umgehen, oder weißt du auf Anhieb, für welchen Charakterzug ein Gnu stehen könnte? Eben.« Frank strahlte sie an. »Jetzt können sie kommen, die Nachbarn und Bekannten dieser Welt, ich blase ihnen die Trauer aus allen Poren. Ich stopfe nicht mehr aus, ich porträtiere.« Frank adelte das Wort mit übertriebenem Schönbrunner Akzent. »Und das, mein Schätzelchen, das muss ich schon sagen, das mache ich mit einem gewissen Witz. Ich meine, schau dir nur diese Halskrause an. Witzig, oder? Haben sie sechzehnhundertirgendwas getragen.« Er fuhr mit dem Finger durch das Pfauenrad, als schlüge er eine Harfe an.

»Was hat etwas, das sie sechzehnhundertirgendwas getragen haben, mit dem Charakter von diesem, diesem … was war das überhaupt vorher?«

»Gar nix«, sagte Frank. »Es ist direkt aus meiner Fantasie geflutscht. Die eierlegende Wollmilchsau auf Buschenbrennerisch. Ist doch auch wurscht, oder? Das ist der Prototyp. Ich wollte sehen, ob es funktioniert. Was das vorher war, ist vollkommen belanglos.«

»Den Klienten wird's womöglich weniger vollkommen belanglos sein.« Ilsa lehnte sich an einen Ständer mit Fellen in allen möglichen Brauntönen.

»Vorsiicht!«, rief Frank, sprang hin und fing den Ständer gerade noch auf.

Ilsa sprach weiter, als hätte sie nichts bemerkt, vermutlich hatte sie auch nichts bemerkt. »Ich meine, die werden vielleicht doch … weißt du … nur möglicherweise … ich denke, die könnten … also eventuell erwarten die von dir, genau ihr Tier wieder zurückzukriegen. Mh? Schnurki, das Meerschweinchen, das auch ausschaut wie Schnurki, das Meerschweinchen. Taxi, der Schäferhund, der aussieht, wie Taxi, der Schäferhund.«

»Kriegen sie ja auch …« Frank unterbrach sich selber. »Wie kommst du auf Taxi?«

»Ist doch ein cooler Name für einen Schäferhund. Nicht?«

»Ja. Sehr cool. Besonders, wenn er dir mitten im Wald abhaut und du auf einer keinen Lichtung stehst und Taaaxiiii brüllst. Und unterbrich mich nicht dauernd. Also, der Schmäh ist jedenfalls, dass die Leute mehr als die äußere Hülle ihres Tieres zurückkriegen, viel mehr.«

Ilsa legte ihre Hand auf seinen Arm und wollte sich auf den zweiten Drehstuhl setzen.

»Achtuung!«, rief Frank, »der ist nur noch –«

Der Drehsessel gab nach, und Ilsa saß auf dem Boden.

»– Zierde«, sagte Frank.

Ilsa winkte ab. »Bin ja nicht aus Glas – ach, das ist ja hübsch.« Sie griff nach einer alten Karaffe, die Frank im untersten Regal deponiert hatte, außerhalb ihrer Reichweite. »Warum lässt du diese Sachen hier verstauben, wären doch schön oben bei uns.«

»Aber nicht lange«, murmelte Frank und schnappte sich den Glaskrug, bevor sie ihn in die Finger bekam. »Das ist aus der Jahrhundertwende, neunzehnhundert, Wiener Werkstätten, das lassen wir lieber hier, mein Engelchen. Möchtest du was trinken?«

»Eigentlich nicht«, sagte Ilsa, die sich wieder aufgerappelt hatte, »ich würde mir gern deine Wollmilchsau näher anschauen.«

Frank rückte sein Werk etwas an sie heran, ließ aber die Standfläche nicht los. Er drehte es für sie, damit sie es von allen Seiten betrachten konnte. »Das Prinzip ist ganz einfach«, erklärte er. »Sagen wir, ich bekomme den Auftrag für einen Boxerhund, wie die Tammy aus der schönen Villa ums Eck, du weißt schon, die so heiser bellt, dann setze ich ihr einen Frosch in den Hals. So was, verstehst du? Witzig halt. Spaß bei der Arbeit. Das war doch die ganze Zeit die Schwierigkeit. Das, was ich gesucht habe. Das, was du wolltest. Damit ich mehr Freude habe bei der Arbeit, damit sie besser zu mir passt.«

»Und das da passt jetzt zu dir?«

»Nicht?«

Ilsa schaute ihn lange an. »Irgendwie schon. Aber ich weiß nicht, ob ich das beruhigend finde.«

»Warum denn nicht? Punkt eins. Ich muss mich mit den Leuten unterhalten, um herauszufinden, was ihr Tier wirklich ausgemacht hat. Wunderbar. Ich rede seit Jahren nur mit dir und den Viechern. Mit den Klienten geht's ausschließlich um Geld und Beileid. Punkt zwei. Ich muss einfühlsam sein, mich in Klient und Tier hineindenken. Sensationell. Ich denke mich seit Jahren nur in dich hinein, und ich weiß nicht, ob uns das guttut. Punkt drei. Ich darf kreativ sein. Klasse. Bis jetzt war ich im unbarmherzigen Realismus gefangen. Kein Haar anders als vorher. Und! Punkt vier. Ich darf eine Hetz haben. Großartig. Ich lache seit Jahren nur über deine Scherze, und sei mir nicht bös, da hast du ein Riesenglück mit mir.«

»Na, na, na.«

»Und dabei bin ich auch noch der Einzige, der so was macht. Alleinstellungsmerkmal heißt das, oder? Juespi. So etwas Modernes hat es in der altvaterischen Branche noch nie gegeben. Bei mir kriegen die Leute etwas, was sie nirgendwo sonst kriegen. Einen Woipi– wie hast du am Anfang gesagt?«

»Wolpertinger.«

»Ja. Warum nicht. Wolpertinger. Bitte. Hat das Kind schon einen Namen. Ich möchte gar nicht wissen, wie du auf so was kommst.«

»Weil das ein Wolpertinger ist.«

»Ja. Gut. Wenn du es so willst.«

»Ich will es nicht so, Frank, es heißt so. Seit Jahrhunderten.«

»Was? Mein Hasenfuchs mit Rehkrickeln, Fledermausflügeln und Pfauenrad ist ein Wolpertinger? Das gibt's nicht. Den hab ich gerade erfunden.«

»Nein.«

»Na, geh.«

»Ja, wirklich.«

»Du kennst das?«

»Das kennt jeder in Bayern.«

»In Bayern. Soso.«

»Ja, leider.«

»Na und?«

Es war ein schwaches Na-Und. Frank brauchte ein paar Minuten, um die Nachricht zu verdauen. Etwas zu erfinden, was es schon gab, ist nie angenehm. Aber was soll's, dachte er. Nur dass sie nicht ganz neu war, machte eine Idee doch nicht schlechter. »Was genau ist so ein Wolpertinger?«, fragte er.

Ilsa kramte in ihrem Gedächtnis. Was herauskam, war eine ganz gute Zusammenfassung. Präparatoren hätten im neunzehnten Jahrhundert Teile von verschiedenen Tierarten zusammengesetzt und sie als eine Art Fabelwesen an leichtgläubige Touristen verkauft. Meistens waren es Hasenköpfe mit Hörnern drauf, aber es habe auch schon welche mit Fuchsköpfen und Fledermausflügeln gegeben. Dieses Detail schmerzte Frank besonders.

»Es gibt ein paar sehr schöne Legenden«, versuchte Ilsa ihn zu trösten. »Zum Beispiel sind die Wolpertinger … in Österreich nennt man sie übrigens Rauruckl … schwer zu fangen. Sie überhaupt aufzuspüren, gelingt nur jungen, schönen Frauen, und auch denen nur in der Abenddämmerung von Vollmondnächten und in Begleitung eines zünftigen Mannbilds. Zumindest ist das eine Version, es gibt noch andere.«

»Gut, weil die kann man sich im Gender-Zeitalter als weißer Mann in die Haare schmieren.«

Ilsa hob warnend den Zeigefinger, nicht jetzt auch noch dieses Thema. »Eine andere Geschichte sagt, dass man ihn nur fangen kann, indem man ihm Salz auf den Schwanz streut. Und es gibt noch eine dritte: Man nimmt einen Sack, spreizt mit einem Stock eine Öffnung auf und stellt eine Kerze davor, damit er den Eingang auch erkennt. Das Ganze spielt sich zwar bei Vollmond ab, aber wer weiß, wie gut so ein Wolpertinger sieht. Jedenfalls ist er zwar scheu, aber neugierig und lässt sich von der Flamme anlocken. Wenn er nah genug ist, bugsiert man ihn, schwuppdiwupp, mit einem Spaten in den Sack.«

»Da gefällt mir die Methode mit der Jungfrau besser.«

»Von Jungfrau war nie die Rede.«

Frank seufzte. »Was frisst denn so ein Wolpertinger?«

»Ich glaube, Kräuter und Wurzeln. Nein! Meine Oma hat mir immer erzählt, er ernährt sich von preußischen Weichschädeln.«

Frank sah sie skeptisch an. »Du erfindest das alles, oder?«

»Nein, wirklich nicht, Schatz. Du kannst sogar was darüber nachlesen. Ludwig Ganghofer hat über das Wesen geschrieben, bei ihm hieß es Hirschbockbirkfuchsauergams.«

»Der Ganghofer.« Frank spuckte den Namen auf den Tisch. »Diese literarisch wertlose Wurschthaut, aus der das Schmalz nur so heraustrieft, ausgerechnet so einer muss mir meine Idee verpatzen.«

»Wenn dir die Gebrüder Grimm lieber sind, die haben, glaub ich, als Erste darüber geschrieben.« Sie schaute ihn lange an. »Es tut mir so leid, mein armer Schatz.«

»Nix, armer Schatz«, rief Frank und sprang so abrupt auf, dass der Tisch nun auch einmal seinetwegen wackelte. »Die können mich gernhaben! Ich lass mir doch von niemandem in meine Idee hineinpfuschen.«

»Ganz genau, Spotzl«, sagte Ilsa in tiefbayerischem Dialekt, »da samma wieder beinand.«

Frank verbrachte diese Nacht im Atelier. Ilsa störte ihn nicht, manchmal brauchte er das. In der Früh erschien er etwas mitgenommen, aber bestens gelaunt in der Wohnung, sie trafen sich im Badezimmer.

»Guten Morgen, mein Engel, es ist alles geritzt«, verkündete er. »Frank Buschenbrenner, der gutmütige Tierausstopfer ist Geschichte. Darf ich bekannt machen: Frank Buschenbrenner, der Künstler. Porträtist. Kreateur. Bewahrer der Tierseele.«

Er breitete die Arme aus und drehte sich um die eigene Achse, wie ein Zauberer, aus dessen Cape gleich die Tauben auffliegen. So hatte sie ihn lange nicht gesehen. Ilsa fiel ihm um den Hals und klammerte sich mit den Beinen um seine Hüften. Den Rest kann man sich denken.

Als Frank etwas später leichtfüßig die vier Stockwerke nach unten nahm, dachte er an Oskar, den Zuchtbullen mit den Schneckenfühlern. Womöglich konnte er jetzt sogar die Bauern im Umland als Kunden gewinnen. So ein gewaltiger Stierschädel mit anständigen Phallussymbolen am Hirn, das war doch was für einen gestandenen Landwirt. Für die ländliche Gendergemeinde konnte er noch einen Sauschädel mit Kuheutern als Ohrringe daneben hängen. Frank trat aus der Haustür, ging vor bis zum Gartentor und drehte sich zum Haus um. Da prangte es, sein neues Firmenschild.

Atelier Rauruckl
Die etwas anderen Tierporträts

Er hatte es selbst gestaltet heute Nacht. So wie er ab jetzt alles selbst gestalten würde. Ja, Papa, dachte er, ist es mir doch noch gelungen.

Er stieß sich mit dem Hintern vom Gartenzaun ab, an dem er sich angelehnt hatte, und schlenderte hinunter ins Atelier. In aller Herrgottsfrüh hatte er Karl angerufen, er solle ihm seinen Hirschen noch einmal vorbeibringen, den könnte man noch gut veredeln, in dem Fall mit ein paar Eigenschaften vom Karl. Auf die Art wird auch der Jäger noch unsterblich. Immerhin war der Karl irgendwie mitbeteiligt an der Idee-hee. Frank sah auf die Uhr. Müsste ohnehin gleich da sein. Er konnte es kaum erwarten, loszulegen. In dem Augenblick läutete es auch schon, er drückte auf den Türöffner und riss die Ateliertür auf.

»Guten Tag« sagte Anna Lindberg, »ich glaube, wir kennen uns.«

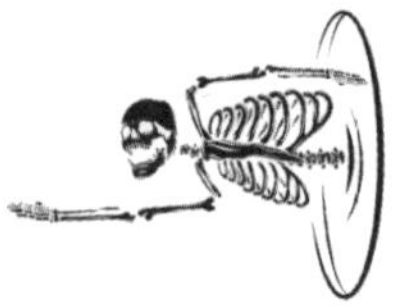

II

Die Zeremonie

»Ich bin mir nicht sicher, ob wir das wirklich machen sollten.« Elly packte die Thermo-Unterwäsche und die warmen Pullover in die Sporttasche, dazu zwei beige Decken. Sie hielt inne und wandte sich ihm zu. »Immerhin ist es eine Droge.«

»Mach dir keine Sorgen, Schatz, davon ist noch keiner umgekommen. Peyote ist ein Kaktus, aus Mexiko. Ganz was Natürliches, nicht Heroin. Ich glaube, das wird eine spannende Erfahrung, mental auf jeden Fall. Es verändert dich nur.« Max riss die Augen auf und fletschte die Zähne wie ein Untoter.

»Sehr witzig. Aber ehrlich, ich habe ein komisches Gefühl dabei. Ich habe mir ein paar Berichte auf YouTube angesehen, sehr spannend und natürlich verrückt. Da ist von einer psychoaktiven Substanz die Rede, die Erlebnisberichte sind unterschiedlich. Manche sagen, es kann gefährlich werden. Dieses Peyote ist doch Meskalin. Die Leute nennen das Zeug göttliche Frucht und verehren sie. Kein Scheiß, das klingt ziemlich nach Sekte.«

»Wir werden ihnen nicht gleich das Haus überschreiben.« Er grinste. »Komm her.« Max nahm sie in die Arme und drückte sie einen Moment. Sie fühlte sich so gut an. »Was soll schon passieren. Zoe hat uns eingeladen. Sie ist bei der Party dabei. Es ist ihr Geburtstag. Ein runder noch dazu. Übrigens, hast du das Geschenk nicht vergessen?«

»Nein, alles dabei.« Sie zogen die Jacken an und trugen das Gepäck zum Wagen. An diesem vierzehnten Oktober war es mild, der Abend lau, bald Dämmerung. Max setzte sich hinters Steuer des anthrazitfarbenen Audi A7, Elly schloss die Heckklappe und nahm am Beifahrersitz Platz. »Wie lange fahren wir?«

Er gab die Adresse ins Navi ein. »Hainburg ist knapp eine Stunde entfernt.« Max drehte das Radio auf, sie rollten gemächlich über die Autobahn; am Samstag herrschte kaum Verkehr.

Achtung, Autofahrer! Auf der A4, der Ostautobahn, kommt Ihnen in Niederösterreich bei der Ausfahrt Bruck an der Leitha Ost ein Geisterfahrer entgegen. Bitte bleiben Sie auf der rechten Fahrbahn und überholen Sie nicht.

Max nahm den Fuß vom Gas. »Kennst du den Witz von dem Typen, der die Meldung im Radio hört – *ein Geisterfahrer kommt Ihnen entgegen* – und sich fragt: Was heißt einer? Hundert!«

»Erzählst du jedes Mal. Fahr lieber vorsichtig«, sagte Elly. »Wir wollen im Ganzen ankommen. Wer soll sonst diese coolen Layouts machen, die die Welt so dringend braucht?« Ihre Anspielung auf seine Arbeit als Artdirektor bei Public Enemy PR war nicht bloß ein Kompliment. Alle schätzten die verrückten Sujets, die Max binnen kürzester Zeit auf dem Computer zauberte. Er hatte nur Premium-Kunden wie die Stadt Wien, Technologiekonzerne und Luxus-Labels.

»Und wer soll sonst die Menschheit vor ihren Zivilisationskrankheiten retten?« Max zwinkerte ihr zu. Sie schmunzelte. Elly arbeitete seit vier Jahren als Referentin für den drittgrößten Pharmakonzern der Welt. Ihre Produktpalette umfasste Blutdrucksenker, Cholesterinmittel und ein Präparat gegen Altersdiabetes. Sie kannte sich mit Substanzen aus, daher auch ihr Respekt vor dem, was die Leute göttliche Frucht nannten.

»Wir werden uns morgen den ganzen Tag erholen müssen«, sagte sie. »Die Nachwirkungen können sogar zwei Tage dauern. Ist nicht ohne.«

»Netflix macht's wieder gut«, sagte er, setzte den Blinker und fuhr von der Autobahnabfahrt über die Landstraße weiter. »Bald sind wir da.« Sie fuhren weiter und hörten Pink Floyd. *Dark Side of the Moon.*

Ein Mann mit einem gelben Hut stand vor einem Schranken.

Als sie hielten und ihre Namen nannten, »Max und Elly Pfeiffer«, sah der alte Mann auf eine handgeschriebene Liste, hob wortlos den Schranken und ließ sie passieren. Sie parkten vor einer Art Lagerhaus. Fünf Autos standen davor, keine Rostlauben, nur SUVs und Limousinen deutschen Fabrikats.

Inzwischen war es dunkel geworden und deutlich kühler. Sie läuteten an der Tür. Ein fahriger Typ mit zerzaustem Haar und Metallring in der Nase öffnete.

»Hallo«, sagte Max.

»Hallo«, echote die dürre Gestalt.

Max und Elly betraten den Durchgang mit dem Gefühl einer aufregenden Unsicherheit gegenüber dem, was sie erwartete. Sie gingen vor durch einen Korridor, dann nach links und standen auf einmal in einer Halle. Ein verrosteter VW Käfer baumelte an einer Stahlkette von der Decke und schien im Raum zu schweben. Jemand musste ihn aufwendig montiert haben. In allen Ecken standen Scheinwerfer und gaben der Szenerie eine unwirkliche Schärfe. Braune Couchen. Ein mobiles Klosett mit Symbolen für Mann und Frau. Eine Plattform, auf der stand: *Bare Foot Dancing*. Daneben ein großer Anhänger. Darauf aufgebaut war eine winzige Holzhütte mit einem Schild am Eingang: *Privat*. Drinnen rotes Licht. Möglicherweise eine fahrbare Sauna oder ein Liebesnest. Auf einem Schild an der Wand stand ein Zitat.

Der Hauptgrund, warum man Peyote nimmt, ist natürlich, das Wesen des Bewusstseins aus dem Blickwinkel des Irrsinns zu erkunden. – Jack Kerouac.

»Hast du das Buch von ihm gelesen?«, fragte Max.

»*Unterwegs*. Ja«, sagte Elly. »Hab mir mehr erwartet.«

»Ich auch. Sogenannter Klassiker der Beat Generation. Ich glaub, das war Ende der Fünfziger. Na ja. Damals konnten Bücher noch aufregen.«

Die Halle war groß. Aufgebaut wie ein Set für einen Experimentalfilm. Max deutete Elly. »Schau.« Weiter hinten stand ein überdimensionales weißes Zelt.

Eine junge Rothaarige kam angetänzelt. Sie trug einen hellgrünen Skianzug und war außerordentlich hübsch. »Hi, ich bin Jana.« Anscheinend aus dem Osten. In gebrochenem Deutsch fragte sie Max und Elly, ob sie hier wären für die Zeremonie.

»Wir sind schon sehr neugierig«, sagte Max.

»Erstes Mal?«, fragte Jana.

»Ja«, antwortete Elly.

»Keine Sorge«, sagte die Russin, »lasst euch treiben.«

Andere Leute kamen, nickten zum Gruß.

Elly und Max begutachteten das Zelt. »Da passen gut zwanzig Leute rein«, sagte Max. Er hatte die Angewohnheit, gern Dinge zu kommentieren. Alles hier vermittelte den Hauch von Aussteigerfeeling, Kommunendenke, Vergessenheit.

»Grüß euch, ich heiße Alexander.« Der Hüne kam näher mit geschmeidigen Bewegungen, wie eine große Katze. Er schien hier zu Hause zu sein. »Ich komme aus England und bin der Assistent.« Max und Elly gaben ihm die Hand. »Hallo.« Alexander zählte die Anwesenden. Der wortkarge Freak mit dem Piercing, der ihnen die Tür geöffnet hatte, stellte sich als Eddie vor.

Alexander klatschte in die Hände. »Gut. Nur Zoe fehlt noch. Dann sind wir komplett. Bald können wir anfangen. Das dort ist übrigens Hector. Der Meister. Hector Salazar, seine Vorfahren waren Azteken.«

Der Schamane hatte die natürliche Autorität eines Mannes, der gewohnt war, dass ihm Leute folgten. Sein Gesicht zeigte, dass er sein Leben überwiegend an der frischen Luft verbracht hatte. Sogar die Pockennarben sahen gut aus. Anders als die anderen, die warm angezogen waren, trug er speckige Jeans, ein ärmelloses Hemd mit indianischem Muster, darüber ein Ledergilet und um den Hals eine Kette mit einem Amulett in Form eines Aztekenkopfs. Hector Salazar hatte einen Oberlippen- und Kinnbart, die schwarzen Haare waren zu einem Zopf zusammengebunden. Augen wie Messer.

In der Mitte des Zelts war ein Blumenherz drapiert. Rote und weiße Kerzen in einem halbmondartigen Arrangement, dazu Kakipflaumen, Äpfel und Mandarinen. Ein Altar auf dem Boden. Rechts davon lag ein Speer mit einem Federschmuck.

»Wow! Ich hoffe, ihr habt noch nicht ohne mich begonnen«, sagte eine Frauenstimme.

Elly drehte sich um: »Zoe! Na bitte, wir begrüßen das Geburtstagskind. Den Dreißiger hier zu feiern, ist … interessant.« Elly umarmte Zoe. Sie kannten sich seit der Schule und waren wie Schwestern.

Zoe strahlte in ihrem wattierten weißen Overall. Mit ihrer Figur hätte sie Schauspielerin oder Model werden können. Aber sie hatte sich für einen Job als Beraterin für strategisches Marketing entschieden. Firmenbosse ließen sich gern etwas von ihr sagen, vor allem, wenn sie die Haare offen trug. Die Herren mit den graumelierten Schläfen hatten große Erwartungen, aber keine Ahnung, mit wem sie es zu tun hatten. Zoe war eine Koryphäe auf ihrem Gebiet, schön, klug, mit diesem besonderen Hauch von Verruchtheit.

»Hi, Max«, sagte sie und umarmte ihn. »Lange nicht gesehen.« Sie küsste Hector auf den Mund. »Hallo, mein Oberschamane.«

Das Zelt hatte zwei Ausgänge. Einen in die Lagerhalle und einen in den Garten, wo aufgestapelte Holzscheite in einem Metallgestell brannten. Das Feuer knisterte in der Dunkelheit.

Pölster und Decken wurden aufgelegt, Wasserflaschen verteilt. Langsam formierte sich die Gruppe. Zoe, Elly, Max, Jana, Eddie, Alexander und Hector. »Die magische Sieben«, verkündete der Zeremonienmeister, und zu Zoe gewandt: »Heute werden wir deinen Ehrentag gebührend begehen, das verspreche ich dir.« Alexander, sein Adlatus, erklärte: »Alle drehen jetzt bitte die Handys ab. Legt sie da drüben in den Korb. Und gebt auch die Autoschlüssel ab. Nur zu eurer Sicherheit.«

Hector nahm Platz im Schneidersitz und kramte in seinem Rucksack. Die Anwesenden bildeten einen Kreis in dem Zelt. Die Erwartung stieg mit jeder Sekunde.

»Ich grüße euch, liebe Freunde.« Hector breitete die Arme aus wie ein Prediger. »Ich darf ein paar einleitende Worte sprechen. Wir haben Respekt vor dem Altar.« Er zeigte auf das Herz aus Blumen. »Wer das Zelt verlässt und nach draußen geht, faltet die Hände. Dasselbe gilt auch fürs Reinkommen. Sollte jemandem übel werden, nehmt bitte eines der ausgegrabenen Löcher. Geht nicht zu den Schweinen, auch nicht zu den Hühnern. Und stört niemanden hier drinnen. Wir alle sind hier, um Antworten zu bekommen. Antworten auf die großen Fragen, die uns beschäftigen.« Er machte eine Pause, alle hingen an seinen Lippen. »Peyote ist keine Medizin. Auch keine Droge. Es ist ein Türöffner. Peyote öffnet die Tür zu einer anderen Dimension. Zu einer anderen Daseinsform. Es ist der Weg zur Quelle. Jeder von euch kann die

Quelle befragen. Direkt. Niemand ist dazwischengeschaltet. Die Quelle ist allwissend.«

Alexander nahm eine Trommel in den Schoß und schlug in rhythmischer Abfolge darauf ein. Bumm-bumm. Bumm-bumm.

»Liebe und Dankbarkeit«, fuhr Hector fort. »Darauf wollen wir den Fokus richten. Es gibt die Übereinkunft, dass niemand die Zeremonie verlässt, niemand geht von hier fort. Ihr bleibt hier, bis sie endet. Wir müssen darauf achten, dass das Feuer nicht ausgeht. Dafür brauchen wir einen Hüter. Wer möchte die Aufgabe übernehmen?« Er sah in die Runde.

»Ich«, sagte Jana, die Russin.

»Gut. Du bist die Hüterin des Feuers.« Hector senkte das Haupt, als müsste er Kraft sammeln. »Wir müssen die Natur wieder schätzen lernen. Wir sind abgekapselt von der Seele. Geblendet von Dingen, die wir als Realität annehmen. Aber das ist nicht die Realität.« Er nahm eine Tonschale und hielt sie hoch. »Dieses Peyote gehört euch. Ich habe es selbst getrocknet und gerieben.« Er zeigte den Inhalt her. Ein aschgraues Pulver. »Ich werde es herumreichen. Nehmt es in euch auf. Mit ein paar Schluck Wasser. Dazu ein Stück Grapefruit und ein wenig Kakao. Den Löffel dürft ihr nicht in den Mund nehmen. Lasst nur das Pulver in den Mund rieseln. Zu Beginn empfehle ich zwei Teelöffel. Wer will, kann vier nehmen. Man kann auch zehn nehmen und sich gleich übergeben, aber es wäre schade, das Peyote zu vergeuden. Der Körper muss sich erst daran gewöhnen. Die göttliche Frucht sucht sich ihren Weg.«

Max sah Elly an und schmunzelte. Sie wirkte verunsichert.

»Niemand braucht Angst zu haben, dass er nicht genug bekommt. Es ist ausreichend da. Lasst euch Zeit.« Er schloss die Augen und atmete tief ein. »Die Zeremonie kann beginnen.«

Die Tonschale ging herum. Alexander nahm drei Löffel, Eddie vier. Jana und Zoe nahmen zwei. Max nahm drei, Elly einen und einen halben. Hector nahm vier.

Es schmeckte bitter und nach Erde. Max spülte es mit einem Glas Wasser herunter. Elly verzog das Gesicht. Schnell nahm sie ein Stück Grapefruit, aber das überdeckte den fauligen Geschmack nur zur Hälfte. Sie kostete auch von der Kakaomelasse, sie schmeckte seltsam derb.

»Das Leben, das wir kennen, ist nicht das, was wir auf dem Handy suchen. Ob das Display 4K hat? Hinten drei Kameras? Das soll wichtig sein? Peyote wird euch die Augen öffnen. Das schwöre ich euch. Wisst ihr, wer es entdeckt hat?«

Alle schüttelten den Kopf.

»Da gibt es die Geschichte von den zwei Jägern. Sie haben einen blauen Hirsch erschossen. Der Hirsch fiel nicht um, sondern in zwei Teilen auseinander. Die Teile zerbarsten in blaue Splitter. Eine Spinne kam herbeigekrabbelt und wob darüber ihren Kokon. Immer enger zurrte sie ihr Netz um ihre Beute. Aber dann ließ sie ab davon, ihr Werk war getan. Ein Adler flog vorbei und sammelte die Stücke ein. Er breitete seine Schwingen aus und zog dahin. Die Jäger kamen und wollten sehen, was mit dem Hirsch passiert war. Aber er war nicht mehr da. Die Dinge sind nicht immer so, wie sie scheinen.«

Max verstand den Sinn der Geschichte nicht. Er merkte, wie die Stimme des Schamanen sich in alle Fasern seines Körpers schmeichelte. Er nahm die Schwingungen wahr. Elly neben ihm war ganz ruhig. Im Hintergrund das stete Trommeln. Alexander stimmte ein Lied an. Am Ende sagte er in die Runde: »Aho! Sagt es nach. Am Ende jedes Lieds. Aho.«

»Aho!«, tönte es im Chor.

Zoe nahm noch einen Löffel. Elly schüttelte den Kopf. Max nahm auch einen, Eddie und Alexander noch zwei. Jana einen. Hector zwei.

Die Musik verschwamm zu einem Mantra, gefolgt von einem mehrstimmigen Aho! Die Lieder legten sich über das Geschehen wie neue Membranen der Wirklichkeit. Als würde man einen inneren Bass zuschalten. Trommeln. Singen. Aho!

»Noch einen Löffel?«, fragte Hector. »Ja, gerne.« Alle langten zu, bis auf Elly, sie wirkte traurig, in sich gekehrt.

Der Schamane erzählte die Geschichte von einem König, der sein Reich verloren hatte, weil das Klima andere Menschen herbeigebracht hatte. Max dachte, das konnte nur eine Parabel sein.

Er war sicher, den tieferen Sinn dahinter verstanden zu haben. Redete der Schamane von der Flüchtlingskrise? Vom Klimawandel? Gab es Parallelen zu dem, was er sagte, und dem, was war? Die Stimmen erzeugten einen Hall in seinen Ohren. Die Realität gerann im Zusehen zu einer zähen Masse, zerfiel zu Asche, zu Peyote.

Irgendwann stand Jana auf, stakste zum Altar und faltete die Hände. Mit vorsichtigen Schritten ging sie zum Feuer und legte ein Scheit nach. Der dürre Eddie murmelte vor sich hin. Alexander trommelte und sang ein Lied, in dem es darum ging, dass es mehr Frieden geben möge auf der Welt, Zusammenleben statt Separatismus. Wie er dieses komplizierte Wort zustande brachte, war Max schleierhaft. Er kam sich immer mehr vor wie ein Passagier auf einer Busfahrt ins Nirgendwo.

Hectors Stimme klang verzerrt, auch sein Gesicht nahm andere Züge an. »Wir haben ein Geschenk bekommen« – es klang wie Gescheeenk –, »diesen Planeten, und wir wollen dieses Geschenk annehmen und schätzen lernen.« Leeaanen. »Was ist die existenzielle Frage, die ihr habt? Was wollt ihr wissen über euch? Fragt es euch genau jetzt.«

Max sah auf die anderen. Jeder war versunken in den Tiefen seiner selbst. Elly rann eine Träne über die Wange. Sie konnte nichts sagen. Max' Außenwelt stülpte sich ins Innere. Während er nachdachte, hatte er das Gefühl, eine besondere Energie anzuzapfen. War das etwas Göttliches? Er sinnierte über sein Leben als Grafiker, sein Dasein als Mann. Sprunghaft dachte er nach über den Materialismus, der ihm plötzlich nutzlos vorkam, das Geld, die Arbeit, das Haus, die Partys. Was wollt ihr wissen über euch?, hallte es nach in seinem Kopf. Er fragte sich, ob es falsch war, mit Zoe zu schlafen. Vor einem halben Jahr hatten sie sich zufällig auf einer Party getroffen, da schau her, Max, dich kenn ich doch. Sie stand auf Tequila, er sagte nicht nein, und irgendwann landeten sie in einem Hotel, und dieser Weg war geebnet. Obwohl er seit zwei Jahren verheiratet war. Max sah zu Elly. Sie hatte die Augen geschlossen. Sie wusste nichts von Zoes Ausritten mit Max. Für eine beste Freundin, für eine, die sie Schwester nannte, war

Zoe ziemlich durchtrieben. Im Bett sehr laut. Das Bild von ihrem nackten Körper verschwamm, als hätte man einen Stein in den See geworfen, und die Gedanken verwässerten sich in konzentrischen Kreisen. Max fühlte sich auf einmal ganz leicht. Enthoben von Verpflichtungen, befreit von Konventionen. Die anderen waren genauso mit sich beschäftigt. Von irgendwoher kam dieses Trommeln und Singen und Trommeln und Singen. Aho!

»Gedanken sind entscheidend«, sagte Hector mit einem Tiefenhall. »Positive Gedanken können alles ändern auf dieser Welt. Sie können die Flugbahn einer Atomrakete ändern. Oder es gar nicht so weit kommen lassen, dass sie abgefeuert wird. Gedanken lenken die Zukunft.«

Noch immer hatte Max nicht das Gefühl, Halluzinationen zu haben. Das Zeug schien nicht zu wirken oder nur ganz leicht die Nervenenden zu kitzeln. Die Akustik veränderte sich, das schon. Die Ränder seiner Wahrnehmung wurden unschärfer. Und auf einmal sah er wieder alles klar. Er verstand die Welt, den Kosmos. Die große Absicht. Wie alles gedacht war vom Schöpfer. Das musste die Quelle sein, zu der er jetzt Zugang hatte. Er konnte schöpfen aus ihr. Er war Teil dieser Gottheit.

»Andere verstehen das nicht«, sagte Hector von weither. Eddie lachte, und dieses Lachen verhallte und verhallte und verhallte. Irgendwo tönte ein Kichern. Jana? Zoe? Alexander? Elly blieb stumm und hatte die Augen geschlossen. Max überlegte, ob er sie berühren sollte, ließ es aber.

»Noch einen Löffel?«, fragte Hector. Er reichte den Tonkrug herum, und alle bedienten sich. Sogar Elly nahm noch einen. Für kurze Zeit war sie anwesend.

»Spürt ihr diese Wärme?«, fragte Hector. Ein Raunen. Aho! »Das ist die Freude. Die Verbundenheit mit dem Kosmos.« Lieder wurden angestimmt, Bumm-buum, Bumm-bumm, Alexander wiegte sich mit seiner schlaksigen Figur im Rhythmus der Musik. Jana bewegte ihre Hände, als würde sie in Zeitlupe Harfe spielen.

Alles glitt dahin. Panta rhei, nicht wahr? Heraklit? Wer hatte den Kapitalismus erfunden? Warum strebten wir alle nach Besitz? Um es schöner im Leben zu haben? Was ist Glück? Was ist Zufriedenheit? Bilder von Max' Kindheit gingen ihm durch den Kopf. Blitzlichter von früher. Wie er mit einem roten Fahrrad über die Felder gefahren war. Wie er dieses Mädchen im Schulhof geküsst hatte. Wie er Elly bei der Haltestelle angesprochen hatte, und wie sie in der Straßenbahn Gemeinsamkeiten entdeckt hatten. Die Bilder überlappten sich. Formten sich zu blauen Kugeln, die eine Spinne mit ihrem Netz einwebte, und ein Adler kam und flog davon. Alles ergab einen Sinn.

Max öffnete die Augen. Die Leute waren jetzt eine Spur größer. Manche Gesichter hatten sich verändert. Sie hatten etwas Fratzenartiges angenommen, aber nicht unheimlich, sondern richtig. Etwas musste ihre Masken abgestreift und das wahre Antlitz freigelegt haben. Worauf kam es an im Leben?, fragte er sich. Max wollte auf die Uhr sehen, aber seine Rolex war nicht mehr da. Hatte er sie abgelegt? Wo waren die Autoschlüssel? Das iPhone? Egal, es hatte keine Bedeutung.

»Ich habe sieben Jahre gebraucht, bis ich weinen konnte«, sagte Hector. Der Aztekenkopf auf seiner Halskette bewegte sich.

Eddie nickte. »Ich verstehe dich, Meister.«

Elly bekam einen Weinkrampf.

»Ja, lass es raus. Lass es geschehen. Die Medizin hilft dir dabei.« Hector verabreichte ihr noch einen Löffel.

»Merkt ihr, was hier entsteht?«, fragte er. »Ein kollektives Bewusstsein. Wir sind eins. Als würden sich die Gedankenwelten auf einer anderen Ebene treffen und verschmelzen. Sie vereinigen sich zu einem großen Ganzen, zu einer energetischen Gesellschaft. Mag jemand noch einen Löffel? Oder den heiligen Schub?«

Zoe lachte und deutete ihm. Hector nahm ein Gerät aus dem Rucksack. Er setzte es Zoe in die Nasenlöcher ein und blies ihr die Substanz direkt in die Schleimhäute. Sie nahm es in sich auf und winkte ab. »Puh! Das hat's in sich gehabt.«

»Happy Birthday«, sagte er. Er reichte ihr ein Taschentuch, damit sie sich schnäuzen konnte. Hectors Ledergesicht verzerrte sich zu einem diabolischen Grinsen. »Wollen wir dann mit deiner Feier beginnen?«

Aho!

Aho!

Aho!

Die Kerzen schimmerten im Hintergrund, es roch nach süßem Moder. Max konnte sich nicht mehr einordnen. Das musste der Kontakt mit der Quelle gewesen sein. Obwohl, er hatte sich total im Griff. Draußen sah er das Feuer flackern. Jana muss eine gute Hüterin gewesen sein. Er fühlte eine tiefe Verbundenheit zu den Menschen in diesem Zelt. Sie waren eine Einheit.

»Gut, Zoe, dann komm her.«

Zoe stand auf, sie hatte ein besonderes Lächeln, ihr Mund war tiefrot. »Hast du einen Kuchen für mich, mein Schamane?«

»Der Kuchen ist Materie. Wir feiern feinstofflich. Spirituell. Komm, zieh dich aus.«

Zoe überlegte gar nicht und öffnete ihren weißen Overall. Darunter trug sie nichts.

Max wunderte sich, wahrscheinlich gehörte das zum Ritual. Elly öffnete die Augen und legte die Stirn in Falten.

»Gut so. Wir singen weiter. Zieh dich ganz aus.«

Die nächsten Sekunden oder Stunden oder Jahre kamen Max vor wie ein einziger Zustand. Die Frau, die er mehr als gut kannte, war auf einmal nackt und kniete vor dem Schamanen. Hector knetete ihre Brüste. Jana räkelte sich daneben auf dem Boden, leckte sich die Lippen. Alexander nickte, als würde er alles gutheißen. Eddie steckte seine Hand in die Hose und rieb sich gedankenversunken im Schritt.

»Lass uns gehen«, sagte Elly. Ihr Augen waren blutunterlaufen, traurig. Max konnte nichts sagen.

Hector nahm eine Wasserflasche und goss den Inhalt über Zoes Brust. »Reinheit. Vor dem Eintritt.«

Aho!

Aho!

Aho!

Er fasste sein Amulett an, murmelte etwas Unverständliches. »Bist du bereit für die nächste Stufe?«, fragte er. Zoe lag nackt auf dem Boden. Ihre blonden Schamhaare waren zu einem kleinen Dreieck gestutzt.

»Ja, ich bin bereit.«

Hector stand auf, faltete die Hände und betete. Das Trommeln wurde lauter. Alle sangen dieselben Töne. Hector nahm den Speer mit dem Federschmuck. Er drehte sich langsam im Kreis.

»Wir danken dir, heilige Frucht! Der Gott Peyote möge uns gnädig sein.« Er nahm den Speer von der linken in die rechte Hand. Mit erstaunlicher Geschwindigkeit holte er aus und rammte ihn Zoe ins Herz.

Die Zeit stand still.

Dunkles Blut sickerte aus der Wunde.

Zoe röchelte und zuckte.

Elly schrie auf.

Max sprang hoch, brüllte: »Nein!«

Elly zitterte, schluchzte. »Zoe!«

Die anderen blieben sitzen und sangen ihr Lied. Alexander trommelte weiter, Eddie nahm noch einen Löffel.

»Ave Peyote«, sagte Hector.

Zoes Mund war verzerrt. Die Stahlspitze des Speers hatte ihren nackten Körper durchbohrt und war ein paar Zentimeter aus dem Rücken herausgetreten. Ihre Augen waren weit aufgerissen und leer.

Max konnte nicht glauben, was er da sah. Das war nicht echt. Sein Gehirn musste ihm einen Streich gespielt haben. Das war Einbildung.

»Schreckt euch nicht, Kinder«, sagte Hector. »Die Zeremonie hilft ihr, auf die nächste Stufe zu kommen. Sie ist gleich dort. Manchmal dauert der Übergang ein bisschen länger. Könnt ihr es auch spüren, wie sie hinübergeht?«

Max zitterte. Alles in ihm stand auf Alarm. Das hier hatte nicht wirklich stattgefunden, oder doch? Elly stand neben ihm wie ein Denkmal. Ihr Atem ging stoßweise. Sie flüsterte: »Wir müssen von hier verschwinden. Jetzt.«

In dem Moment hatte Max einen klaren Gedanken. Ja, Flucht.

Er schnappte Elly und wollte raus. Nicht Richtung Garten, sondern Richtung Lagerhalle. Sie mussten zum Auto, irgendwie, und fliehen. Bevor er den Ausgang erreicht hatte, knallte ihm Alexander die Faust ins Gesicht.

In Max' Kopf explodierte ein heller Schmerz. So etwas hatte er noch nie gefühlt. Er war kein Kämpfer. Tränen schossen ihm in die Augen, er sah nur mehr rote Schlieren.

Eddie riss Elly zu sich und zog ein Messer. Er sagte: »Hey, Mister Supermax, hast du so was schon mal gesehen?«

Eddie hielt Elly mit dem linken Arm um die Taille fest, hob mit der rechten ihr Kinn und schnitt ihr die Kehle durch.

Sie wollte schreien. Herauskamen nur mehr gutturale Laute. Das Blut quoll aus ihrem Hals, und Eddie lachte. »Aufgeschlitzt wie ein Schwein.« Hector nickte, wie zur Bestätigung. Das Aztekenamulett leuchtete rot. Jana und Alexander klatschten.

Aho! Aho!

Max stürzte sich auf Eddie, aber sein Griff ging ins Leere. Eddie hatte sich flink zur Seite geduckt und trat ihm mit voller Wucht in den Rücken. Max ging zu Boden. Alles drehte sich in seiner Wahrnehmung. Elly, tot. Zoe, tot. Das konnte alles nicht wahr sein, nein. Er musste träumen und raus aus diesem Albtraum.

»Ich denke, es ist Zeit. Bringt ihn her. Wir müssen auch für ihn den Übergang vorbereiten.« Hector schnippte, und Alexander wollte Max aufheben. Aus einem Reflex heraus schlug er seinen Kopf nach hinten und brach Alexander das Nasenbein. Das Knacken konnte man hören. Als Alexander ihn losließ, sprang Max auf und rannte los.

»Hey!«, schrie Eddie. »Hiergeblieben! So leicht kommst du uns nicht davon.« Jana kicherte. Alexander hielt sich die blutverschmierte Nase. Hector lief Max hinterher.

Max nahm den Ausgang in den Garten, rannte am Feuer vorbei, weiter durch die Nacht. Hinter ihm hörte er seine Verfolger keuchen. Aus dem Augenwinkel sah er einen Stall. Weiter. Er spürte, wie eine Hand nach seinem Rücken griff, und schlug einen Haken. Ein dumpfer Knall. Hector war gestürzt. Weitere Stimmen im Hintergrund. »Wo ist er!« Max rannte um sein Leben. Rechts vorne sah er eine Böschung. Durch ein Meer aus Brennnesseln bahnte er sich einen Weg hinauf. Beinahe hätte er das Gleichgewicht verloren, fing sich aber wieder. Alles dunkel. Er kam oben auf der Böschung an. Wohin? Er hatte keine Ahnung, in welcher Richtung es zum Auto ging. Da fiel ihm ein, dass er seinen Autoschlüssel abgegeben hatte. Auch das Handy war weg. Weiter, schnell. Der Schweiß unter den Achseln fühlte sich matschig an. Waren sie die ganze Nacht in dem Zelt gewesen? Er hatte sein Zeitgefühl verloren. Das konnte alles nicht wirklich passiert sein. Max kam zu einer Steinmauer. Als er drüberkletterte, riss er sich die Hose an einem Nagel auf. Er sah, dass er blutete, spürte aber keinen Schmerz. Das Adrenalin hielt ihn auf Trab. Laufen, laufen. Während er rannte, hatte er das beklemmende Gefühl, nicht voranzukommen. Er blieb stehen, kurze Pause zum Verschnaufen, weiter. Dort vorne war ein Wald. Vielleicht kam er zu einem Haus, wo er Hilfe rufen konnte. Er musste der Polizei sagen, was geschehen war. Sie mussten diese Irren drankriegen. Max sah nach oben, war da was? Der Vogel sah aus wie ein Adler. Max lief weiter, dort links, ja, das kam ihm bekannt vor. Das war der Schranken, den sie passiert hatten, als sie hergefahren waren. Er war auf dem richtigen Weg. Er musste raus aus diesem Gelände. Aus dem Pförtnerhaus neben dem Schranken trat eine Gestalt. Ein alter Mann. Der Mann mit dem gelben Hut, der ihm den Schranken geöffnet hatte.

»Hey! Hallo! Sie!« Der Mann drehte sich um. »Ich brauche Hilfe. Hilfe, hören Sie!«

»Was ist los?«, fragte der Mann mit dem Hut. »Ja, wie schauen Sie denn aus?« Max war blutverschmiert und voller Erde.

»Sie müssen sofort die Polizei rufen!«

»Wieso. Jetzt beruhigen Sie sich einmal.«

»Das sind Mörder. Dort drinnen. In dem Zelt. Sie haben meine Frau umgebracht. Und noch wen. Die Leute mit dem Peyote.«

Der alte Mann kratzte sich am Kinn. »Mörder, soso. Ich verstehe. Haben Sie Drogen genommen?«

»Nein. Ich meine, ja, aber das war anders gemeint. Wegen dem Geburtstag von Zoe, wissen Sie? Der hat sie einfach aufgespießt. Ich schwöre es.«

»Sie gehören nicht hierher«, sagte der alte Mann.

»Wie bitte?«

»Das ist nicht Ihr Kosmos.« Er bewegte die Finger wie ein Klavierspieler.

»Was reden Sie da?«

»Das ist die Matrix. Sie hat das gebaut. Der Zug des Lebens hat Nebengleise, und sie sind vom Weg abgekommen.«

»Spinnen Sie? Ich sage es noch einmal. Rufen Sie die Polizei. Oder nein, geben Sie mir Ihr Handy. Sofort.«

Der alte Mann schüttelte den Kopf. »Überall Symbole«, sagte er. »Versteckte Hinweise. Haben Sie den Hirsch gesehen? Oder die Spinne? Ich glaube, Sie sind noch nicht auf der richtigen Ebene, kann das sein?«

Max merkte, dass hier etwas nicht stimmte. Was redete der Mann da? Steckte er mit den Leuten unter einer Decke?

Der alte Mann griff in seine Jackentasche, tippte etwas in sein Handy und hielt es sich ans Ohr. »Er ist hier bei mir.«

Max rannte los. Vorne war ein Wald. Dort konnte er sich verstecken. Er musste abwarten, bis es hell war. Er hörte Stimmen. Sie waren in der Nähe. Die Bäume boten kein gutes Versteck. Was konnte er tun? Max blickte hoch. Ja, das war die Lösung. Er musste den Baum hinauf. So weit wie möglich. Er sprang und krallte sich auf einem Ast fest. Mit aller Kraft gelang es ihm, sich hochzuziehen. Er schwang das rechte Bein auf den Ast, fand Halt und zog das linke nach. Durchatmen. Schweiß rann ihm in die Augen. Er blinzelte und sah alles verschwommen. Hinauf zum nächsten Ast. Er kletterte hoch und höher, immer weiter. Ein Ast nach dem anderen. Bis er die Baumkrone erreichte. Er hielt inne und klammerte sich an den Stamm. Unten Geräusche. Sie kamen.

»Habt ihr ihn gesehen?«

»Nein. Josef hat gesagt, dass er in diese Richtung gelaufen ist.«
»Durch den Wald?«

»Anscheinend.«

»Jana, die Taschenlampe war eine gute Idee.«

Max sah von oben, wie ein Lichtkegel durch den Wald tanzte.

»Er muss hier irgendwo sein.«

»Da! Ist das Blut?«

»Ja.«

»Er kann nicht weit von hier sein.«

Max hielt den Atem an. Der Baum war seine einzige Chance. Wenn sie nach oben sahen, hatten sie ihn. Er machte einen kleinen Schritt zur Seite, rutschte mit dem rechten Fuß ab, verlor den Halt. Und fiel. Und fiel. Und fiel. Im Fallen spürte er, wie sein Rücken gegen die Äste krachte, etwas zerfetzte ihm die Jacke, er dachte noch, dass die Welt verkehrt war, und als er mit dem Kopf auf dem Erdboden aufschlug, war es aus.

Er stand plötzlich wieder in der Lagerhalle. Sah den rostigen VW Käfer, der an einer Stahlkette von der Decke baumelte. Er sah die Scheinwerfer, die braunen Couchen, das Klosett, die Plattform mit dem Schild *Bare Foot Dancing*. Den Anhänger mit dem kleinen Holzhaus, von innen rot beleuchtet. Das Zelt. Davor standen Leute. Sechs Leute. Vorsichtig ging er näher, jeden Schritt setzte er langsam. »Ah, Max, da bist du ja«, sagte Elly. »Es geht gleich los.«

»Mein Gott! Bist du das wirklich?« Elly lebte. Niemand hatte ihr ein Messer an den Hals gesetzt. Sie stand da, lächelte.

»Was ist los mit dir?«, fragte Elly, »hast du schon vor uns von der Frucht gekostet?«

»Er schaut ein wenig mitgenommen aus, der Gute«, sagte Alexander.

»Können wir jetzt bitte anfangen«, mahnte Zoe.

»Yeah«, sagte Eddie.

Hector drehte sich um und sah Max tief in die Augen. »Die Dinge sind nicht immer so, wie sie scheinen.«

*

Piiiep. Piiiep. Piiiep. Das Gerät neben dem Spitalsbett zeigte Ellys Puls und Herzschlag. Sie fühlte sich besser. Die Tür ging auf, und ein älterer Mann im weißen Kittel kam auf sie zu. Er nahm die Brille ab.

»Frau Pfeiffer, wie geht es uns denn heute?«

»Danke, Herr Doktor. Ich kann schon wieder allein aufstehen. Bis auf die Kopfschmerzen ist alles okay.«

»Schön zu hören. Wissen Sie, ich habe noch einmal mit der Verkehrspolizei geredet. Sie haben gesagt, dass ihr beide unwahrscheinliches Glück hattet. Normalerweise überlebt man so einen Unfall nicht.«

»Ich kann mich an nichts mehr erinnern.« Sie schluckte.

»Der Geisterfahrer, der Ihnen auf der Autobahn entgegengekommen ist, war sofort tot. Ihr Auto ist ein Wrack. Die Leute von der Feuerwehr mussten Sie und Ihren Mann herausschneiden. Das hat eine Stunde gedauert.« Er schüttelte den Kopf. »Es klingt wie in einer Fernsehserie, aber ich muss Ihnen sagen, dass es wirklich an ein Wunder grenzt. Sie können sich glücklich schätzen, mit zwei Rippenbrüchen und einer Gehirnerschütterung davongekommen zu sein.« Er lächelte milde.

»Und Max?«

»Ihr Mann hat es nicht so gut erwischt. Er liegt seit drei Tagen im Koma. Im Nebenzimmer. Wir müssen ihn künstlich beatmen.«

»Um Gottes willen. Was heißt das? Wann wird er aufwachen?«

»Das können wir zum jetzigen Zeitpunkt noch nicht sagen.«

»Und wie wird sein Zustand sein? Wird er wieder gesund?«

»Frau Pfeiffer, ich will Ihnen nichts vormachen. Sein Zustand ist kritisch. Wir müssen abwarten. Die nächsten Tage werden zeigen, ob er es schafft. Aber wir tun alles Menschenmögliche, das können Sie mir glauben.«

»Danke, Herr Doktor.«

»Ach ja, eins noch. Der Neurologe sagt, Ihr Mann zeigt außerordentlich starke Aktivitäten im Nervus vagus, im Gehirn. Als würde er intensiv träumen. Die Wellen sind wiederkehrend, wissen Sie. Wir können nicht ausschließen, dass er in einer zerebralen Anomalie festhängt. Sie müssen sich das vorstellen wie eine Schleife. Gut möglich, dass er ein und dieselbe Situation immer wieder durchlebt. Es gibt gute Studien dazu.«

»Wie kann er es da rausschaffen?«

»Dazu gibt es nur Spekulationen. In den meisten Fällen erkennt der Patient, dass er sich in einer Schleife befindet. Aber nicht immer. Wenn er die Geschehnisse in seinem Kopf für real hält, kann er ewig in dem Traum gefangen sein. Es gibt experimentelle Therapien mit einem neuen Präparat. Sollten wir es bei Ihrem Mann einsetzen, bräuchte ich Ihre Einwilligung. Aber das geschieht frühestens in zwei Wochen. Wenn er bis dahin nicht schon aufgewacht ist. Und das wollen wir doch hoffen.«

»Ja, ich bin sicher, dass er es schaffen wird.«

Der Arzt nickte und hob die Hand: »Schlafen Sie jetzt. Ihr Körper braucht Ruhe. Wenn Sie etwas benötigen, drücken Sie einfach diesen Knopf, und die Nachtschwester wird sich um Sie kümmern.« Er verließ den Raum und zog hinter sich die Tür zu.

Elly war erleichtert. Sie wartete. Sie musste zu Max. Der Arzt hatte gesagt, er läge im Nebenzimmer. Elly richtete sich im Bett auf. An der rechten Seite spürte sie einen scharfen Stich. Die Rippen. Hätte schlimmer kommen können, richtig. Elly hatte von Anfang an gesagt, dass sie bei der Sache ein schlechtes Gefühl hatte. Der Geisterfahrer. Sogar im Radio hatten sie davor gewarnt, aber Max war zu aufgeregt gewesen wegen der Zeremonie. Zu der hatten sie es jedenfalls nicht geschafft. Wie Zoe und die anderen wohl ihren Geburtstag gefeiert hatten? Sie würde es ihr schon in allen Details erzählen. Jetzt ging es um Max. Elly dachte noch einmal an den Unfall bei der Autobahnabfahrt. Sie konnte sich an nichts erinnern. Max hatte einfach zu spät reagiert.

Sie hievte ihre Beine vom Bett und stand langsam auf. Alles in Ordnung. Elly ging durch ihr Krankenzimmer, öffnete die Tür und lugte in den Gang. Niemand. Die Schwestern und Pfleger hatten sich offenbar zum Abendessen versammelt. Elly ging zum Nebenzimmer und öffnete die Tür. Als sie Max da liegen sah, fühlte sie Bitterkeit und Trauer. So schnell konnte es gehen. Eine falsche Bewegung, und schon war das Leben aus der Bahn geraten. Unfassbar, normalerweise las man von solchen Dingen in der Zeitung. Jetzt hatte sich das Schicksal brutal in ihr Leben gedrängt.

Sie ging vor zu seinem Bett. Max' Kopf war mit weißem Mull einbandagiert, sein Gesicht zerschrammt und blauviolett. Er atmete gleichmäßig. Er sah so friedlich aus.

Elly dachte nach über ihre Hochzeit. Wie sie in diesem Traum aus Weiß geheiratet hatte, wie eine Prinzessin. Die Zeremonie hatte im Stephansdom stattgefunden, mit anschließender Feier im Palais Liechtenstein. Zweihundert Gäste waren gekommen. Der Tag, das wusste sie, würde ihr immer im Gedächtnis bleiben. Die Hochzeitsreise auf die Malediven, mein Gott, war das schön. Sie mieteten eine Wasservilla, wo man von der Terrasse aus direkt ins Meer steigen konnte. Da waren diese Millionen bunter Fische. Eine Trauminsel mit weißem Sand. Die Nächte im Freien. Die Luft schmeckte salzig, nach Freiheit. Elly fragte sich, wann alles begonnen hatte mit Zoe. Die Sache musste schon ein paar Wochen gehen, wenn nicht gar Monate. Am Anfang hatte sie Winzigkeiten bemerkt. Max hatte ein Parfüm gekauft, es war im Schrank versteckt und dann plötzlich weg gewesen. Sie wollte ihn nicht darauf ansprechen. Für alles gab es plausible Erklärungen. Später kamen die Abendtermine dazu. Max sagte, er müsse eine neue Kampagne für einen Großkunden entwerfen. Er kam spät und wirkte müde. Aber nicht vom Arbeiten. Dass ausgerechnet Zoe dahintersteckte, Zoe, ihre beste Freundin, hätte sie nie für möglich gehalten. Für Zoe hätte sie alles gegeben. Sie waren gemeinsam aufgewachsen, hatten gemeinsame Freunde gehabt. Dass Zoe davon ausging, dass das auch für ihren Ehemann galt, war schlichtweg ein Wahnsinn. Und Max hatte sich nicht geziert. In welchem Hotel sie es getrieben hatten, fragte sie sich. Im Orient? Oder im Hilton? Ein Pärchen ohne Gepäck, aber mit viel Lust. So konnte alles kaputtgehen, so schnell. Elly überlegte, wie die Zukunft werden sollte, und diese Zukunft sah nicht gut aus, vor allem ihre gemeinsame. Er hätte sich nicht mit der Schlampe abgeben dürfen, so einfach war das. Er hätte seinen Schwanz in der Hose behalten sollen.

Elly beugte sich zu Max hinunter und gab ihm einen Kuss auf die Wange.

»Adieu, Chérie«, sagte sie und zog den Polster unter seinem Kopf weg. Sie legte ihn Max aufs Gesicht und drückte zu. Am Anfang zaghaft, dann mit beiden Händen, fest. Sie zählte die Sekunden. Bis hundert.

Die lebenserhaltenden Geräte schlugen Alarm. Das EKG zeigte die Nulllinie. Der grüne Strich kam ihr vor wie ein Wegweiser. Ein Versprechen, dass sie ihr Leben geradlinig weiterführen konnte. Elly verließ den Raum und ging zurück zu ihrem Krankenzimmer. Sie legte sich ins Bett und schloss die Augen. Manche Dinge musste man selbst erledigen.

Was sind schon Zeremonien

Wo zum Geier hast du denn den her? Zoes Blick war eindeutig. Was sie mit der winzigen Mimik, dieser fast unmerklich hochgezogenen linken Augenbraue konnte, brachten andere in einer ganzen Rede nicht unter. Sie konnte ihre Weltanschauung da hineinlegen, und Elly konnte sie mühelos lesen. Was allerdings gerade jetzt gar nicht nötig war, weil sie sich nämlich genau dasselbe fragte: Wo zum Geier hatte sie einen Typen wie Max her? Und was noch viel erstaunlicher war, warum war er immer noch da?

Elly riss sich von der Augenbraue ihrer besten Freundin los und wandte sich wieder Max zu. Es gefiel ihr, was sie sah. Er war groß, schlank, eher schlaksig als muskulös, hatte dunkle Haare, grüngraue Augen und sehr schöne Hände, er sah gut aus, das musste man ihm lassen. Und er hatte seine guten Seiten, wenn ihr auch grad keine einfiel. Trotzdem hätte sie momentan gern so getan, als hätte sie nichts mit ihm zu tun. Wo ich den herhabe? Keine Ahnung, ist mir zugelaufen. Aber so was würde Zoes Augenbraue nie durchgehen lassen.

Seit sie vor einer guten Stunde Zoes Riesenkasten von einem Landhaus betreten hatten, verwechselte Max das Wochenende unter Freunden mit einem Pitch in eigener Sache. Gestatten: Max, aber du darfst Genie zu mir sagen. Zwanzig Minuten lang zog er nun seine Kreise durch das Wohnzimmer, und mit jeder Runde begeisterte er sich mehr über seine Fähigkeiten als Artdirektor einer der angesagtesten Werbeagenturen des Landes. Das Eigenlob passte in der Größenordnung zum Raum, in dem sich eine mittlere Landwirtschaftsmesse abhalten ließe.

»… hatte ich diese Idee mit dem blauen Punkt auf dem blauen Untergrund, der mit so einem Apokalypse-Sound hereinkleckst … blau auf Blau … das müsst ihr euch vorstellen, Darlings … legendärer USP, auch für die Sub-Brands … hat sich noch nie wer getraut so was …«

»Wird schon einen Grund haben«, murmelte Zoe, der kein Spot mit einem blauen Apocalypse-Klecks in Erinnerung war, schon gar kein legendärer.

Max hörte sie nicht. Max hörte gar nichts außer dem Echo seiner Genialität. Das ist die erste Bude, in der sich sein Ego in gesamter Übergröße ausbreiten kann, ohne dabei irgendwo anzustoßen, dachte Elly, er muss sich vorkommen wie im Film. Was heißt Film, korrigierte sie sich, für ihn ist das eine Reality-Doku. Sie hatte ihn öfter schon als Werber agieren sehen, und gefallen hatte ihr das nie. Aber da war auch noch nie Zoe dabei gewesen. Elly rutschte noch ein bisschen tiefer in die Pölster des riesenhaften Fauteuils.

Es hätte so ein netter Abend werden sollen. Zoe hatte sie zum Essen eingeladen, auf ihre unglaublichen Spaghetti Carbonara, die ersten seit zwei Jahren. Zoe war für einen Job nach Sidney gegangen, die Freundinnen hatten sich die gesamte Zeit über nur via Skype gesehen, und selbst dazu hatte Zoe zuletzt keine Zeit mehr gehabt. Sie hatten also Redebedarf, ebenfalls in Landhausgröße. »Und bei der Gelegenheit«, hatte Zoe gesagt, »stellst du mir deinen Mann vor.«

Elly hatte es die Rede verschlagen. Woher wusste sie es? Sidney war weit weg. All die Monate hatte sie Max vor ihr verheimlicht und gedacht, dass ihr das auch gelungen war. Sie hatte von Anfang an gewusst, dass Max nicht Zoes Fall war, sie war sich ja nicht einmal sicher, ob er ihr Fall war. Aber solange Zoe in Australien nicht einmal ein paar Minuten pro Woche für sie erübrigen konnte, war Elly beleidigt genug gewesen, sich mit ihm zu trösten. Und dann war alles ein bisschen entglitten. Hochzeit ohne beste Freundin, Flitterwochen auf den Malediven, alles ohne Zoes Segen. Heute hatte sie es ihr beichten wollen. Beichten, dachte Elly, ich kann mir selber aussuchen, mit wem ich eine schlechte Ehe führe.

Die ganze Scheiße heute war überhaupt nur durch diesen verdammten Sidney-Job entstanden, der übrigens im Desaster geendet hatte, wenigstens etwas. Wäre Zoe nicht so lange weg gewesen, hätte es Max nie so weit bringen können in Ellys Gunst. Er wäre kläglich an den Beziehungsbestimmungen gescheitert, auf die sich Elly und Zoe mit einundzwanzig eingeschworen hatten. Damals war es einem von Zoes Kerlen fast gelungen, sie ausei-n-anderzubringen, und um das für alle Zukunft zu verhindern, hatten sie ein paar Zeilen aufgesetzt: *Jeder neue Liebhaber der einen ist binnen einer Frist von einem Monat der anderen vorzustellen, auf dass sie ihn beurteile, und zwar nach Kriterien nicht unähnlich denen des Nürnberger Prozesses.* Sie hatten Gloria Steinems Spruch auf zwei Zettel geschrieben: *Eine Frau braucht einen Mann so dringend wie ein Fisch ein Fahrrad,* die rechte Hand draufgelegt und feierlich darauf geschworen. Jede hatte ihren Zettel ganz klein zusammengefaltet und trug ihn seither in einem Armband bei sich, bis heute. Es tat der Sache einen winzigen Abbruch, als sie herausfanden, dass Gloria Steinems Spruch vielleicht gar nicht von Gloria Steinem war, aber Zoe fegte das ansatzlos von der Platte: »Scheiß drauf, auch andere Mütter haben gute Feministinnen.«

Und jetzt saß Elly da mit einem Ehemann, der sich aufführte wie das Abziehbild eines Werbers, und wusste nicht, wie tief sie noch in ihrem Fauteuil versinken sollte. Es war wie mit den nackten Glühbirnen in der Wohnung, solche ewigen Provisorien sind einem erst wieder peinlich, wenn man Gäste durchs Haus führt. Und heute kam ihr die nackte Birne, mit der sie verheiratet war, besonders provisorisch vor. Der geht ja wirklich nicht, dachte Elly. Konnte Liebe tatsächlich so blind machen? Offenbar ja, musste sie sich zugeben, als sie Max so zusah, wie er gerade sein Lieblingsthema, welche Kaliber von Kunden ihm die Tür einrannten, zerkaute.

»... was man halt so im Köcher hat an Premium-Kunden, irgendwer muss ja die Directives ausgeben ... haha ... einige Technologiekonzerne, jede Menge Luxus-Labels, die Stadt Wien ... die üblichen Verdächtigen halt ...«

Zoes Augenbraue hopste wieder nach oben.

Die üblichen Verdächtigen, dachte Elly, jetzt ist er wieder stolz auf sich, weil er sich mit so viel Understatement verkauft. Understatement war an Max bloß sein Friseur, der für den ziemlich lässigen Schnitt einen Tinnef verrechnete. Für fünfundzwanzig Euro sah Max immer so aus, als wäre er gerade aufgestanden.

Elly betrachtete seine kunstvoll verwuschelten Haare, die er sich neuerdings auch noch wachsen hatte lassen. Göttlich, dachte sie, wie können lange Haare nur so männlich sein. Sie schmolz kurz dahin, bis sie aus dem Augenwinkel Zoes Braue wippen sah. Diesmal galt sie ihr. Na ja, korrigierte sich Elly, so göttlich ist die Mähne auch wieder nicht, Haare halt. Um sie so hinzukriegen, braucht er täglich eine Dreiviertelstunde im Bad.

Max hielt in seinem Vortrag inne und fuhr sich mit Ellys Lieblingsgeste seitlich durch die Frisur. Ausgerechnet. Irgendwas durchzuckte sie. Du kannst mich mal, dachte Elly.

Sie sah auf die Uhr, die schräge Aufführung dauerte nun schon fast eine Stunde. Als sie gemerkt hatte, was Max hier abziehen würde, hatte sie versucht, die Show sofort abzudrehen, aber Zoe hatte sie mit einer energischen Geste abgewürgt. Sie wollte sich den ganzen Max anschauen, Eid war Eid, und Strafe musste sein. Elly verstand, umgekehrt würde sie sich diese Gelegenheit auch nicht entgehen lassen. Aber sie würde es mit Anstand ertragen, warum hatte sie Max auch heiraten müssen, von wo auch immer sie ihn herhatte. Es war ein Agenturfest gewesen, so weit konnte sie sich noch erinnern, eines von der Sorte, bei denen die Branche ihre Egos auf den Laufsteg schickte. Sie stand an einen Stehtisch gelehnt, auch das wusste sie noch, und auf einmal war dieser Typ da, und sie hatte ihn einfach angeplappert, was normalerweise gar nicht ihre Art war. »Normal ist keiner in dem Metier«, hatte sie gesagt. »Die Werbung ist ein Soziotop aus bipolaren Arschlöchern und narzisstischen Idioten, ich weiß, wovon ich rede, ich habe mal dort gearbeitet.« Max hatte gegrinst. »Als was? Bipolares Arschloch oder narzisstische Idiotin?« Nicht unwitzig, hatte Elly gedacht und zurückgegrinst. »Es gibt noch eine dritte Kategorie: die authentischen Spinner. Zu denen gehörst vermutlich du. Mochte ich am liebsten.« Damit war die Sache klar gewesen, vier Stunden später lagen sie miteinander im Bett. Das war jetzt fast zwei Jahre her. Zwei Jahre hatte sie das jetzt ausgehalten?

»… ein Storyboard dazu? Mh? Dann merkt man sich's leichter … easy kapiesi … hahaha …«

Oh, nein, dachte Elly.

Oh, doch, nickte Zoe.

»Hast du irgendwo ein Flipboard?«, fragte Max.

«Ja«, sagte Zoe.

Max sah sich um. »Und? Wo?«

»In meinem Handy«, sagte Zoe.

»Du hast ein Flipboard im Handy?«, fragte Max.

»Flipboard ist eine App«, sagte Elly. »Das, was du meinst, ist ein Flipchart, und nein, so was hat Zoe nicht. Außerdem ist es ohnehin langsam …«

»Lass ihn doch«, unterbrach Zoe sie, »ich würde gern alles sehen, und natürlich habe ich ein Flipchart.«

Elly gab auf. »Okay«, sagte sie, »ihr macht, was ihr wollt, ich mache ein Nickerchen.« Sie rollte sich in den Pölstern zusammen.

»Sie kann immer schlafen, egal, wo und wann«, erklärte Max.

»Ich weiß«, sagte Zoe. »Ganz im Gegensatz zu mir.«

Ellys Talent zur Entspannung war eine der Eigenschaften, die Zoe ihrer Freundin zutiefst neidete. Elly konnte, wenn nötig, schräg gegen die Wand gelehnt schlafen, und am allerbesten am Vormittag. »Wenn ich was zu reden hätte, ginge die Sonne frühestens um elf auf«, war ihr Lieblingsspruch, mit dem sie Zoe extrem aufregte, weil sie nachts stundenlang wach lag und untertags, Stichwort Powernap, überhaupt kein Auge zubrachte. »Das ist gegen die menschliche Natur«, sagte sie dann immer, »wir sind mit dem Hell-Dunkel-Rhythmus des Universums verbunden, Chronobiologie heißt das, dafür gab's sogar einen Nobelpreis.« Elly zuckte die Schultern. »Dann bin ich wohl keine menschliche Natur.«

»Was ist jetzt mit dem Flipchart?«, hakte Max nach.

»Ich glaube, wir lassen das doch lieber«, sagte Zoe. »Ich kenne ja die meisten deiner Kampagnen«, log sie.

»Natürlich«, sagte Max halb überheblich, halb gekränkt. Er war es nicht gewöhnt, so abgeschasselt zu werden.

Zoe wedelte das Aber, das in der Luft hing, weg. »Hey!«, rief sie, »du bist der Typ mit dem blauen Klecks!«

»Super«, sagte Elly und richtete sich wieder auf. »Was ist jetzt mit den Carbonara?«

*

»Und wie er dann in der Pasta herumgestochert hat.« Zoe machte Max nach, wie er die Speckstückchen herausgepickt und beiseitegeschoben und die deftige Sauce davon heruntergeputzt hatte. »Die Nudeln sind gut«, imitierte sie mit spitzem Mund die leidende Art, in der Max durchklingen hatte lassen, dass dieses Essen wohl das Letzte wäre, das mental healthy People in Zeiten der Nachhaltigkeit in sich hineinstopfen sollten. »Vegane Burger fressen, aber ohne Kokain keinen blauen Klecks zusammenbringen«, sagte Zoe, »das hab ich gern.«

»Von Koks habe ich noch nichts bemerkt«, sagte Elly.

»Schade, wahrscheinlich wäre das das Beste an ihm.«

Elly seufzte. Das Carbonara-Essen war erst eine Woche her, nun saßen die Freundinnen schon wieder in den gewaltigen Fauteuils im Wohnzimmer vom Landhaus. Das Urteil über Max dürfte noch vernichtender ausfallen, als Elly vermutet hatte. »Okay, mach's kurz«, sagte sie und nahm einen großen Schluck von dem verboten guten Rotwein aus Zoes gigantischem Weinkeller.

Zoe deutete auf die drei Karaffen, die sie dekantiert hatte, und hob an: »Sag einmal ...«

Wenn sie so anfängt, macht sie es mit Sicherheit nicht kurz, dachte Elly. »Eins noch vorher«, unterbrach sie Zoe, »sein Auftritt war sehr heilsam für mich. Ich habe Max durch deine Augen gesehen und ... na ja ... ich weiß auch nicht, was ich mir gedacht habe. Du warst nicht da, ich war allein, niemand weit und breit, der *Sag einmal* gesagt hätte. Also. Sag einfach, was in der Mördergrube deines Herzens vor sich hinglost, und gut ist es. Dann können wir überlegen, wie wir ihn wieder loswerden.«

»Loswerden?« Zoe zog einen Schnofel. »Jetzt freut's mich nimmer. Ich hab mir so einen schönen Slalom zurechtgelegt zwischen Darlings und Sub-Brands, ganz easy gestreamlined. Aber wenn dich meine Pfeile nicht asap mitten ins verliebte Herz treffen, ist es ja kein Spaß mehr.« Sie setzte das Glas an und tat, als trinke sie aus Verzweiflung. Dann hellte sich ihre Miene wieder auf. »Du willst ihn loswerden?«

Elly nickte.

»Ernsthaft?«

Elly nickte.

»Seit wann?«

»Schon … lange.«

»Seit. Wann.«

»Seit einer Woche.«

»Du hast es schon versucht?«

Elly nickte.

»Er geht nicht?«

Elly schüttelte den Kopf.

»Kann es sein, dass du ihn nicht loslässt?«

Elly nickte.

»Alles klar«, sagte Zoe. »Dann müssen wir tief in die Trickkiste greifen.«

Elly nickte. Die Trickkiste. Ihre unerschöpfliche Sammlung weiblicher Möglichkeiten, Männer um ihre Contenance, ihren Verstand und ihre Kohle zu bringen. Am Geld waren die beiden am wenigsten interessiert, sie hatten es auf den Verstand abgesehen.

Zoe war versöhnt. »Dann krempeln wir einmal die Ärmel auf.«

Die zweite Karaffe Rotwein ging über den Racheakten drauf, die sie sich schon hundertmal ausgemalt, aber noch nie verwirklicht hatten. Buttersäure in die Lüftungsschlitze seines Autos schütten zum Beispiel. Stinkt bestialisch, und der Wagen ist nie wieder zu verkaufen, beendet aber nicht unbedingt die Beziehung, weil man's ja nicht zugeben kann. Teppiche, Polstermöbel und Bettbezüge mit Wasser besprühen und mit Kressesamen bestreuen. Macht einen flächendeckenden Kräutergarten aus seiner Wohnung, ist aber als sofortiges Trennungsmittel ungeeignet, weil er dort nicht mehr einziehen kann. Ihr Lieblingsszenario war leider mit dem Massentod der Festnetztelefone gestorben: von seinem Anschluss aus die automatische Zeitansage in Singapur anrufen, während er auf Dienstreise ist. Man legte den Hörer daneben und erst Tage später auf. Für die Telefonrechnung, die er bezahlen musste, bekam man einen Männertraum von Auto, aber der Zug war im Handyzeitalter abgefahren. Es gab keine automatischen Zeitansagen mehr.

»Ewig schade«, sagte Zoe und angelte sich die dritte Karaffe.

Es war inzwischen dämmrig geworden, und sie fingerte unter dem monströsen Schirm einer Stehlampe in Flutlichtdimension nach dem Schalter. Der Lichtschein eroberte nur einen Teil der Sitzgarnitur, auf der ein mittleres Kammerorchester Platz finden würde.

»Jetzt aber Tacheles«, sagte Zoe, »was machen wir mit deinem Max?« Sie schenkte nach. »Du könntest ihm einen Babyelefanten als Schlüsselanhänger kaufen, diese Idee war ja nicht von ihm, oder?« Sie kicherte.

»Nein«, sagte Elly. »Aber er hat schon einen.«

Zoes Augenbraue hüpfte in den Haaransatz und schrie von dort oben herunter: Du hast ihm Geschenke gemacht?

»Ja! Na und! Früher. Ein einziges Mal«, fauchte Elly. »Als er den Schlüsseldumbo ausgepackt hat, ist er mir in Tränen ausgebrochen. Nur weil er diese Jahrhundertidee nicht selbst gehabt hat.«

»Halbidiot«, sagte Zoe. Der Babyelefant, den eine Werbeagentur zu Beginn der Corona-Pandemie als Maß für den Mindestabstand zwischen den Menschen erfunden hatte, hatte sie von Anfang an aufgeregt. Hätte Max auch den verbrochen, hätte er mit Sicherheit keine Carbonara gekriegt.

»Das Ärgste habe ich dir noch gar nicht erzählt«, sagte Elly, die immer mehr der Eifer packte. »Ich bin für ihn eine Heldin.«

»Das will ich doch hoffen, ist ja das Mindeste.«

»Nicht, wenn du weißt, aus welchem Grund.«

»Na?«

»Weil ich die Menschheit vor den Zivilisationskrankheiten unserer Zeit bewahre.«

»Jetzt bin ich aber gespannt.«

»Er hat sich angeschaut, was bei uns alles produziert wird, und hat neben den Blutdrucksenkern, Cholesterinmitteln und dem Präparat gegen Altersdiabetes Produkte, die Dopamin und Serotonin anregen, gefunden.«

»Boah«, rief Zoe. »Psychopharmaka im drittgrößten Pharmakonzern der Welt, wer hätte das gedacht. Den Halbidioten nehme ich zurück, er ist ein Volltrottel.«

»Warte. Ist noch nicht alles. Er hat mich gefragt, wer für uns die Werbung macht, nämlich international, und ob ich da nicht was tun könnte.«

Zoe verschluckte sich am Rotwein. Nachdem sie ausgehustet hatte, fragte sie: »Er muss dich wirklich für Wonder Woman halten. Was hast du gesagt?«

»Dass ich gleich am nächsten Tag mit dem Vorstand rede. Hab noch gelacht dazu. Aber seither fragt er mich, wann der sich bei ihm melden wird.«

»Braucht man nicht als Art Director auch ein paar Zentimeter Hirn?« Sie schwieg eine Weile, dann fuhr sie Elly an: »Wie kannst du mit so was ins selbe Bett steigen?«

»Das weißt du, wenn du es einmal –« Elly unterbrach sich selbst. Hey, dachte sie. Das war's doch! Sie ruderte aus den Tiefen der Pölster hervor und setzte sich kerzengerade auf. »Das isses, Zoe!«

»Was?«

»Du schleppst ihn ab und gehst mit ihm ins Bett«, rief Elly begeistert, »dann muss er mich verlassen.«

Zoe überlegte. »Zwei Fragen«, sagte sie nur. »Erstens: Ist es ein Opfer für die Freundschaft oder ein Vergnügen? Und bitte sag jetzt nicht, dass er eine Granate im Bett ist, das würde mein Weltbild über den Haufen werfen.«

Elly beugte sich vor. »Du glaubst doch nicht, dass ich mit wem, der *asap* sagt, zusammen bin, ohne dass er mir das Hirn aus dem Leib vögelt? Das ist ja die Scheiße.«

»Das habe ich befürchtet«, sagte Zoe. »Zweitens: Was sagt uns, dass er dich nachher auch wirklich verlässt?«

»Dass du im allergrößten Pharmakonzern der Welt arbeitest.«

»Nein«, sagte Zoe, »seit drei Tagen nicht mehr. Ich bin jetzt in der Versicherungsbranche.«

»Oy«, sagte Elly. »Die hasst er.«

Sie versuchten es trotzdem. Es ging ruckzuck, zwei Tage später saßen die Freundinnen wieder bei Rotwein auf der Landhaus-Couch. Elly war gekränkt, ein bisschen mehr Zeit hätte Max sich schon lassen können, um mit ihrer besten Freundin zu schlafen. Zoe war gekränkt, weil die Granate bei ihr ein Rohrkrepierer gewesen war. Egal, welche Tricks sie ausgepackt hatte, Max konnte nicht, und sie hatte die ekelhafte Gewissheit, dass das ganz allein an Elly lag. Ihr erzählte sie natürlich nichts von Max' Versagen, im Gegenteil. Er war super, aber sie hatte doch schon Besseres erlebt. Die ganze Sache war jedenfalls ausgiebig schief gegangen und Max immer noch da.

»Tut mir leid«, sagte Zoe. »Normalerweise fress ich so einen zur Jause, aber er ist so … so … na, ich weiß auch nicht … jedenfalls schaff ich das nicht nochmal. Du musst ihn selber loswerden.«
»Du brauchst dich nicht zu entschuldigen«, sagte Elly. »Ich wusste ja, er ist nichts für dich. Danke fürs Probieren.«

»Schmeiß ihn doch nochmal raus«, sagte Zoe. »Warum geht das nicht?«

»Weil er ein Bumerang ist.«

»Den du immer wieder fängst.« Zoe zuckte die Schultern. »Wie auch immer, ich habe ihn hiermit verpetzt. Ein Seitensprung sollte doch genügen, noch dazu mit der besten Freundin.«

Elly schüttelte den Kopf. »Er hat mich einmal gefragt, ob ich einen einzigen Ausrutscher verzeihen würde, und ich hab ja gesagt.«

»Elly!«

»Ja! Na und! Der Rotwein war so gut.«

Als Bumerang war Max das Verlässlichste, was Elly je in der Männerwelt erlebt hatte. Seit sie ihm die Nacht mit Zoe um die Ohren gedonnert hatte, hatte sie ihm schon dreimal seine Sachen ins Stiegenhaus gestellt. Und dreimal hatte sie ihm geholfen, sie wieder hereinzutragen.

»Wenn er nicht über Werbung redet, ist er eigentlich ganz okay«, erklärte Elly, wenn Zoe dahinterkam.

»Wann soll das sein?«, wollte Zoe wissen. »In den drei Minuten nach dem Sex? Da kann ein Mann gar nicht sprechen.«

Elly schwieg.

»Du willst dich also nicht an unseren Schwur halten?«, fragte Zoe.

»Doch«, sagte Elly, »aber er macht's einem nicht leicht, schon gar nicht mit diesem mörderschlechten Gewissen. Bei ihm braucht's schon was Nachhaltigeres.«

Und dann kam sie mit einer ganz neuen Idee.

*

»Hi, Meister«, sagte Elly. »Elly hier, Elly Pfeiffer … der Pharmakongress vor drei Jahren … Amsterdam … weißt du noch?«

»Wie könnt ich dich vergessen?«, sagte Hector mit der Autorität in der Stimme, an die sie sich noch gut erinnern konnte.

Hector hatte damals einen Workshop über Peyote geleitet, den mexikanischen Kaktus mit der bewusstseinserweiterten Wirkung. Ellys Konzern forschte an dem Stoff und hatte Interesse an dem Schamanenmeister mit den aztekischen Vorfahren. Elly war zwar nicht Teil des wissenschaftlichen Teams, das sich hier informierte, aber sie war für eine Kollegin eingesprungen und so etwas wie Protokollführerin gewesen. Hector und sie hatten sich auf Anhieb gut verstanden, so gut, dass sie an die Dienstreise privat noch eine Woche in Amsterdam angehängt und so einiges über Meskalin erfahren hatte, was nicht im Workshop vorkam. Es war ein sagenhafter Trip gewesen.

»Was kann ich für dich tun, Schätzchen?«

Sie sagte ihm, was er für sie tun konnte. »Sind wir da bei dir richtig?«

»Goldrichtig, meine Schöne. Vierzehnter Oktober in der Nähe von Hainburg. Bring uns deinen Max, wir kümmern uns um ihn.«

Es wurde schon dämmrig, als Elly und Max am frühen Abend des vierzehnten Oktobers in seinen anthrazitfarbenen Audi A7 stiegen. Max setzte sich hinters Steuer, Elly ließ sich in den Beifahrersitz fallen. Er gab die Adresse ins Navi ein.

»Wie lange fahren wir?«, fragte Elly.

»Hainburg ist knapp eine Stunde entfernt.« Max drehte das Radio auf und stellte den Tempomaten auf hundertfünfzig, am Samstag war kaum Verkehr.

Achtung, Autofahrer! Auf der A4, der Ostautobahn, kommt Ihnen in Niederösterreich bei der Ausfahrt Bruck an der Leitha Ost ein Geisterfahrer entgegen. Bitte bleiben Sie auf der rechten Fahrbahn, und überholen Sie nicht.

Max bremste leicht. »Kennst du den Witz von dem Typen, der die Meldung im Radio hört – *ein Geisterfahrer kommt Ihnen entgegen* – und sich fragt: Was heißt einer? Hundert!«

»Erzählst du jedes Mal«, sagte Elly. Du bist so berechenbar, dachte sie und sah ihm zu, wie er mit seinen Fingern ganz leicht aufs Lenkrad trommelte. Auch das kannte sie. Er trommelte immer, wenn er unsicher war. Jetzt gerade zu Pink Floyds *Dark Side of the Moon*, wo echt kein Getrommel dazu passte, er musste sehr unsicher sein. Na, dann werden wir dich ein bisschen anspitzen, bevor du uns im letzten Moment abspringst, dachte Elly.

»Ich bin mir nicht sicher, ob wir das wirklich machen sollen«, sagte sie, um seinen Widerspruchsgeist anzustacheln.

Max war schon anfangs nicht überschwänglich begeistert gewesen, als Elly ihm von den Schamanen erzählt hatte. Er hatte sich nichts anmerken lassen, aber allein Hainburg war für ihn eine uncoole Gegend, und an Ritualen mit Drogen hatte es ihm in der Agentur vermutlich nicht gemangelt. Als er hörte, dass Zoe dort ihren Geburtstag feierte und kein Weg an der Veranstaltung vorbeiführte, war er ganz der Opportunist, der in seinem wankelmütigen Herzen wohnte. Er schwenkte um hundertachtzig Grad herum und fand die Idee, sich mit Meskalin zuzudröhnen, auf einmal mega.

»Willst du einen Rückzieher machen?«, fragte er zurück.

Hat schon funktioniert, dachte Elly und legte noch etwas nach. »Ich weiß nicht. Du?«

»Ganz sicher nicht.«

Na, also.

Das Navi hatte recht gehabt, eine knappe Stunde später waren sie da. In einer riesigen Halle war ein Zelt aufgebaut, in dem locker zwanzig Leute Platz haben mussten.

»Passt in den Dimensionen zu Zoe«, sagte Max, »wird sich hier ganz zuhause fühlen.«

Eine junge Rothaarige begrüßte sie.

»Wir sind schon sehr neugierig«, sagte Max.

»Erstes Mal?«, fragte Jana.

»Ja«, antwortete Elly.

Zoe erschien in einem wattierten weißen Overall. Um ein Feuer hinter dem Zelt lagen Pölster und Decken, sie mussten ihre Handys und Autoschlüssel abgeben, dann breitete Hector die Arme aus und hieß seine Schützlinge willkommen. Ein junger Mann schlug die Trommel, eine Tonschale mit einem aschgrauen Pulver wurde herumgereicht, dazu Grapefruit und etwas Kakao. Die Zeremonie konnte beginnen. Elly nahm nur eine Löffelspitze, hörte noch etwas von einer Geschichte über einen Hirschen, dann war sie so gut wie weg. Super, dachte sie, das kann was.

Irgendwann sah sie Zoe den Overall ausziehen und sich nackt vor Hector hinlegen. Er nahm einen Speer und stach ihn ihr ins Herz. Sie stieß Max mit dem Ellbogen in die Seite. »Er hat Zoe erstochen«, sagte sie, falls er es nicht mitbekommen hätte.

Er hatte es mitbekommen. Er zitterte.

»Wir müssen von hier verschwinden«, flüsterte sie. »Jetzt.«

Max war kein Kämpfer. Tränen schossen ihm in die Augen. Es gab ein Gerangel. Elly sank in die Arme von irgendwem. Max strampelte sich frei und rannte los.

*

Max' Kopf war mit weißem Mull einbandagiert, sein Gesicht zerschrammt und blauviolett. Er atmete gleichmäßig. Sieht friedlich aus, dachte Elly.

Zoe stand ihr gegenüber auf der anderen Seite des Bettes. »Hat sie toll hingekriegt«, sagte sie und beugte sich über Max, »das Violett ist Weltklasse. Großartige Visagistin.« Auch die Sache mit dem falschen Speer und dem Kunstblut waren Spezialeffekte vom Feinsten.

»Hollywood«, sagte Elly, »sie war bei den James Bonds in der Maske.«

»Wo findest du immer solche Leute? Bei denen hast du ein goldenes Händchen. Eigentlich haust du nur bei deinen Männern daneben. Und wo kommt der Ausstatter her? Aus dem Stall vom Spielberg? Der Raum ist wie echt.«

Elly sah sich um. Er war tatsächlich perfekt, ein Eins-A-Spitalszimmer. Die Halle, in der das Zelt stand, war eine der größten Locations der Gegend für Veranstaltungen und musste deshalb eine Erste-Hilfe-Station haben. Das Krankenbett war also echt, die Monitore zur Überwachung der Vitalwerte sehr gelungene Attrappen. Selbst das Linoleum am Boden wirkte glaubwürdig. »Er wird annehmen, er ist im Landeskrankenhaus Hainburg.«

Als gäbe er ihr recht, stöhnte Max hinter seinen Mullbinden hervor. Es klang elend.

»Armer Hund«, sagte Zoe. »Kannst du dich an unseren ersten Trip mit Hector erinnern? Entsetzlich, drei Tage lang wollte ich sterben, und ich konnte mich nicht einmal erinnern, warum.«

Elly kam heute noch alles hoch, wenn sie dran dachte, da hatte sie es wissen wollen, kein Vergleich zu Amsterdam. Sie wusste, wie sich das Bündel Mensch, das da vor ihnen im gefakten Spitalsbett lag, fühlen musste, noch dazu mit den Blessuren hinter den Bandagen, ein paar davon waren ja wirklich echt.

»So einen Kater hatte der noch nie«, sagte Zoe.

»Nicht in meiner Zeit«, sagte Elly. »Da ist er nur einmal so in den Cognac gestiegen, dass er am nächsten Tag mit französischem Akzent gesprochen hat. Aber das ließ sich mit Pernod beheben.«

Max' Augenlider zuckten leicht.

Die Tür ging einen Spalt weit auf, und einer von Hectors Mitarbeitern lugte ins Zimmer. Zoe winkte ihn herein. Alexander sah sich um und nickte anerkennend. Er trug einen weißen Arztkittel und ein Stethoskop um den Hals. Im wirklichen Leben war er Schweißer bei der Voest und Hectors Hilfsschamane. Max stöhnte wieder leise.

»Er wacht auf«, sagte Alex, »raus mit euch.« Er scheuchte die Mädels zur Tür und schob sie auf den Gang hinaus.

Als er ans Bett trat, blinzelte Max. Alex ließ ihm Zeit. Wird schon, Junge, dachte er, riskiere ruhig einen Blick, ich bin's, dein Doktor. Max versuchte zu reden, brachte aber nur ein Krächzen zustande, das einen Hustenanfall auslöste.

»Nicht anstrengen«, sagte Alex.

»… passiert?«, krächzte Max.

»Sie hatten einen Unfall. Sie befinden sich im Hainburger Landesklinikum, ich bin Dr. Peyote.«

Von draußen drang Zoes und Ellys Gekicher herein. Dumme Nüsse, dachte Alex, aber auch er musste sich kurz vom Bett wegdrehen, um Max nicht ins Gesicht zu grinsen. Dr. Peyote, nicht schlecht. Er tat, als fingere er an seinem Pager herum, und als er sich gefangen hatte, wandte er sich wieder Max zu. Der hatte nichts bemerkt. Also weiter im Text dachte Alex. »Es war ein Geisterfahrer, sie hatten eine Menge Glück, eigentlich müssten sie tot sein.«

Max schloss kurz die Augen. Gleich darauf riss er sie wieder auf. »Elly?« Langsam wurde seine Stimme menschlicher.

Alex zeigte zum Fenster hinaus. »Sie ist dort …«

»Is tot!«, echote Max.

Die Mädchen hatten die Tür wieder etwas geöffnet und prusteten durch den Spalt.

Verdammt nochmal, dachte Alex, so kann man nicht arbeiten. Er sah zur Tür und fuhr sich mit der Handkante über die Kehle.

»Kehle durchgeschnitten!« Max schluchzte.

Das lief ja besser, als geplant. Eigentlich wollten sie Max nur eine Lektion erteilen. Einen anständigen Trip, ein bisschen Sekten-Inszenierung mit Ritualmord und eine kleine Verfolgungsjagd. Selbst die Verletzungen waren keine Absicht gewesen. Am Schluss sollte bloß übrigbleiben, dass das Leben aus mehr bestand als blauen Klecksen. Erweitert ihm einfach sein Bewusstsein, hatte Zoe es genannt. Und jetzt glaubte die arme Sau, dass seine Frau und ihre beste Freundin tot waren. So ein erweitertes Bewusstsein hatten sie gar nicht im Sinn gehabt. Alexander überlegte, ob er die Sache aufklären sollte, aber das war nicht seine Entscheidung. Er kontrollierte noch einmal professionell die Werte auf den Monitoren, beugte sich über seinen Patienten und leuchtete ihm kurz in die Augen.

»Ich komme später wieder«, sagte er und ging. Die Tür schloss er sehr leise.

Max konnte sich kaum beruhigen. In den winzigen hellen Momenten, die er in seinem ansonsten tiefschwarzen Zustand hatte, sah er die Lanze in Zoes Herz eindringen und, als hätte er auch das miterlebt, das Blut aus Ellys Kehle spritzen. Sie waren tot. Seine Frau und seine, ja, man konnte es schon so nennen, seine Geliebte. Was sollte er noch hier? Von seinem Lebenswillen war nichts mehr übrig. Er riss sich die Schläuche aus den Kanülen, aber nichts geschah. So leicht stirbt man auch wieder nicht. Jetzt hatte er nur noch diesen Polster.

*

Elly schüttelte den Polster auf. »So«, sagte sie, »jetzt ist es bequem.«

Max ließ sich nach hinten fallen und zog sie über sich. Diesmal ist es endgültig, dachte er. »Für die Ewigkeit.«

»Herrje.« Elly verdrehte die Augen. »Du denkst immer noch in Slogans.«

Max lachte. »Schlechte Gewohnheiten halten sich.« Er küsste sie. »Ich hab da übrigens noch so ein paar davon auf Lager …« Seine Hände begannen auf ihr zu wandern. »… Soll ich mir die auch … abgewöhnen?«

Es war die Nacht der Nächte, eine Hochzeitsnacht wie aus dem Tantra-Seminar. Sex für Leib und Seele. Wenn Elly noch einen Funken Zweifel gehabt hatte, war er jetzt wie weggeblasen. Als sie am Morgen die Augen aufschlug, sah sie neben sich den Mann liegen, der für sie bestimmt war. Jetzt war er wirklich ihr Mann.

Erwartet hatte sie das nicht nach dem Happening in Hectors Zelt. Doch als Max aus seinem Meskalin-Rausch aufgewacht war, war er ein anderer. Nein, dachte Elly, er war der, den sie liebte. Der Schock darüber, dass Elly tot war, die entsetzliche Vorstellung ihrer aufgeschlitzten Kehle, die das Meskalin zu einem blutigen Fiasko ausmalte, hatten in seinem Inneren aufgeräumt und genau den Wesensanteil ausgemistet, der ihn zu so einem aufgeblasenen Ego gemacht hatte. Seine Überheblichkeit und seine Oberflächlichkeit waren wie ausgelöscht. Ihr Plan war mehr als aufgegangen. Sie hatte ihm ja nur eins vor den Bug knallen wollen, ihn sozusagen läutern. Aber dank ihres und Zoes blödem Gekicher und dem Missverständnis, das aus Alexanders Gesten entstanden war, war es ein Volltreffer geworden. Der Zufall hatte sein eigenes Szenario geschaffen, das machte er ja gern.

Als Elly Max alles gebeichtet hatte, hatte er nichts davon wissen wollen, es wäre das Beste gewesen, was ihm passieren hatte können. Dass Elly sich dafür genierte, wie Zoe und sie sich über seine Verzweiflung lustig gemacht hatten, nahm er nicht so schnell hin, da wäre, meinte er, noch einiges abzubüßen für sie. Seither büßte sie ausgiebig und mit größtem Vergnügen. Irgendwann hatte Max sie mitten im Büßen gefragt, ob sie ihn heiraten würde. Sie wären schon verheiratet, hatte sie gesagt. Ja, meinte er, aber diesmal schwebe ihm eine Zeremonie vor, die sie selbst gestalten würden. Etwas zutiefst Persönliches, ganz allein ihr Ritual, mit dem sie sich zueinander bekennen würden. Dann schon, hatte Elly gesagt. Gestern war es so weit gewesen.

Max rollte sich aus dem Bett und spazierte splitternackt von einem Fenster zum anderen. Man sah bis zur Donau, der Ausblick war grandios. »Wie geht's denn den anderen?«, fragte er.

Die anderen waren Zoe und Konrad. Konrad, dachte Elly, das war auch noch was gewesen. Er war unmittelbar nach dem Meskalin-Spektakel aufgetaucht, ein Nachbar von Zoe, den sie nicht gekannt hatte, obwohl sie Zaun an Zaun wohnten, wie Zoe das gern nannte. In Wahrheit hatte Zoe nicht einmal den Zaun auf ihrem riesenhaften Anwesen gekannt, er war rundum nie weniger als ein paar Kilometer vom Landhaus entfernt. Konrad ging es ähnlich, sein Grundstück war noch riesenhafter und das Landhaus, in dem er wohnte, um einiges größer als Zoes. Sie waren sich im Baumarkt in die Arme gelaufen, wo sie sich beide für die letzte rote Hängematte interessiert hatten. Konrad überließ sie ihr, sie lud ihn zu sich ein, und damit war die Romanze aufgelegt.

Sie zeigte ihm das Haus, eine Besichtigung wie ein Déjà-vu-Slalom für ihn. Egal, was Zoe ihm erzählte, Konrad sagte: Oh, das kenn ich. Oder: Ja, bei mir auch. Beide hatten ihre monströsen Häuser von einem in der Familie ungeliebten Onkel geerbt, mit dem sich außer ihnen niemand unterhalten hatte. Beide stöhnten über die Wehwehchen ihrer alten Kästen, beide stemmten ihr Erbe ganz allein, und beide mochten guten Rotwein. Konrad war gleich am ersten Abend geblieben, vom Baumarkt weg waren sie zusammen und wohnten nun entweder in Zoes oder seinem Ungetüm. Verschiedene Geschmäcker hatten sie nur im Innendesign, Konrad lebte praktisch in einem Kitschmuseum, und in Modedingen, Konrad liebte Tracht und hatte immer einen Gamsbart am Revers seiner Jagdsakkos. Elly und Max verbrachten ein langes Wochenende mit ihnen, und Zoe stellte sich knapp vor Ablauf der Vier-Wochen-Frist dem Urteil.

Elly fand Konrad nicht uneben. Für sie wäre er nichts, aber sie war auch nicht Zoe. Allzu leicht wollte sie es der Freundin trotzdem nicht machen, bloß kam sie schon am Anfang über »Dein Konrad …« nicht hinaus.

»… der Gamsbart«, unterbrach Zoe sie, »ich weiß, wie ihr ihn nennt.« Sie schmunzelte. »Stimmt ja auch. Er ist ein Tollpatsch vom Land, ein lächerlicher Lederhosenträger mit der Stilsicherheit eines Schafscherers …«

»… ich dachte, er hat Jus studiert …«

»… ja, nachher, seine Familie hatte einen Schlachthof. Er hat den Charme eines Tapezierers, die Schlagfertigkeit eines Finanzbeamten und das Charisma eines Gemüsehändlers …«

»… ziemlich vielseitig, würde ich sagen …«

»… ich kenne mich selbst nicht wieder. Früher habe ich Tracht für die Verkleidung der Hirntoten gehalten und für Kitsch die Todesstrafe gefordert, Und jetzt? Dirndl, Lederhose.«

»Was man nicht alles tut für Geld«, sagte Elly.

»Was für ein Geld?«, fragte Zoe.

Elly deutete beim Ostfenster hinaus Richtung Konrads Heimatmuseum. »Schauerlich. Überhaupt, wenn man bedenkt, wie viel Kohle da drinsteckt.«

»Und auch nie wieder herauskommen wird. Das ist ja das Problem. Im Ernst, Elly, Konrad hat kein Geld. Alles, was einmal da war, hat er in dieses Kitschkabinett gebuttert. Aber ob du es mir glaubst oder nicht: Das Geld ist mir vollkommen wurscht.«

»Was ist es dann?«, fragte Elly. »Und bitte sag jetzt nicht auch, dass er eine Granate im Bett ist, das würde dann nämlich mein Weltbild über den Haufen werfen.«

»Sex ist mir auch wurscht.«

Seit wann?, wollte Elly fragen, ließ es dann aber. »Bleibt nur noch, dass er dich mit seinem Schmäh zum Lachen bringt. Wenn du ja sagst, war's das mit unserer Freundschaft.«

»Es gibt noch andere Dinge im Leben als Geld, Sex und Lachen.«

»Nicht, dass ich wüsste«, sagte Elly.

»Ich liebe ihn.« Sie sagte es so selbstverständlich, dass Elly nichts mehr darauf einfiel. »Ich liebe ihn. Ohne Geld. Mit mittelmäßigem Sex. Und seinem gewöhnungsbedürftigem Schmäh. Ja.«

Humor ist, wenn man trotzdem liebt, dachte Elly und gab Zoe ihren Segen. Und gestern hatten Konrad und Zoe gemeinsam mit Max und ihr geheiratet. Eine Doppelhochzeit, für Zoe und Konrad mit einem Standesbeamten, für sie und Max in freier Zeremonie. Alle waren gekommen, Familie, Freunde, sogar Hector und Alexander.

»Was meinst du«, fragte Max, der immer noch splitternackt herumstolzierte, »sollen wir sie anrufen?«

»Werden sich schon melden«, sagte Elly und sah Max nach. Es dauerte ein bisschen, bis er im Badezimmer verschwunden war, es war ein langer Weg. Sie feierten bei Konrad, er hatte die Gastgeberrolle sofort an sich gerissen mit dem unnötigen Hinweis: »Bei mir ist am meisten Platz.«

Ellys Blick wanderte durch den Raum, ihnen war der rosa Salon zugewiesen worden. Platz war gar kein Ausdruck, ebenso wenig wie der Kitsch, der hier wohnte. Sie lag in einem Himmelbett, das aussah, als hätte es ein rosa-weißes Tüllröckchen an. Mit den Teppichen und ihren Farben und Ornamenten wollte man nicht in Berührung kommen, selbst wenn man darin als Leiche von hier abtransportiert würde. Die Wände säumten Bauernkästen mit Malereien drauf, die aussahen wie Madonnen in Kamasutra-Abbildungen. Und dazwischen jede Menge schrecklicher Schnitzfiguren, unsägliche Lampen,

Holzkreuze, Geweihe und Gemälde, die ausschließlich Rehe im Wald zeigten.

»Hast du so was schon gesehen?«, fragte Elly, als Max wieder aus dem Bad kam.

»Ich mein … Kitsch hat auch was«, sagte er.

»Ja? Was denn bitte? Die Pest?«

»Sei nicht so streng. Geschmäcker sind verschieden.«

»Der hier sollte auf jeden Fall tot sein.«

Max lachte.

»Okay«, sagte Elly. »Nehmen wir's mit unserem unverwüstlichen Humor. Komm her.« Sie hüpfte aus dem Bett, breitete die Arme aus und tanzte mit ihm einen Walzer ins Bad. »Da ist ja keine Dusche!«, rief sie.

»Du kannst ein paar Runden in dem Planschbecken hier schwimmen.«

Elly setzte sich auf den Rand der alten Emailbadewanne. »Sind die Löwentatzen echt?«

»Nein, aber die goldenen Schwanenhälse. Neugierig bin ich, ob da Stutenmilch rauskommt. Dreh einmal auf.«

Es kam gar nichts, nicht einmal Wasser. Dafür läutete Ellys Handy, es war Zoe. »Ich will gerade ins Bad.«

»Duschen wird überschätzt«, sagte sie, »zumindest im Moment, komm rüber zu mir, Konrad beaufsichtigt in der Küche das Catering für den Brunch.«

Elly warf sich ihren Hochzeitsmorgenmantel um, der etwa so viel verbarg wie ein Fliegengitter, huschte zu ihrer Handtasche auf dem Nachtkästchen und ins Nebengemach, den grünen Salon.

»Setz dich«, sagte Zoe.

»Dir auch einen schönen Tag, den ersten vom Rest deines Lebens.«

Zoe bekam einen glasigen Blick. Konrad dürfte in einer dem Anlass angemessenen Form gewesen sein, dachte Elly. Aber Zoe war ernsthaft berührt.

»Ich danke dir«, sagte sie.

»Wieso mir?«, fragte Elly.

»Weil ich ohne dich nicht hier wäre.« Sie hielt Elly ein lippenstiftrotes Samtetui hin. »Meine Morgengabe für dich.«

Elly zog den Arm, den sie hinter ihrem Rücken verborgen hatte, hervor und hielt Zoe ebenfalls ein Samtetui hin, grün mit einer Schleife, in der ein winziger Gamsbart steckte. »Und das ist meine Morgengabe für dich.«

Sie setzten sich auf das Himmelbett, das der Salonfarbe gemäß ein mintgrünes Tüllröckchen trug, und klappten gleichzeitig die Deckel auf. Einen Moment lang sahen sie sich ihr Geschenk an, dann lagen sie sich in den Armen.

Die Hochzeitsgesellschaft erwartete sie zum Brunch im Salon der Vierzehnender. Weil es mehr Salons als Farben gab, war Konrad auf Geweihe umgestiegen, die heute allerdings gnädig hinter der Hochzeitsdeko verschwanden. Als Elly und Zoe den Saal betraten, standen ihre Ehemänner in der Mitte der Tafel auf und applaudierten. Auch alle übrigen Gäste erhoben sich, klatschten und warfen Blüten. Die beiden gingen links und rechts um den prachtvoll gedeckten Tisch herum zu ihren Plätzen. Sie nahmen das Glas Champagner entgegen und stießen auf ihre Ehen an.

»Neu?«, fragte Max und nahm mit zwei Fingern den Anhänger, den Elly um den Hals trug.

Elly nickte und schaute zu Zoe, die ihren Anhänger gerade Konrad zeigte.

»Ein Fisch auf einem Fahrrad?«

Elly nickte.

»Versteh ich nicht«, sagte Max.

»Ich weiß«, sagte Elly. »Aber das macht nichts.«

III

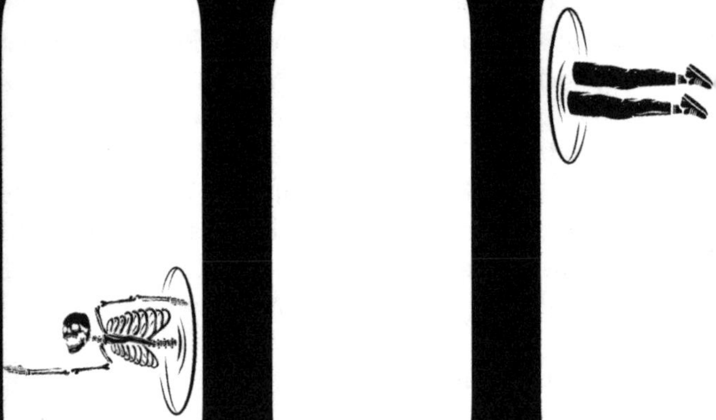

7300 Tage

Im Aufwachen explodierte etwas hinter seinen Augen.

Der Blitz zog eine Schneise aus Flammen durch seinen Schädel. So etwas hatte er noch nie gefühlt. Leo lag mit zerknautschten Haaren im Bett und stöhnte, dass man es nur leise hörte. Die Finger hatte er um den Kopf gekrallt, bis das Brennen nachließ und der Morgen Konturen annahm. Er kam sich vor, als würde das Startbild einer Kassette im Videorekorder flimmern und erst nach einer gewissen Zeit den Metro-Goldwyn-Meyer-Löwen röhren lassen. Sein Film in der Früh fing nicht gut an, wirklich nicht. War das ein Albtraum? Oder so eine Migräne, wie sie auch seine Mutter manchmal hatte, wenn sie alles abdunkelte, die Decke über den Kopf zog und die Welt mied?

Fragen schälten sich aus Leos Erinnerung. Welcher Tag, Dienstag? Mittwoch? Nein, doch Dienstag. Heute war Mathe dran. Scheiße. Die Schularbeit, für die er viel zu wenig gelernt hatte. Darstellende Geometrie, Radius, Mantelfläche, Kreiszylinder. Die gottverdammte Gauß-Klammer. Leo hatte einen Schummelzettel vorbereitet, weil sie bei Schularbeiten vorher immer die Taschenrechner abgeben mussten. Wenn er es diesmal wieder verhaute, war der Sommer beim Teufel. Er würde für eine Entscheidungsprüfung stucken müssen, eventuell mit einem Nachhilfelehrer. Sein Vater müsste dafür aufkommen, was ihn sicher ganz besonders freute. Der Privatunterricht kostete dreißig Schilling in der Stunde. Seine Mutter würde das irgendwie hinbügeln. Die Schule, wer brauchte das. Leos Lebensplan sah anders aus. Kletterer und Adler wie er konnten mit diesen Dingen wenig anfangen. Hocken. Lernen. Hausaufgaben. Einser im Zeugnis. Ziemlich konservativer Scheiß.

Als Leo die Augen wieder schloss, während er im Bett lag und ihn eine Welle aus Müdigkeit überschwappte, erinnerte er sich an Alina. Ihre mintgrünen Augen. Die Sommersprossen auf den Wangen. Das quirlige Gemüt. Und der Unfall. Alina. Ihr Entsetzen im Blick. Wie sie so schnell fiel, fiel und … weg war.

Er schob den Gedanken beiseite. Liebe war vergänglich, schnell. Okay, drei Jungs in der Klasse hatten auch schon Sex mit Mädchen gehabt, zumindest behaupteten sie das. Die Sache mit Alina war anders gewesen. Sie hatten sich geküsst, ja. Er hatte in ihren Ausschnitt fassen dürfen, als sie im Kino *Zurück in die Zukunft II* gesehen hatten. Dann war mehr daraus geworden. Das erste Mal. Das zweite Mal. Ihr Lachen in der Herbstsonne. Das dritte Mal. *Sind wir jetzt zusammen, du?* Und sie waren wandern gegangen. Klettern. Leos Leidenschaft. Bis es passiert war. Alinas spitze Schreie hörte er heute noch in Gedanken, fast jeden Morgen. Ihr Blick verfolgte ihn wie die Augen auf einem alten Bild. Der Sturz und die Hand, die nach ihm gegriffen hatte. Vergiss es, dachte er, vergiss es. Sie kommt nicht mehr zurück.

Die Schmerzen im Kopf waren auf einmal weg. Leo streckte sich und wälzte sich im Bett. Er musste weitermachen, positiv denken. Guter Morgen. Neuer Tag. Dienstag. Super Tag. Mathe-Tag. Anscheinend sonnig draußen, weil sein Zimmer hell war. Er sah nach rechts und erschrak.

Da lag eine Frau.

Eine fremde Frau in seinem Bett.

Ziemlich alt, und sie roch nicht besonders gut. Die Frau hatte goldbraune Haare, trug ein rotes Negligé – eine Brust hing ein wenig aus dem Oberteil heraus, weiß und wuchtig, er sah ihre Brustwarze –, und die Frau schnarchte leise. Leo sprang hoch, saß aufrecht im Bett. Er starrte die Fremde an. Sie wachte auf. Träge öffnete sie ein Auge und sagte: »Morgen, Schatzi.«

»Wer sind Sie?«, fragte er.

»Die Lady, die gestern Abend mit dir den Rotwein ausgetrunken hat.«

Leo sah sie an wie einen Eindringling. »Was machen Sie in meinem Zimmer?«

»Der war gut«, sagte die Fremde und kicherte. Sie bewegte ihre langen Beine. »Wer geht zuerst Zähne putzen, du?« Ihre Lippen kräuselten sich.

Leo bekam es mit der Angst zu tun. »Was wollen Sie von mir?« Er bemühte sich um Distanz, stieg aus dem Bett und hielt die

Hände ausgestreckt, in Abwehrhaltung. Er kam sich unnatürlich schwer vor. »Wie sind Sie in unser Haus rein?«

»Du könntest einen Schauspielkurs besuchen. Ich seh schon, da steht ein zukünftiger Oscar-Gewinner. And the winner is … Leo Hieden!« Die Verrückte tat so, als würde sie ihm einen Pokal überreichen.

»Woher kennen Sie meinen Namen?« Seine Stimme klang zittrig, aber tief.

»Wär traurig, wenn ich ihn nicht kennen würde. Alzheimer, Schatzi, richtig? Und wie heiße ich? Cindy vielleicht? Hast du auf so was Lust? Monique? Wer bin ich diesmal, hm? Na ja, ist auch schon lange her, dass wir uns das erste Mal über den Weg gelaufen sind und so was gemacht haben.«

Leo überlegte, ob er nach seinen Eltern rufen sollte. Aber die Wahnsinnige konnte ausrasten. Das wollte er nicht riskieren. Er sah zur Tür und überschlug im Kopf die Distanz. Gut vier Meter. Mit zwei großen Schritten könnte er dort sein, musste die Klinke runterdrücken, die Tür aufreißen und losrennen. Das könnte drei Sekunden in Anspruch nehmen. In der Zeit würde ihn die Frau von hinten packen. Für den Fall, dass sie ein Messer unter dem Polster versteckt hatte: Sollte er sie direkt angreifen? Ihr ins Gesicht schlagen und abhauen? Er ballte instinktiv die Fäuste und sah kurz an sich herunter. Aber was –

Er war fett. Völlig unmöglich. Über Nacht konnte man keinen Bauch bekommen, so etwas gab es nicht. Er musste locker zehn, fünfzehn Kilo zugenommen haben. Sein Körper wirkte aufgebläht. Träumte er noch?

»Was ist hier los«, sagte er.

»Geht's dir eh gut?«, fragte die Fremde. Ihr Lächeln verflog. Sie sah ihn direkt an. »Leo?«

Er runzelte die Stirn und ging nach links zum Wandspiegel. Schaute hinein. Musterte sich von oben bis unten. Und noch einmal. Nein. Absolut unmöglich. Da stand ein alter Mann. Irgendwie er, aber doch nicht. Eine alte, dickliche Version von ihm. Das konnte nicht sein. Er blinzelte, schüttelte den Kopf. Aufwachen, du musst aufwachen. Gleich ist alles wieder gut. Das war ein Scherz, nur ein Trugbild.

Nichts änderte sich. Der alte Leo-Mann im Spiegel machte die gleichen Bewegungen wie er. Rechter Arm rauf, linke Hand runter. Mund zu. Augenbrauen heben. Rechter Fuß vor und zurück. Alles gleich. Leo war sechzehn, er verstand nicht, was hier vor sich ging. Die Version im Spiegel hatte Bartstoppeln und war um die vierzig.

»Was soll das werden, wenn's fertig ist?«, fragte die Frau, die noch im Bett lag und sich den Ausschnitt richtete. »Pantomime?«

Leo drehte sich zu ihr um. Schluckte. Sein Adamsapfel hüpfte auf und ab. »Hören Sie zu. Ich habe keine Ahnung, was das für ein abgefahrener Scheiß hier ist. Ich weiß nicht, was da abgeht. Ich kenne Sie nicht. Ich habe keine Ahnung, wie Sie hierhergekommen sind und was Sie von mir wollen. Und ich … ich bin nicht der, der ich sein sollte. Also der, der ich gestern noch war. Ich schau völlig anders aus. Viel älter. Sehen Sie das? Wissen Sie was? Das waren Sie, ja? Sie sind schuld. Sind Sie verantwortlich für … das?« Er wartete kurz, krächzte. »Sie sagen mir auf der Stelle, was hier gespielt wird.«

Jetzt wirkte die Frau verstört. »Schatzi, wenn das komisch sein soll, dann reicht's langsam, okay? Genug Show, wir können schnell duschen gehen und dann frühstücken. Pauli muss in die Schule.«

»Wer ist Pauli?«, fragte Leo.

»Pauli? Wer das ist? Aha, alles klar. Das kleine Monster im Kinderzimmer? Kennen wir nicht mehr, hm? Pauli. Der Bub, der das Nutella auf die Wand schmiert? – Dein Sohn?«

»Wollen Sie mich verarschen?«

Die Frau wurde ungeduldig. »Jetzt ist genug, Leo. Du hast deinen Spaß gehabt. Was haben wir gelacht. Komm jetzt.« Sie stand auf, ging vom Bett zur Tür und trippelte barfuß los. Ohne sich umzudrehen, sagte sie: »Ich bin im Bad, wenn du mich brauchst. Dusch dich besser kalt ab. Vielleicht wirst du dann wieder klar im Kopf. Ich sag dir eines: Den Rotwein von gestern gibt's nie wieder.«

Sie war weg und Leo allein. Er begutachtete seinen Körper. Den Pyjama. Den Bauch. Die haarigen Arme. Die fremde Uhr am

Handgelenk. Er fuhr sich mit den Handballen über die Wangen und fragte sich, was das für ein Gefühl war. Wie man es beschreiben könnte. Er spürte die kratzigen Barthaare. Für ihn war das, als würde man einen Fremden streicheln. Oder einen Toten, der noch nicht kalt war.

Er musste etwas tun, daran bestand kein Zweifel. Rausgehen und Klarheit schaffen. Zur Sicherheit zwickte er noch einmal die Haut auf seinem linken Oberarm zusammen, mit zwei Fingern und so fest, bis die Stelle rot war und es richtig wehtat. Nur um sicherzugehen, dass er nicht mehr schlief. Nein, er war munter, er war wach, komplett da, und diese Wahrheit war nicht richtig. Hier stimmte etwas Grundsätzliches nicht. Er war sechzehn, heute war Matheschularbeit, und da war die fremde Frau, die ihn so vertraut behandelte. War das irgend so ein Zeitreise-Ding wie in *Zurück in die Zukunft*? Wo sie mit einem DeLorean fuhren und den Fluxkompensator aktivierten? Zack, und du bist woanders.

Diese Welt war nicht seine. Er musste dem Irrsinn auf den Grund gehen. Vorsichtig ging er zur Tür, die hinaus in den gewohnten Gang führte. Ein Schritt nach dem anderen. Fotos hingen an der Wand, die nicht hierhergehörten. Ein Bild zeigte ihn neben der fremden Frau an irgendeinem Strand, beide lachten. In dem Moment ging eine Tür auf, und ein Kind kam ihm entgegengelaufen. Ein Bub mit blonden Wuschelhaaren.

»Papa! Papa!« Der Junge in blauen Shorts breitete die Arme aus.

Leo bückte sich. Das Kind fiel ihm um den Hals und drückte ihn. Leo probierte, die Umarmung zu erwidern. Zaghaft.

»Gehen wir am Samstag in den Zoo?«

Leo wusste nicht, was er sagen sollte. Er kam sich vor wie in einem falschen Film. War es gefährlich, etwas Falsches zu sagen? Was geschah, wenn sie draufkamen, dass er nicht der war, für den sie ihn hielten? Er probierte es neutral: »Weiß nicht. Wir fragen … Mama, okay?«

»Aber die Mami hat gesagt, dass wir die Affen anschauen. Und die Giraffen. Und die Nilpferde. Vielleicht auch die Schlangen, aber ich weiß nicht, ob ich mich das trau. Brrrr. Gehst du mit? Weil allein trau ich mich das nicht.«

Leo überlegte. »Wir werden sehen«, sagte er.

Das Badezimmer wirkte anders, als er es kannte. Falsche Farben, fremde Parfüms und andere Zahnbürsten. Die Handtücher waren nicht gelb, sondern orange. Nachdem er sich geduscht und einen Bademantel angezogen hatte, ging er in die Küche. Die fremde Frau hatte Ham and Eggs in der Pfanne gebraten und Toasts gemacht. »Besser jetzt?«, fragte sie.

»Ja«, log Leo und wartete ab. Der Bub, den sie Pauli nannte, nahm artig am Holztisch Platz. Er trug ein T-Shirt, auf dem ein Mädchen mit silberblauer Perücke lachte, darunter der Name Katy Perry. »Wo ist mein Nutella?«

Die fremde Frau stellte einen Tiegel auf den Tisch. Es duftete nach Morgen. Kaffee. Kakao. Erdbeermarmelade. Trautes Heim, Horror allein.

»Der Papa hat einen Albtraum gehabt«, sagte die Frau, »schreck dich nicht, Pauli.«

Leo lehnte sich zu der Frau und sagte leise: »Hören Sie zu, ich will sofort wissen, wie Sie heißen, und was sie in meinem Haus suchen.«

Sie sah ihm fünf, sieben, zehn Sekunden lang in die Augen. Verstand, dass das kein Spaß mehr war.

»Sarah?«, flüsterte sie. Sie wollte nicht, dass Pauli etwas mitbekam.

»Sarah«, sagte Leo. »Okay. Wo sind meine Eltern?«

Sie runzelte die Stirn. »Daheim. Wo sonst?«

»Daheim? Wo daheim? Nicht hier?«

»Nein«, sagte sie, während sie für Pauli das Nutella-Brot schmierte, »zum Glück. Für eine Großfamilie ist doch kein Platz bei uns.«

Leo kannte sich nicht aus. Das kam ihm vor wie ein entartetes Rollenspiel. Er nahm zwei Bissen vom Ham and Eggs und deutete der Frau, dieser Sarah, sie möge nebenan ins Wohnzimmer kommen. Auch das war anders eingerichtet, als er es kannte.

»Was geht hier ab?«

»Leo, du machst mir langsam richtig Angst. Ich weiß nicht, was heute los ist mit dir. Hast du was genommen? Irgendwelche Drogen?«

»Sicher nicht. Bitte sagen Sie mir, was das soll.«

»Mein Schatz, ich bin's. Sarah!« Sie riss ihre graublauen Augen weit auf, ihr Mund verzerrte sich zu einem verkrampften Lächeln. »Wir sind verheiratet, seit neun Jahren. Wie haben einen wunderbaren Sohn. Pauli, acht. Wir leben in Wien, der schönsten Stadt der Welt. Im achtzehnten Bezirk. Wir haben ein Haus. Verstehst du, was ich sage? Wir sind eine Familie!«

Leo sah sie an wie ein Gespenst. Wo war er hineingeraten? Er musste die Verrückte hinhalten und auf freundlich tun. »Ich glaube, ich habe da irgendwas vergessen.« Sie gingen zurück in die Küche. Leo grinste, um zu signalisieren, dass alles in Ordnung war. Er öffnete den Kühlschrank, nahm einen Schluck Orangensaft und nickte kantig, wie jemand, der sich zusammenreißt. »Wird schon wieder … Sarah.« Er merkte, dass sie ihn ansah und die Stirn runzelte. Sie nahm ihm das nicht ab.

Leos Aufmerksamkeit richtete sich auf eine Zeitung, die auf einem Beistelltisch lag. Der Aufmacher zeigte das Bild einer Explosion auf einer Bohrinsel. *Elf Tote auf der Deepwater Horizon!* Im Bericht stand, dass Unmengen von Öl in den Golf von Mexiko geflossen waren, eine Katastrophe. Aber da war etwas anderes, das Leo eine Heidenangst einjagte. Über dem Logo der Kronen Zeitung stand das heutige Datum: 20. April 2010. Er sprang vom Tisch auf, dass der Sessel nach hinten kippte.

»Was ist los, Papa?«, fragte Pauli.

Sarah musterte ihn. »Leo, komm, sag schon.«

»Ich gehöre nicht hierher«, sagte er. »Das ist … Wahnsinn.«

Der Bub wurde unruhig. »Papa, warum redest du so komisches Zeug?«

Wortlos verließ Leo die Küche. Er musste sich anziehen. Taumelte durch den Gang, ins Zimmer, zum Schrank. Hastig schlüpfte er in Jeans, zog ein graues Sweatshirt an und schnappte sich Adidas-Sneakers. Das Gewand und die Schuhe gehörten nicht ihm, passten aber.

Sarah stand in der Tür. »Du spielst das nicht, richtig?«

»Nein, das ist … ein echter Albtraum. Ich muss hier raus.«

»Du solltest zur Arbeit.«

Leo schluckte. »Ich habe keinen blassen Schimmer, wo ich hin soll. Was soll ich *arbeiten*?«

»Du bist Akustikberater. Du verkaufst Hörgeräte. Die Leute mögen dich. Sehr sogar. Ich …« – Sie machte eine wegwerfende Geste mit der Hand – »Schatz, ich glaube, du bist verwirrt. Vielleicht sollten wir zum Arzt gehen. Oder deine Eltern anrufen. Hast du dir den Kopf angestoßen? Bist du gestern in der Nacht hingefallen?«

»Nein. Ich weiß alles ganz genau. Gestern war ich sechzehn. Sechzehn!« Er schrie es.

Sarah rang mit ihren Gefühlen. Ihre Augen wurden feucht. Sie bemühte sich, nicht die Fassung zu verlieren. »Ich verstehe. Das ist sicher nur ein Aussetzer. Irgendein Blackout. So was geht vorüber. Das legt sich schon wieder. Garantiert. Pass auf, wir bringen den Pauli in die Schule und fahren dann gleich ins Krankenhaus. Die sollen dich komplett durchchecken. Dann wissen wir Bescheid.«

Sie redete mit ihrem Sohn, der hektisch die Schultasche packte und beim Eingang wartete. Sarah nahm die Autoschlüssel und deutete Leo und Pauli, sie mögen ihr folgen. Draußen schien die Sonne, der Himmel war wolkenlos und hellblau. Leo folgte der Frau zu einem roten Toyota. So einen Wagen hatte er noch nie gesehen. Auf dem Armaturenbrett stand ein Gerät, das den Weg wie ein Computerspiel anzeigte. Sarah ließ den Motor an, und eine Frauenstimme sagte: »In hundert Metern rechts abbiegen.« Seltsam, sehr seltsam. Die Straßen, die er kannte, sahen anders aus, als er sie in Erinnerung hatte. Neue Geschäfte, über Nacht eröffnet. Coffeeshops. Die Leute auf der Straße waren eigentümlich angezogen. Er sah eine junge Frau, die an beiden Armen tätowiert war und auf einen Motorroller stieg; sie brauste los. Ein Mann hielt ein rechteckiges, schwarzes Gerät ans Ohr und nickte beim Reden. Das musste eine Parallelwelt sein. Irgendetwas hatte ihn hierher katapultiert.

Nachdem sie den Buben bei einer Schule abgesetzt hatten – Pauli drehte sich im Gehen um und sah ihnen besorgt nach –, fuhr Sarah ins Allgemeine Krankenhaus. Sie passierten den Glaskasten, in dem ein Portier saß und in einem Magazin blätterte. Dutzende Menschen wuselten herum. Leute mit Verbänden und Krücken. Eine Ärztin, die ihren Pager aus der Tasche nahm und draufsah. Ein Arzt blätterte in einer Akte. Sie nahmen den Lift. Ein Pfleger schob eine uralte Frau durch den Gang. Grüne Wände, grüner PVC-Boden. Menschen, die offensichtlich starke Schmerzen hatten, saßen auf Plastikstühlen. Sarah und Leo gingen zur Aufnahme und meldeten sich an. Sie holte eine Geldbörse aus der Tasche und gab eine Scheckkarte her, seine e-card. Leo hatte keine Ahnung, was das war, aber sein Name stand drauf. Es hieß, sie sollten Platz nehmen. Sie warteten und schwiegen. Sarah wippte mit einem Bein. Sie nahm ein Gerät aus ihrer Tasche, das sie iPhone nannte, und wählte eine Nummer. »Peter, tut mir leid, ich kann heute nicht kommen. Mit meinem Mann ist was passiert.« Sie wartete. »Nein, wir wissen noch nichts Genaues. Anscheinend hat er sich den Kopf verletzt. Ich melde mich später. Danke. Ja. Tschüs.«

Nach eineinhalb Stunden tönte es aus einem Lautsprecher. »Hieden.« Sarah sprang auf, Leo erhob sich vorsichtig. Sie kamen zu einem grauhaarigen Arzt mit Nickelbrille. Er trug einen weißen Kittel und ein Stethoskop um den Hals. Er warf einen Blick auf den Bildschirm seines Computers und wandte sich ihnen zu. Sarah erklärte, was geschehen war. Leo ergänzte kleinlaut: »Ich weiß wirklich nicht, was los ist.« Er wirkte desorientiert und war bleich.

»Haben Sie Suchtmittel konsumiert?«, fragte der Arzt.

»Wie bitte?«

»Irgendwelche Drogen? LSD, Kokain, Heroin, Amphetamine?«

»Nein, Herr Doktor.«

Der Arzt nahm die Brille ab. »Sie glauben also, dass Sie … ein Jugendlicher sind. Sechzehn, korrekt?«

Leo zuckte mit den Schultern. Das hörte sich so verrückt an. »Hier sehe ich, dass sie sechsunddreißig Jahre alt sind. Das trifft es vom Aussehen her eher. Haben Sie Pilze gegessen, Medikamente genommen oder unbekannte Substanzen geschluckt?«

Leo schüttelte den Kopf. »Nein, garantiert nicht.«

»Haben Sie so etwas schon einmal geglaubt? Dass Sie sechzehn sind.«

»Nie, Herr Doktor, bis gestern war mein Leben völlig normal.«

Sarah nickte zur Bestätigung.

»Gut, Herr Hieden, wir machen jetzt ein paar Untersuchungen. Kopf-CT, komplettes Blutbild, MRT, EKG, EEG, das volle Programm. Das wird eine gewisse Zeit in Anspruch nehmen. Vielleicht lassen wir Sie auch eine Nacht hier zur Beobachtung.«

»Okay«, sagte Leo, »danke.«

Es dauerte sieben Stunden, bis alle Checks gemacht waren. Sarah redete in der Zwischenzeit mit Leos Eltern, erzählte ihnen, was vorgefallen war, und ersuchte sie, Pauli von der Schule abzuholen. »Sollen wir ins Spital kommen?«, fragte Leos Vater. »Danke, Franz. Wirklich nicht. Wir müssen abwarten, was die sagen. Ich bleibe hier. Vielleicht nehmt ihr Pauli zu euch nachhause. Ich melde mich, wenn ich mehr weiß.«

Leo sollte auch ein Gespräch mit einer Psychiaterin führen. Sie dachten, er wäre durchgeknallt. Die schmallippige Dame stellte ihm Fragen. Ob es Erlebnisse aus der Kindheit gebe. Wie das Verhältnis zu Sarah sei. Ob er trinke. Ob er kiffe. Ob er Depressionen habe. Leo versuchte, so wenig wie möglich von sich preiszugeben. Den Unfall mit Alina am Berg ließ er weg. Er hatte ein Gefühl, dass sie ihm einen Strick daraus drehen könnte. Die Psychiaterin machte sich Notizen und sagte: »So. Sie dürfen jetzt gehen.«

Kurz vor 18 Uhr wurden Sarah und er in einen Besprechungsraum gebeten. Vier Männer und zwei junge Ärztinnen saßen an einem Tisch. »Bitte, nehmen Sie Platz«, sagte der Doktor mit der Nickelbrille, der ihn als Erstes begutachtet hatte. Er stellte sich als Professor Windner vor und führte das Wort.

»Die gute Nachricht zuerst: Wir haben eine Diagnose. Zumindest glauben wir zu wissen, was Sie haben, Herr Hieden.« Leo nickte und fragte sich, was denn die schlechte Nachricht sei. Unheilbar? Tödlich?

Professor Windner deutete auf die Röntgenbilder, die Leos skelettierten Kopf und sein Gehirn zeigten, aufgeteilt in farbige Areale. »Wir nennen es Transiente Globale Amnesie. Das ist eine auftretende, schwere Störung des Kurzzeitgedächtnisses. Und ich habe noch eine gute Nachricht für Sie beide: Das verschwindet normalerweise nach vierundzwanzig Stunden.« Leo atmete durch, Sarah nickte wiederholt und hastig.

»Diese sogenannte amnestische Episode ist eine neurologische Krankheit. Sie tritt normalerweise im höheren Alter auf und führt zu einer vorübergehenden Störung des Gedächtnisses. In der Medizin gilt sie als harmlos. Wir verstehen natürlich, dass das für Sie beide sehr belastend sein muss. Aber machen Sie sich keine Sorgen. Frau Doktor Weidenhoffer, vielleicht wollen Sie den Herrschaften erzählen, wie es dazu kommen kann.«

»Natürlich«, sagte eine junge Ärztin und räusperte sich. »Die Ursache ist eine vorübergehende Funktionsstörung mediobasaler Temporallappenanteile, inklusive beider Hippokampi. Die Pathogenese ist allerdings nicht bekannt.«

Leo verstand kein Wort.

Professor Windner hob die Hand und deutete der Assistenzärztin, dass die Antwort richtig war. Jetzt redete er weiter. »Das Altgedächtnis bleibt weitgehend intakt. Die jüngere Vergangenheit nicht, sie ist eingeschränkt. Deshalb auch der Name globale Amnesie. Es tritt nicht oft auf. Sie sind also ein Sonderfall, Herr Hieden. Gratuliere, Sie haben in einem Lotto gewonnen, in dem der Hauptpreis eine flächendeckende Ratlosigkeit ist.« Er lächelte über seinen geistreichen Vergleich. »Charakteristisch ist das ständige Wiederholen derselben Fragen, die Sie sich stellen. Wo bin ich? Warum ist alles anders? Wieso hört das nicht auf? Kommt Ihnen sicher bekannt vor, nicht?«

»Ja«, sagte Leo, »leider.«

»Ihre Fragen können schon mehrfach beantwortet sein, aber Sie glauben die Antworten nicht. Das ist ganz natürlich.« Er lehnte sich zurück. »Ich habe sogar eine dritte gute Nachricht für Sie. Ihr prozedurales Gedächtnis ist nicht gestört, also die Fähigkeit, automatisierte Fähigkeiten abzurufen. Sie können ganz normal

Autofahren, ins Kino gehen oder ihrer Frau Komplimente machen. Wie auch immer. Sie sind körperlich völlig gesund.«

Sarah schien ein Stein vom Herzen zu fallen.

»Ah«, sagte Leo. »Und jetzt kommt sicher die schlechte Nachricht.«

»Im Gegenteil, Herr Hieden. Was Sie erleben, erscheint Ihnen wie ein Albtraum, ist es aber nicht. Wir wissen: Die Symptomatik tritt abrupt auf und bildet sich allmählich nach einigen Stunden zurück. In der Regel vollständig. Spätestens morgen Mittag sind Sie wieder ganz der Alte.«

Leo hoffte, dass er wieder ganz der Junge sein würde. Der Sechzehnjährige, der sich gestern nichtsahnend ins Bett gelegt hatte. Liebend gern würde er die Matheschularbeit nachholen. Er wollte sein richtiges Leben zurück.

»Ach ja«, ergänzte der Professor, »diese Krankheit, wenn wir es überhaupt so bezeichnen wollen – vielmehr ist es ein Vorkommnis –, wird bei Ihnen wahrscheinlich eine Gedächtnislücke erzeugen. Für die Zeit, die Sie jetzt als Störung empfinden. Kurzum, bald haben Sie unser Treffen hier vergessen. Ich wünsche Ihnen noch einen schönen Abend. In Ihrer Wahrnehmung wird er nie stattgefunden haben.«

*

Ein Jahr später.

Sie hatten sich neu kennengelernt. Für Sarah war das genauso ungewöhnlich wie für Leo. Jeden Tag war die Hoffnung da gewesen, dass alles wieder so sein würde wie früher. Aber die amnestische Periode, die der Arzt für eine Störung gehalten hatte, die nur vierundzwanzig Stunden dauern hätte sollen, hatte weiterhin angehalten. Sie war nicht vergangen, sondern geblieben. Und die Hoffnung auf Genesung war verblasst wie eine schlechte Idee.

Sarah sah es als Chance. Leo war ein anderer Mensch, keine Frage. Irgendwie humorvoller, zuvorkommender. Nicht mehr so introvertiert und zögerlich. Zwanzig Jahre waren aus seinem Gedächtnis gelöscht, 7300 Tage, mehr als sein halbes Leben. Aber er fand sich damit ab. »Reset«, nannten sie es scherzhaft, »wie bei einem Handy, das den Geist aufgegeben hat. Zurück zu den Werkseinstellungen.«

Leos Eltern waren schockiert, ließen es sich allerdings nicht anmerken. Pauli fand den neuen Papa irgendwie cool. Einen Zeitreisenden nannte er ihn. Wie bei *Star Trek*, wo sie mit der Enterprise durch ein Wurmloch flogen und sich in einer Parallelwelt selbst begegneten.

Sarah war es pragmatisch angegangen. Die ersten Wochen nach der Diagnose im Allgemeinen Krankenhaus ließen sich hart an. Irgendwann wich die Verzweiflung einer Einstellung, die besagte: Okay, das ist jetzt so, stellen wir uns der Sache, gehen wir's neu an, ganz von vorne.

Am Wochenende gingen sie mit Pauli nach Schönbrunn. Die Tiere im Zoo brachten sie zum Lachen. Die Giraffe mit ihrem langen Hals streckte die Zunge heraus, wie um Bäh! zu sagen. Das Nilpferd dümpelte träge dahin. Der Löwe zog im Käfig seine Bahnen. Die Vögel im Palmenhaus zwitscherten und flatterten über ihre Köpfe hinweg. Leo glaubte einen Adler zu erkennen, hatte sich das aber nur eingebildet. Der Kontakt mit der Natur stellte eine Verbundenheit her. Sarah sagte sich, dass es eine Prüfung für sie alle war. Den Neuanfang zu schaffen, das war ihr Los.

»Wollen wir es probieren?«, fragte Sarah eines Abends, nachdem sie Pauli ins Bett gelegt hatten. Sie fuhr sich durch die Haare. Zwinkerte ihm zu. Leckte sich die Lippen. Schlüpfte aus dem schwarzen Kleid. Nestelte an seinem Gürtel. Öffnete den Reißverschluss. Zog ihm die Jeans aus. Auch die Unterhose. Stieß ihn aufs Bett. Sein Glied wurde hart, stand aufrecht. Ihre langen Beine machten ihn sprachlos. Er war so aufgeregt; das gefiel ihr. Sie öffnete am Rücken ihren Büstenhalter. Legte sich auf ihn. Es kam ihr vor wie eine Affäre, nur dass der neue Mann ihr alter war. Es fühlte sich gut an, wild. Leo stellte sich anfangs ein wenig tollpatschig an, wie ein Teenager eben, aber auch das hatte seinen Reiz. Sie zeigte ihm, worauf es ihr ankam, und Leo ließ sich durch den Dschungel der Lust führen. Unglaublich, dass man so etwas als Sechzehnjähriger erleben durfte. Im Körper eines Sechsunddreißigjährigen. Er kam in ihr, und sie stöhnte ein langes Jaaa!

Am Tag danach hatten sie den Neustart beschlossen. Egal, was kommen mochte, jetzt begann eine neue Phase. »Stell dir vor, wir hätten uns erst vor Kurzem kennengelernt und sofort geheiratet. Quasi Las Vegas, mit einem Elvis, der dich fragt, ob du ja sagst. Und wir haben ja gesagt. Stell dir vor, ich hätte Pauli mit in die Ehe gebracht, und jetzt ist er dein Sohn. Solche Dinge passieren.«

Leo hatte das geholfen. Er ließ sich auf sein nächstes Leben ein. Er ging wieder zur Arbeit. Sein Chef in der Filiale hatte viel Geduld. Sie mussten ihm alles von Null auf beibringen. Wie Hörgeräte funktionierten, wie man mit Kunden umging, wie man ihnen die verschiedenen Modelle erklärte und anpasste, wie man das Abrechnungssystem bediente. Die aktuelle Währung hieß Euro. Den Schilling gab es schon lange nicht mehr. Leo lernte schnell. Seine Kolleginnen und Kollegen behandelten ihn nicht wie einen geistig Behinderten, eher wie einen prominenten Lehrling, der sich mauserte. Das Geschäft war schön. Hell beleuchtet, alles in Beige. Neben den Hörgeräten verkauften sie Sonnenbrillen und optische Gläser. Die Kunden wollten zu Leo, weil es einen Bericht über ihn in der Zeitung gegeben hatte. *Der Mann, der sein Leben vergaß* titelte das Gratisblatt *Heute*. Der Artikel auf der ersten Seite sorgte weltweit für Meldungen. Sogar die *New York Times* brachte einen Einspalter über Leo H. from Vienna, 36. Ein Mann, der glaubte, plötzlich wieder ein Sechzehnjähriger zu sein. Crazy. Völlig irre. Leo war der Medienrummel peinlich gewesen, er sagte alle Interviews ab und widmete sich seiner Arbeit. Und der Familie. Sie gab ihm Ruhe.

Eine Routine stellte sich ein. Beim Frühstück erklärte Sarah, wie sich die Welt in der Zwischenzeit verändert hatte. Was alles in zwanzig Jahren passiert war. Wie im Geschichtsunterricht. Für Pauli war das nicht uninteressant. Er lauschte, wenn Mama jeden Tag beim Frühstückskipferl ein ganzes Jahr zusammenfasste. Die Zeit von 1990 bis 2010 im Schnelldurchlauf. Spannend. Als würde man ein Hörbuch über Zeitgeschichte einschalten.

Und heute, ein Jahr nach dem *Vorfall*, lebten sie wie eine Familie aus dem Bilderbuch. Von Montag bis Freitag gingen beide arbeiten. Leo verkaufte seine Hörgeräte, Sarah machte ihren Job in der Baufirma. Ihr Chef, der Direktor Peter Bacher, hatte ihr ausreichend Zeit gegeben, um die Dinge zu verarbeiten. Jetzt ging alles seinen gewohnten Trott. Pauli war neun und mochte die Schule. Seine Lehrerin Helga Bodenstätter, eine Frau mit großem Herzen, hatte die Fragen der Schüler in der Klasse kurz und knapp beantwortet. Und vor allem die Witze über Aliens sofort abgestellt. Pauli war ein ganz normaler Bub mit einem ungewöhnlichen Papa, alles klar? Gut, danke, setzen.

Sarah erzählte Leo alles, was sie über ihn wusste. Dass er als Jugendlicher sportlich war und gerne klettern ging. Es hatte einen Unfall mit seiner ersten Freundin gegeben, furchtbare Sache. Leo nickte, daran konnte er sich noch erinnern. Sie erzählte ihm, wie sie sich kennengelernt hatten, ziemlich komisch war das gewesen. Eine Millenniumsparty im Volksgarten, Wiens In-Disko. Leo war fünfundzwanzig, Sarah ein Jahr jünger. Die Tanzfläche kochte. Menschen knäuelten sich ineinander, reckten die Arme hoch, yeah, yeah. Das Stroboskop-Licht blitzte rhythmisch auf, die Boxen wummerten in tiefem Bass. Sie spielten den neuen Hit von Reamonn, *Supergirl*, *It's my life* von Bon Jovi und dann einen Oldie von ABBA, *The winner takes it all*. Bald war Mitternacht. Jahrtausendwende. Noch zwölf Minuten. Sarah trug ein weißes Minikleid, das gerade noch ihr Gesäß verbarg. Ihre goldbraunen Haare flogen von einer Seite auf die andere. Ihr Gesicht war gerötet vom Tanzen, ein dünner Schweißfilm lag auf ihrer Stirn. Leo stand einfach nur da und starrte sie an wie ein Wunder. Als sich ihre Blicke trafen, war es ein elektrischer Moment. Plus und Minus. Reine Energie. Er kam zu ihr und versuchte ein paar Tanzschritte, sie kicherte. Sie nahmen einen Daiquiri an der Bar. »Wie heißt diese wunderschöne Frau?«, fragte er. »Was glaubst du denn?«, neckte sie ihn. »Petra?« – »Geh bitte.« »Susi?« – »Sicher nicht.« »Sarah?« Ihr blieb der Mund offen vor Überraschung. Dann sagte sie: »Richtig geraten, Gedankenleser.« Es dauerte nicht lange, bis sie eng umschlungen auf der Tanzfläche standen. Die Nähe, die Hitze, die Intensität des Augenblicks. Vier! Drei! Zwei! Eins! Silvester! Sie küssten sich tief, und das war erst der Anfang. Ein Jahr später die Hochzeit im kleinen Rahmen. Weder Sarah noch Leo hatten einen besonders großen Freundeskreis. Sarahs Brautkleid war ein Hauch in Weiß. Leo trug einen Smoking. Der Pfarrer gestaltete die Zeremonie betont locker. Sie feierten im Palais Auersperg. Leos Eltern hatten das ausgerichtet, weil Sarahs Eltern schon gestorben waren, bei einem Autounfall. Die Party war unvergesslich – zumindest für Sarah. Für Leo war das alles neu. Insgeheim bedauerte er es. Ein Jahr später kam Pauli auf die Welt, dieser wunderbare kleine Mensch. Seine Hände waren so winzig, und sein stummes Lachen war einzigartig. Leos Eltern überließen ihnen das kleine Haus in Währing, sie selbst zogen in eine Eigentumswohnung in der Nähe. An Geld mangelte es ihnen nicht. Leos Vater war Investmentbanker. Er selbst hätte in das Geschäft einsteigen können, hatte aber schon als Jugendlicher den Kopf geschüttelt. Mit Börsenkursen und Aktienmärkten konnte er nichts anfangen. Und das Eheleben nahm Fahrt auf. Alles war prächtig, wunderbar. Bis die Sache mit der Amnesie auftrat und alles abriss. Als hätte das Schicksal den Stecker gezogen. Doch auch das hatten sie hinbekommen. Seit einem Jahr konnten sie damit umgehen. Spielerisch, realistisch, wie auch immer. Auf alter Basis hatten sie eine neue Familie gegründet. Es lief so gut. So schön. So gefühlvoll. Bis jetzt.

Bis zu diesem Samstag.

»Was machen wir heute, Papa?«

Leo fuhr Pauli durch die Haare. »Worauf hast du denn Lust?«

»Da gibt's im Kino einen coolen Film. *Tomb Raider*. Mit Angelina Jolie. Die schaut super aus.«

»Das ist noch nichts für dich, Pauli«, mischte sich Sarah ein. Altersfreigabe erst ab zwölf. Da fehlen noch drei Jahre, junger Mann.«

»Wir könnten einmal was ganz anderes machen«, schlug Leo vor.

»Was denn?«, fragte Pauli und sah ihn neugierig an.

»Ein Abenteuer. Wandern gehen. Ein bisschen in die Natur raus. Vielleicht fahren wir zur Hohen Wand. Wie wär's damit?«

»Super Idee, Schatzi«, sagte Sarah, während sie den Frühstückstisch abräumte. »Da können wir gleich Paulis neue Sportschuhe einweihen.«

»Ja!«, rief Pauli. »Wie hoch ist denn diese Hohe Wand?«

»Gute Frage, Moment.« Leo sah im Internet nach. Er hatte sich mit den neuen Technologien längst angefreundet. »Da steht … vierhundertfünfzig Meter.«

»Boah«, sagte Pauli, »so hoch!«

»Ja, das ist ein riesiges Gebiet. Ein Naturpark. Schau, dort kam man auch Lamas und Alpakas streicheln.«

»Mami, was sind Alpakas?«

»Kleine Kamele, die wie große Schafe ausschauen«, sagte Sarah. Sie befragte Google auf ihrem iPhone und hielt Pauli ein Bild hin.

»Lieeeeb!«

Leo schnitt Grimassen und sagte: »Da steht, dass man sogar mit ihnen wandern gehen kann.«

»Das machen wir«, sagte Sarah. Pauli hielt ihr die offene Hand hin, und sie klatschte ab. »Yes!«

Sie zogen Wanderkleidung an und packten Proviant in Rucksäcke, ein paar Schinkenbrote, Käse, Mineralwasser und Nüsse. »Alles bereit für unser Abenteuer Natur?«, fragte Sarah.

»Ja, Mami.« Pauli salutierte.

Leo nahm den Autoschlüssel. Am Wochenende saß er am Steuer. Den Dreh mit dem Fahren hatte er schnell raus gehabt. Er tippte das Ziel ins Navigationssystem ein, und die freundliche Frauenstimme wies ihnen den Weg. Leo hielt sich immer ans Tempolimit. Er wollte keine Anzeige riskieren. Nach einer guten Stunde erreichten sie das Ziel. »Das Ziel befindet sich rechts«, sagte die virtuelle Lady. »Danke, wissen wir«, sagte Leo, und alle lachten. Sie ließen den Toyota auf dem Parkplatz stehen und zogen ein Ticket beim Automaten. »Auf geht's«, sagte Sarah. Das Wetter war wie bestellt. Fünfundzwanzig Grad, kein Wind und ein klarer Himmel. Der liebe Gott meinte es gut mit ihnen.

Mit ihren Rucksäcken marschierten sie über einen Waldweg zu einem großen Holzhaus. Gleich daneben befand sich das Gehege mit den Lamas und Alpakas. Pauli rannte hin und streckte vorsichtig die rechte Hand aus. Ein Lama sah ihn an, drehte sich zur Seite und spuckte einem alten Mann ins Gesicht. Alle Wanderer lachten, bis auf den Rentner. »Scheiß Viecher«, schimpfte er und stampfte fort. Eine Tierpflegerin entschuldigte sich. »Manchmal machen sie das.«

Leo erkundigte sich nach einer Tour und hörte, dass die nächsten zwei Alpaka-Treks leider ausgebucht waren. »Sie können das im Internet buchen«, sagte die Frau, die ihre Haare zu einem Pferdeschwanz zusammengebunden hatte. Vom Aussehen her war sie den Alpakas nicht unähnlich.

»Oje«, sagte Sarah. »Die nächste Tour gibt's erst in vier Stunden.«

»Na ja«, sagte Leo, »wir können es ja auch auf eigene Faust probieren. Gehen wir einfach los und schauen wir, wo es uns hintreibt.«

Pauli war ein bisschen traurig, dass es mit der Tierwanderung nicht gleich geklappt hatte, nickte aber. »Okay, vielleicht später.«

Zu dritt marschierten sie los. Über eine Lichtung weiter ins nächste Waldstück. »Glaubst du, Papa, sind hier Geister in der Nacht? Oder Räuber?«

»Das kann man nie wissen«, sagte Leo. »Manche Tiere sieht man nicht gleich. Die mit den großen Reißzähnen. Die Monster.«

»Jetzt mach ihm doch keine Angst«, sagte Sarah.

»Es gibt auch freundliche Monster, nicht?«

Pauli sprang über einen Baumstamm. »Genau! Wie den Shrek. Grüne Monster, die lustig sind.«

Sarah deutete nach rechts, auf ein Schild. *Skywalk*. »Dort vorne geht's zur Aussichtsterrasse. Schauen wir hin?«

»Natürlich«, sagte Leo und nahm Paulis Hand.

Das Stahlgerüst war eine besondere Errichtung des Naturparks. Länglich in den Fels gebaut, hatte man das Gefühl, als würde man in der Luft stehen. Sie betraten das Konstrukt. Pauli sah durch die Gitter am Boden in die Tiefe. »Pfau! Da geht's aber tief runter. Sicher hundert Meter. Oder zweihundert.«

Ein prächtiges Panorama bot sich ihnen. »Schauts mal, das da ist der Wiener Alpenbogen«, sagte Leo und deutete auf die Berge.

»Und dort ganz vorne, das ist der Neusiedlersee. Den sieht man nur bei gutem Wetter. Wenn der Himmel klar ist.«

Sarah war überwältigt. Obwohl sie schon siebenunddreißig Jahre zählte, war sie noch nie hier gewesen. Was für ein Blick. Was für eine Luft. Was für ein Glück.

Sie ließen die Natur auf sich wirken. Atmeten ein. Atmeten aus. Leo wirkte nachdenklich, in sich gekehrt. »Ist was los?«, fragte Sarah.

»Nein, gar nicht. Bin nur schwer beeindruckt.«

»Ich hab Hunger«, sagte Pauli. »Machen wir eine Pause?«

»Natürlich«, sagte Sarah, »suchen wir uns ein schönes Plätzchen fürs Picknick.«

Sie ließen die Stahlterrasse hinter sich und gingen nach links zu den Felsen. Pauli rannte vor bis zur Klippe. »Pass auf, Pauli!«, rief Sarah. »Komm weg da.« Es waren nur mehr ein paar Meter bis zum Abgrund.

»Hier können wir bleiben«, sagte Leo.

»Ich muss Pipi«, sagte Pauli.

»Geh einfach da vor in den Wald. Jetzt ist niemand da.« Leo deutete ihm, dass das erlaubt sei.

»Okay«, sagte Pauli und lief weg.

Leo stellte sich zum Abgrund und sah in die Tiefe. Das waren mindestens siebzig Meter. Sarah kam zu ihm und tat es ihm gleich. »Fantastische Aussicht. Ich bin so glücklich, dass wir es geschafft haben.«

»Hierherzukommen?«, fragte Leo.

»Nein, ich meine mit uns. Du und ich und unser Sohn. Dass wir wieder eine Familie geworden sind.«

Leo lächelte. Er umarmte Sarah. »Du bist mein Schatz«, sagte er. »Schau mal, da.« Er deutete auf einen Berg. Sarah drehte sich um, und genau in dem Moment versetzte ihr Leo einen kräftigen Stoß in den Rücken. Sarah riss instinktiv die Arme hoch, um nicht das Gleichgewicht zu verlieren und drehte sich zur Seite. In ihrem Blick lag nacktes Entsetzen. Sie balancierte kurz an der Kante, ruderte mit den Armen, doch die Schwerkraft zog sie nach hinten. Der rechte Fuß rutschte weg, und sie fiel schreiend in die Schlucht.

Herrlich. Leo sah das alles in Zeitlupe und mit geschärfter Wahrnehmung. Er merkte, wie sich Sarahs graublaue Augen veränderten und auf einmal grün waren. Genau dasselbe Mintgrün wie bei Alina. Das waren eindeutig Alinas Augen. Das Mädchen, mit dem er *Zurück in die Zukunft* gesehen hatte. Alina, mit der er sein erstes Mal erlebt hatte. Alina, mit der er klettern gegangen war. Auch damals war es nicht ihre Schuld gewesen. Alina war nicht einfach so abgestürzt. Natürlich musste man bei diesen Dingen immer ein wenig nachhelfen. Leo hatte damals den ultimativen Kick erlebt. Er hatte den Karabiner absichtlich gelockert, natürlich. Als sie fiel und schrie und schrie und fiel, fühlte er sich vollkommen frei. Wie auch jetzt. Sarah war sein zweiter Vogel, den er mit gebrochenen Flügeln in die Tiefe entließ. Seine Friedenstaube. Im Leben gab es Adler und Tauben, und er war eindeutig ein Adler. Leo wusste: Die Dinge wiederholen sich. Das Schicksal ist ein Kreislauf, und die Zeit ist eine Variable. Das hätten ihm die Idioten im Gymnasium beibringen sollen. Das war die einzige Gleichung, die ihm gefiel. Die Leo-Gleichung. Alles wiederholt sich. Niemand kann seiner Bestimmung entkommen.

Nach ein paar Sekunden hörte er es. Ein dumpfer Aufprall, als würde ein schwerer Stein auf Granit aufschlagen. Sarahs Schreie waren verstummt. Sie war unten, endlich angekommen, gelandet. Zwei Wanderer hatten die Schreie gehört und kamen angelaufen. »Was ist passiert?«

Leo stand einfach nur da. Starr.

Pauli kam aus dem Wald zurück. »Wo ist die Mami?«

»Sie … sie …«, sagte Leo wie im Schock, »sie ist ausgerutscht.« Er schüttelte den Kopf, als könnte er es nicht fassen. »Ich wollte sie halten, aber sie ist nach hinten gefallen. Nein, bitte, wir müssen sofort Hilfe holen. Sie ist da unten. Wir müssen zu ihr.«

Ein Wanderer mit grauer Trekking-Hose, gelber Windjacke und einer Ray-Ban kramte sein Handy aus der Tasche. Wählte den Notruf. Eilig gab er durch, was passiert war und wo sie sich befanden. »Schicken Sie die Rettung, schnell!«

»MAMIIIII«, schrie Pauli und brach in Tränen aus. Sein Gesicht war schmerzverzerrt, wunderbar.

Leo kniete sich hin und versuchte ihn zu beruhigen. Er spielte seine Rolle perfekt. »Du musst jetzt sehr stark sein, Pauli. Gleich kommt Hilfe. Die Rettung ist bald da. Dann schauen wir, wie wir der Mami helfen können.«

Pauli schluchzte. Leo keuchte und wiederholte immer drei Wörter. »Das gibt's nicht … Das gibt's nicht … Das gibt's nicht.«

Oh doch, dachte er.

Das gibt's schon.

Solche Unfälle geschahen immer wieder. Tauben starben, Adler flogen. Das Gesetz der Freiheit. Und manche Ausrutscher musste man aktiv unterstützen. Nur so konnte der schwarze Adler seine Schwingen ausbreiten und davonsegeln. Nur so konnte er fliegen und fliegen. Auf ins nächste Leben.

7301 Tage

Auf Explosionen war Leo allergisch. Wenn beim Aufwachen irgendetwas lauter war als das Nieseln im Regenwald aus dem Wecker, brach ihm nach wie vor der Schweiß aus. Seit er nach einer Detonation in seinem Hirn als Sechzehnjähriger aufgewacht war, vertrug er keinen Lärm mehr. Nicht, wenn er von außen kam, und schon gar nicht, wenn es innen knallte. Und jetzt hatte es innen geknallt. Oder?

Stocksteif lag er im Bett und traute sich nicht, die Augen aufzumachen. Wenn ich sie zu lasse, steht die Welt still, dachte er. Als Kind hatte er fest daran geglaubt. Wenn ich die Augen nicht aufmache, ist alles, was draußen passiert, nicht wahr. Eigentlich sollte er es besser wissen, er war kein Kind mehr, egal, in welcher Variante von sich selbst, der jüngeren oder der älteren. Spätestens seit der Explosion damals hatte er es begreifen müssen. Die Welt stand nicht still, da konnte man die Augen zu lassen, wie man wollte, und das, was draußen passierte, war wahr. Punkt. Aus. Basta. Und es war wahr geblieben. Doppel-Punkt. Aus zum Quadrat. Basta hoch unendlich. Trotzdem, dachte er und ließ die Augen zu.

Leo atmete vorsichtig die Luft aus, die er bis jetzt angehalten hatte. Er erlaubte sich, ein paar Muskeln zu entspannen und sank etwas tiefer in die Matratze ein. Er horchte nach innen. Nein. Da war kein Lärm aus dem Hirn. In seinem Schädel herrschte harmlose Stille. Kein Blitz, keine Schneise aus Flammen, kein Brennen. Dort war alles in Ordnung. Was nicht hieß, dass auch sonst alles in Ordnung war. Ordnung fühlte sich anders an, verdammte Scheiße aber auch.

Er wusste nicht, wie lange er so dagelegen war, auf dem Rücken, mit flachem Atem und geschlossenen Augen. Er wusste nur, in diese Unordnung hinein konnte er nicht aufstehen. Er musste das klären, und zwar bevor er einen Blick riskierte in eine Welt, die vielleicht wieder die alte war. Dann war nämlich auch er wieder der alte. Hatte zwanzig Jahre mehr am Buckel und womöglich die dazugehörige Midlifecrisis obendrauf.

Denk nach, Leo, befahl er sich, obwohl er wusste, dass mit Denken hier am wenigsten auszurichten war. Das hatte schon damals nichts genutzt.

Zwölf Jahre war es her, dass ihm das Universum zwanzig Jahre geschenkt hatte. Mit sechsunddreißig war er eines Abends eingeschlafen, mit sechzehn am nächsten Morgen wieder aufgewacht. Rundherum war man geschockt gewesen, man hatte ihn bemitleidet, die Leute empfanden sein Schicksal als eine Katastrophe. Er lächelte, wie immer, wenn er an dieses sagenhafte Geschenk dachte, das, soweit er wusste, noch nie ein Mensch außer ihm bekommen hatte. Seine Story war um die Welt gegangen, aber nie hatte sich jemand bei ihm gemeldet, der dasselbe Glück hatte erleben dürfen. Zweimal die besten Jahre des Lebens leben. Das tat er nun schon seit zwölf Jahren.

Natürlich, es war nicht leicht gewesen zu begreifen, was da vor sich gegangen war. Wobei, begriffen hatten sie es bis heute nicht. Sie hatten es einfach angenommen und den Vorfall, wie sie es im ersten Schreck genannt hatten, als etwas Wunderschönes betrachtet. Eine Gnade, eine Chance, ein Abenteuer. Ein Wunder. Nur die Explosion an sich hatte er nicht verkraftet. Selbst mit Sarahs Hilfe nicht, die sonst alles möglich gemacht hatte. Sarah, dachte er.

SARAH!

Auf einmal waren seine Augen offen. Es war sehr wohl Lärm gewesen. Lärm aus dem Hirn. Allerdings nicht aus seinem. Er starrte an die Decke, nicht fähig, den Kopf zu drehen und zur anderen Betthälfte hinüberzuschauen. Er versuchte, einfach weiter zu atmen. Ein, doppelt so lange aus. Ein, der Bauch hob sich, und aus. Das hatte er als Erstes gelernt, als er zum zweiten Mal sechzehn war. Sarah hatte es ihm beigebracht. »So kommst du runter«, hatte sie gesagt, »das machst du immer, wenn du dich aufregst, besser noch: bevor du dich aufregst.« Bis dahin hatte er komplett falsch geatmet. Bauch raus beim Ausatmen, er konnte sich gar nicht mehr vorstellen, wie er das überhaupt hingekriegt hatte, so gegen die Natur, wie das war. Sarah hatte, wie sie ihm erzählte, jahrelang versucht, es ihm zu erklären, aber erst nach dem Vorfall hatte er auf sie gehört.

Und es funktionierte, die Atemübung beruhigte ihn auch jetzt. Er war auf das gefasst, was er gleich erleben würde, eine Wiederholung des Vorfalls. Da würde eine Frau liegen. Eine fremde Frau in seinem Bett. Aber er brauchte nicht zu erschrecken. Es würde Sarah sein, seine Sarah, nur jünger, um genau zwanzig Jahre.

Er sah nach rechts und erschrak bis ins Knochenmark.

Da lag eine Frau.

Aber sie war ihm nicht fremd.

Sie war auch nicht jünger.

Im Gegenteil.

Sie war seine Schwiegermutter.

Leo drehte den Kopf weg und starrte wieder an den Plafond, der sich schnell mit Zahlen füllte. Sarah war **1** Jahr jünger als er, und er wäre in seiner ursprünglichen Version jetzt **48**. Das hieß: Sarah sollte **47** sein. Seine Schwiegermutter war **20** gewesen, als sie Sarah bekommen hatte. **20** und **47**, das waren … es stand deutlich da oben:

20 + 47 = 67

Wenn seine Rechnung stimmte, dann war die Frau, die neben ihm im Bett lag, **67**. Und die Rechnung stimmte, das spürte er in sämtlichen Ganglien seines **28**-jährigen Gehirns. Das war der Moment, als Leo kurz wieder die Augen schloss. Für die nächste Formel, die da über ihm auftauchen würde, brauchte er nun doch etwas Mut.

28 + 67 = wir

Ich habe einen **48**-jährigen Körper, in dem ein **28**-jähriger Geist steckt, dachte Leo, und ich habe eine Frau, deren **47**-jähriger Geist auf einmal in einem **67**-jährigen Körper steckt. Das heißt: Sie ist um **39** Jahre älter als ich. Und sie sieht aus wie meine Schwiegermutter, die jetzt neben mir im Bett liegt. Die Atemübung, zu der er ansetzte, brachte nicht das Geringste.

Die Bettdecke neben ihm bewegte sich, ein Bein kam zum Vorschein. Bevor die Decke über den Oberschenkel hinaufrutschen konnte, kam er in Bewegung. Er erwischte den Stoff, bevor er Schlimmeres enthüllte, und zog ihn mit spitzen Fingern wieder über die nackte Haut. Dabei entblößte sich eine Schulter. Leo war noch nie über etwas so dankbar gewesen wie über den Spaghettiträger eines Nachthemds, das er kannte. Und das nicht seiner Schwiegermutter gehörte.

Es war eine Sache, zu wissen, dass das hier immer noch seine Frau war; es war eine andere, sie in einem Körper zu sehen, in dem sonst seine Schwiegermutter steckte. Die beiden glichen einander wie … na ja, wie Mutter und Tochter. Nur, dass man sie selten gleichzeitig im selben Alter neben sich im Bett hatte.

Leo blinzelte hinüber. Alles unter der Decke, er gestattete sich einen genaueren Blick. Die immer noch dichte Mähne, auf die Sarah so stolz war, lag wie ein Fransenvorhang über ihrem Gesicht. Auf das strahlende Goldbraun würde sie in ein paar Minuten nicht mehr so stolz sein, es war von grauen Strähnen durchzogen. Genauso wie das ihrer Mutter, die ihr Haar zwar kurz, aber das Grau wie eine Auszeichnung trug. Ein Look, der ihr ausgesprochen gut stand.

Überhaupt hätte Sarah es schlimmer erwischen können. Ihre Mutter war das, was man eine sehr aparte Frau nannte. Ein Typ wie die Schauspielerin Annette Benning in ihren besten Jahren, hip und doch irgendwie nobel. Allein die Haut, ein paar Lachfalten in einem sonnenbraunen Teint, auf den die blassere Sarah immer ein bisschen eifersüchtig war. Leo musterte die schlanke Gestalt unter der Decke nun von oben bis unten. Die Figur war eins a, daran war nicht zu rütteln.

Sarah war seit dem Millenniums-Silvester, an dem Leo und sie sich kennengelernt hatten, ganz leicht auseinandergegangen, und dann noch einmal nach Paulis Geburt. Aber noch genauso begehrenswert, wie Leo ihr in aller Ehrlichkeit, wenn auch in kürzer werdenden Abständen, versicherte: Du schaust aufs Haar so aus wie vor dreiundzwanzig Jahren. Den Spruch konnte er vergessen. Ab jetzt waren es dreiundfünfzig.

Scheiß Zahlenspiele, dachte Leo und schüttelte den Kopf, als könnte er damit die Grundregeln der Mathematik ändern. Ja, warum auch nicht. Wenn sich der Körper seiner Frau über Nacht in den ihrer Mutter verwandeln konnte, musste zwei und zwei nicht mehr vier sein.

Sarah bewegte sich wieder und legte erneut die nackte Schulter seiner Schwiegermutter frei.

Das halte ich nicht aus, dachte Leo und überlegte, was im Haus groß genug war, um den neuen *Vorfall* zu bedecken. Die Regenhülle fiel ihm ein, mit der sie im Winter die Gartengarnitur abdeckten, darunter würde er das gesamte Bett verschwinden lassen können. Zudecken und verschwinden lassen, weiter konnte er momentan nicht denken. Vorerst zumindest. Er brauchte Zeit, um sich an den Gedanken zu gewöhnen. Um überhaupt einen Gedanken zu haben.

»Guten Morgen, mein Schatz«, sagte seine Schwiegermutter mit der Stimme seiner Frau.

Oh mein Gott, dachte Leo. Er würde keine Zeit haben, sich an irgendetwas zu gewöhnen. Sogar Sarahs Stimme war gealtert, und gleich würde sie sich räkeln und ihm einen Kuss auf den Mund hauchen. Wie jeden Tag. Nur würde es ihm heute wie Inzest vorkommen. Schwiegerinzest. Wir sind nicht blutsverwandt, dachte Leo, aber es beruhigte ihn ganz und gar nicht. Dann kam der Kuss. Eine Sekunde später saß Sarah am Bettrand. »Auwehauweh-auweh«, sagte sie und griff sich ins Kreuz. Sie lachte. »Wie meine Mutter.«

Leo schwieg. Sarah ging ins Badezimmer. Er konnte sich vorstellen, was dort vor sich ging. Er konnte sich nicht vorstellen, warum es so geräuschlos ablief.

Als Leo sich endlich aufschwang und ihr nachkam, stand sie reglos vor dem Spiegel. Es war ein Ganzkörperspiegel, Sarah hatte darauf bestanden. »Damit gleich gar keine Sünden einreißen können«, hatte sie gesagt, »weil man jedes Fettröllchen schon ertappt, bevor es sich einrollt.« Es hatte sich trotzdem allerhand eingerollt, noch gestern hatte sie sich minutenlang darüber ereifert. Heute war nichts mehr davon zu sehen. Ihre Silhouette war annähernd makellos.

»Wie meine Mutter«, sagte sie noch einmal. Aber jetzt lachte sie nicht mehr.

Die Situation war mehr als pervers. Sarah war über Nacht zwanzig Jahre älter geworden und sah nun aus wie ihre Mutter, die für ihr Alter wiederum zwanzig Jahre jünger aussah und damit besser als ihre Tochter. Dagegen war Leos Vorfall ein Klacks gewesen.

Bei ihm waren zwar zwanzig Jahre seines Lebens gelöscht gewesen, aber die Veränderung war psychischer Natur und damit irgendwie abstrakt. Äußerlich war bei ihm alles gleichgeblieben, man wurde nicht ständig daran erinnert, dass man ein anderer war. Bei Sarah handelte es sich um einen physischen und deshalb so realistischen Wandel. Sie war innerlich dieselbe, aber das war ihr nicht anzusehen. Sie war eine andere, und das konnte man keine Sekunde lang vergessen.

Sie durchliefen dieselbe Prozedur wie vor zwölf Jahren. Sie fragten im AKH nach Professor Windner, der Leo damals untersucht hatte. Es gab ihn noch, nur dass er nicht mehr graue, sondern komplett weiße Haare hatte. Er musste weit über dem Pensionsalter sein, aber er konnte sich noch gut an den Fall Hieden erinnern. Kunststück, dachte Leo, wenn er den vergessen hätte, wäre er ein Fall für sich selbst gewesen. Jedenfalls sparte seine Anwesenheit an diesem seltsamen Tag im Juni eine Menge Zeit. Die Untersuchungen, die bei Leo sieben Stunden gedauert hatten, waren in der halben Zeit erledigt. Der Unterschied war nur: Sie hatten auch danach keine Diagnose.

»Was aber für Sie kein Drama ist«, sagte der Professor und sah Sarah, die ihm gegenüber im selben Besprechungszimmer saß wie damals Leo, betont fröhlich an. Leo kam es vor, als bemühte er sich, seine Ratlosigkeit mit dem weißen Kittel so zu bemänteln, dass alles halb so schlimm erschien. »Ja, kein Drama«, wiederholte er. »Im Gegensatz zu ihrem Mann haben Sie keinen Gedächtnisverlust. Wie auch, Sie haben ja Jahre dazubekommen, die Sie gar nicht gelebt haben, da können sich naturgemäß keine Erinnerungen ansammeln, nicht wahr?« Er räusperte sich. »Nun ja.«

Ein paar Minuten lang ließ er sich darüber aus, dass die Sache medizinisch nicht nur äußerst interessant, sondern auch komplett unerklärlich sei. Psychisch wäre der Mensch imstande, sich so einiges einzubilden, was im Laufe der Zeit vielleicht nicht geheilt, aber klar benannt werden konnte. Von einfachen Persönlichkeitsstörungen bis zur hochkomplexen Schizophrenie waren die Krankheitsbilder bekannt und daher einzuordnen. Das, was sich hier ereignet hatte, war ohne Befund. Sarahs Organismus hatte sich rein äußerlich verändert, aber innerlich war er nicht geschädigt, im Gegenteil, alles wäre in höchst erfreulichem Zustand. Und das meine er, wenn sie gestatte, im wahrsten Sinn der Worte.

»Deshalb kann ich Ihnen, wenn Sie mir das verzeihen, nur gratulieren: Sie sind nicht nur kerngesund, sie sehen auch so aus. Einfach sagenhaft für siebenundsechzig.«

Sarahs Gesichtsausdruck ließ keinen Zweifel daran, dass sie es ihm nicht verzieh. Überhaupt nahm sie die gute Nachricht nicht ganz so erfreut auf.

»Tja«, sagte der Arzt und räusperte sich wieder. »Ich verweise Sie nun vertrauensvoll an Frau Doktor Segensreich, Sie kennen sie ja schon, eine hervorragende Kollegin im Fach der Psychiatrie, eine Konsultation, die ich Ihnen beiden empfehle«, er sah Leo sehr eindringlich an, »um sicherzustellen, dass Sie alles gut verarbeiten können.«

Sarahs Gesichtsausdruck ließ auch keinen Zweifel daran, was er sie samt Frau Segensreich konnte. »Es bleibt Ihnen unbenommen, mich zu verweisen, an wen Sie wollen, lieber Herr Professor«, sagte sie, stand auf und wandte sich zur Tür.

Es sah schon so aus, als würde sie das Besprechungszimmer ohne weitere Erklärung verlassen, dann besann sie sich und drehte sich noch einmal um. »Ich für meinen Teil gehe jetzt zum Friseur und lasse mir die grauen Strähnen wegmachen, dann fahre ich zum Naschmarkt und kaufe den Pöhl leer, trage die sündteuren Schweinereien nachhause, öffne die teuerste Flasche Rotwein, die ich in unserem Keller finde, und stoße mit meinem Mann darauf an, dass er mit einer so sehenswerten alten Schachtel verheiratet ist. Und dann, meine Herren«, sie sah vom Professor zu Leo, »fahre ich zu meinen Eltern, klingle und lasse meine Mutter an unserem Glück teilhaben.«

*

»Wer kann denn das sein?«, murmelte Elsbeth Jakobi, und laut rief sie: »Karl, hast du jemanden eingeladen?«

Es kam keine Antwort. Sie hatte auch keine erwartet, neuerdings redete sie oft ins Leere hinein. Karl hörte zusehends schlechter. Seit einem halben Jahr trug er ein Hörgerät, das ihm sein Schwiegersohn angepasst und eingestellt hatte. Allerdings vergaß er ständig, es einzuschalten, glaubte aber jedes Mal, dass die Batterie aus war, und stand alle paar Tage bei Leo im Geschäft, um sie auswechseln zu lassen, vorzugsweise von Leos jüngster Kollegin. »Alt zu werden, ist nichts für Pessimisten«, sagte er immer. Trotz der guten Ehe, die Elsbeth und er führten, war das eines der wenigen Dinge, über die sie sich einig waren.

»Ich geh schon«, rief Elsbeth. Sie öffnete die Wohnungstür mit solchem Schwung, dass sie ihr aus der Hand flog, gegen die Vorzimmerwand und wieder zurück ins Schloss knallte. Ein Gipsstückchen hüpfte aus der Wand.

»Mama!« Es klang desperat.

Elsbeth riss die Tür noch einmal auf. Draußen stand Sarah und hielt sich Augen und Ohren zu. Sie sah nicht aus, als wäre sie nur vorbeigekommen, um sich den Dampfgarer auszuborgen.

Sarah sank ihrer Mutter in die Arme. »Ich will nix mehr hören von irgendeinem Lärm. Dauernd knallt's irgendwo. Ich will nicht mehr, ich kann nicht mehr.«

»Was ist denn passiert?«

»Eine neue Explosion. Heute Früh. Und jetzt …«

Elsbeth nahm ihr die Arme vom Gesicht. »Oh, nein«, sagte sie tonlos.

»Was ist passiert?«, rief Karl. Das Knallen hatte er auch ohne seinen Apparat gehört und war erstaunlich schnell an der Tür.

»Ja, sieh sie dir doch an!«, herrscht Elsbeth ihn an.

»Hallo, Papa«, sagte Sarah.

»Grüß dich, mein Herz«, sagte Karl, nahm seine Tochter an den Schultern, küsste sie links und rechts, hielt sie mit ausgestreckten Armen von sich ab und lächelte. »Du wirst wirklich von Mal zu Mal schöner.«

Ein paar Sekunden lang starrten Sarah und Elsbeth ihn an, dann brachen sie in einen Lachkrampf aus. Stückweise stammelten sie heraus, was passiert war. Karl versuchte, sie vom Stiegenhaus in die Wohnung zu ziehen, bevor sie das gesamte Haus zusammenbrüllten. Fast hätten sie dabei Leo übersehen, der die Treppen heraufgerannt kam.

Er hatte sich noch mit Professor Windner beraten wollen, aber der war erstaunlich wenig interessiert gewesen. Leo schien es, als wollte er den Zeugen seiner Ahnungslosigkeit möglichst schnell aus dem Besprechungszimmer hinauskomplimentieren. Beim Friseur hatten sie nichts von Sarah gehört. In der Feinkost Pöhl hatte er sie gerade um ein paar Minuten verpasst. Sie würden alles zu ihnen nachhause schicken, hatten sie gesagt, es sei ja doch etwas zusammengekommen, der Bote sei schon unterwegs. Sarah hatte also Ernst gemacht mit ihrer Ankündigung, sie dürfte tatsächlich das Geschäft leergekauft haben. Und jetzt krümmte sie sich hier auf dem Boden und lachte sich die Seele aus dem Leib.

»Hysterische Reaktion«, sagte er zu Karl.

»Genau«, sagte Karl.

Gemeinsam betrachteten sie ihre Frauen, die auf dem Parkettboden hockten, die Haare aufgelöst, die Kleider verrutscht, die Gesichter tränennass. Es war ein Lachkrampf, wie sie noch nie einen gehabt hatten, und es wurde viel gelacht in der Familie. Bis jetzt.

Lachkrämpfe sind Medizin, die keinen Beipackzettel braucht. Ein Medikament, bei dem man keinen Arzt oder Apotheker nach den Nebenwirkungen fragen muss. Damit hatte man schon viel gelöst im Hause Hieden-Jakobi. Aber auch diese Heilkraft lässt einmal nach, wenn man die Arznei nicht regelmäßig einnimmt. In den nächsten paar Monaten quartierte sich die Fröhlichkeit im Keller ein.

Anders als beim ersten Mal beschäftigte sich jeder selbst mit den Problemen, die der neue Vorfall für ihn mit sich brachte. Instinktiv spürten alle, dass jetzt keiner etwas für den anderen tun konnte. Die Perspektiven waren zu unterschiedlich.

Leo konnte seiner Frau nicht helfen, weil er dazu erst um seine Schwiegermutter herumkommen musste. Sarahs neues Äußeres war praktisch zum Türsteher seines Innersten geworden. Es verhinderte, dass von dort etwas nach außen drang. Sein Rückzug betraf die philosophischen Fragen ebenso wie die profanen. Elsbeth stand immer zwischen ihm und Sarah. Mitunter lag sie auch dort.

»Ich kann nicht«, wurde der bedrohlichste Satz für Sarahs und Leos Ehe. Sie hatte das Gefühl, nicht mehr geliebt zu werden und dafür auch noch ihrer Mutter die Schuld geben zu wollen. Er hatte die Befürchtung, dass sie womöglich recht hatte. Elsbeth hätte ihm gefallen können, wenn es ihre Tochter nicht gäbe. Aber das konnte er weder ihr noch Sarah sagen, und Karl schon gar nicht. Bestreiten wäre noch verdächtiger und hätte denselben Effekt. Leo verstummte und wurde nach und nach zum Außenseiter in der Familie, die sich kaum noch als Familie fühlte.

Seit Leo Sarah kannte, waren die Treffen mit den Schwiegereltern die Highlights ihres Soziallebens. So wäre es immer gewesen, hatte Sarah ihm erzählt, so hatte er es seit seinem Vorfall selber erlebt. Obwohl Sarah und Leo genügend Freunde hatten, mit denen auch viel gelacht wurde, gingen sie zehnmal lieber zu den alten Jakobis. Die Freunde dachten übrigens genauso, sie rissen sich um eine Einladung bei Elsbeth und Karl.

Es waren keine netten Abende, die hier verbracht wurden, sie waren so was wie Brot und Spiele. Nett konnte man im Restaurant sein, daheim wurde geschlachtet. Die Waffen waren Worte, zugespitzt zu Giftpfeilen, und mit ihnen wurde gestichelt, was das Zeug hielt. Einer gegen den anderen, alle gegen jeden, jeder gegen alle. Wer immer an diesem Tisch Platz nahm, durfte sich auf ein paar Hinrichtungen gefasst machen, inklusive der eigenen. Tod durch Schlagfertigkeit. Verschont wurde niemand. Dass dabei stundenlang durchgelacht wurde, lag daran, dass praktisch nichts tabu war. Man stocherte mit der Salatgabel hingebungsvoll in den Wunden der anderen herum, schabte mit dem Suppenlöffel sorgfältig die Schwachstellen frei, tranchierte die robusteren Stücke mit dem Fleischermesser, träufelte genussvoll Zitrone drauf und streute Salz hinterher. Man spießte einander in einer politisch unkorrekten Tonart auf, dass es eine Freude war.

Seit dem neuen Vorfall ebbte die Begeisterung stetig ab. Es gab eine einzige Regel rund um die Schlachtplatte: Wunden, die noch schmerzten, durften nicht angerührt werden. Auf einmal aber schien es nur noch frische Verletzungen zu geben, und jeder passte so auf, was er sagte, bis irgendwann das Gespräch erstarb. Rücksicht ist der Tod des Humors. Wer nicht mehr bereit ist, seine Verwandtschaft für eine gute Pointe zu opfern, hat nichts mehr zu lachen. Die Familientreffen wurden zäher und seltener. Die Tischgespräche waren Minenfelder, jedes Wort konnte ein Loch in die Fassade reißen. Bald traf man sich kaum noch. Und auch daheim eroberte das Schweigen Terrain. Notwendiges und Belangloses, etwas anderes wurde nicht mehr angesprochen.

Ziemlich genau sechs Monate nach dem neuen Vorfall rief Karl bei Leo an. Ob er am Abend nicht bei ihm vorbeikommen wolle, Elsbeth sei, wie er vielleicht wisse, übers Wochenende in ein Thermenhotel gefahren, er esse generell ungern allein, aber heute fühle er sich außerdem ein bisschen einsam.

Ich auch, dachte Leo, antwortete aber trotzdem nicht gleich. Es war durchaus möglich, dass sie sich gegenübersitzen und anschweigen würden. Andererseits war er so gut wie nie mit seinem Schwiegervater allein, vielleicht war es zwischen ihnen ja anders. Leo sehnte sich nach der alten Vertrautheit. Nein, sagte er schließlich, er habe nicht gewusst, dass Elsbeth weg sei, woher auch, und ja, er komme gern.

Karl öffnete ihm in seinem Hausmantel. Das dunkelrote Stück, das mit seinem scheußlichen Muster aussah, als hätte er einen Gobelinteppich von der Wand genommen und angezogen, war legendär. Trotzdem bekam Leo es erst jetzt zum ersten Mal zu Gesicht. Elsbeth hasste das einst stolze bodenlange Ding mit den glänzenden Stellen und dem abgewetzten Samt, dem da und dort die Fransen herunterhingen. Karl durfte es nur hervorholen, wenn sie sich mindestens in einer anderen Stadt aufhielt. »Kommst daher wie ein abgehalfterter Graf«, schimpfte sie immer, »so einer, der seinen Titel bei einem degenerierten Adeligen aus der Linie Surm und Maxi gekauft hat, und der Mottenfänger da war die Draufgabe.« Damit tut sie Karl unrecht, dachte Leo. Er trug den Mantel mit charismatischer Würde, von abgehalftert konnte keine Rede sein.

»Nur herein«, sagte Karl und schob seinen Schwiegersohn an der Nische mit dem großen Esstisch vorbei direkt ins Wohnzimmer.

»Ich dachte, es gibt was zu essen.«

Karl deutete auf den Couchtisch. »Wir ernähren uns flüssig.« Davon hatten ihm zwar alle von Arzt bis Tochter abgeraten, aber pfeif drauf.

»Mit Eau de Cologne?«, fragte Leo, bückte sich und griff nach der Flasche, die Karl meinte. Sie sah aus wie der Rock einer Frau, die sich dreht.

»Banause. Das ist ein Prince Polignac. Reserve du Prince, um genau zu sein.«

»Schaut aus wie ein sündteurer Parfüm-Flakon, in den jemand hineingepinkelt hat, der nicht ganz gesund ist.«

Karl stöhnte und nahm ihm die Flasche weg. »Zur Strafe sollte ich dir einen Campari Soda mit Haselnussgeschmack servieren, lauwarm.«

Leo würgte theatralisch. »Dann lieber Eau de Cognac.«

Sie ließen sich in gegenüberliegende Fauteuils fallen. Karl schenkte ein, und sie tranken auf das Leben, so seltsam es auch gerade war. Der Cognac schmeckte nach Honig und Mandeln.

»Was für ein Tropfen«, schwärmte Karl.

Leo nahm die Flasche noch einmal in die Hand. »Wie alt?«

»Gereift zwischen siebzig und hundert Jahre.«

»Kostet?«

»Mehr als andere.« Karl lächelte.

»Eine Literflasche … unüblich für so einen alten Cognac. Du meinst es aber ernst heute.«

Es war als Scherz so hingesagt, aber Karl nahm sein Lächeln ab und steckte es in die Brusttasche des Hausmantels. Er nickte. »Ja«, sagte er, »ich meine es ganz ernst.«

Sein Ton ließ Leo aufhorchen. »Was ist denn los?«

Karl sah ihn an. »Leo. Du weißt, was los ist.«

Leo ließ den Cognac im Schwenker kreisen, nahm einen langen Schluck und ließ ihn noch länger im Mund. Sein Blick schlenderte durch den Raum. Alles kostbare Antiquitäten, liebevoll ausgesucht und sehr geschmackvoll. Er betrachtete den wunderschönen Sekretär, dessen Schreibfläche man so zuklappen konnte, dass eine Kommode draus wurde; die alte Stehlampe mit dem handbemalten Porzellanschirm; den Flügel mit den zarten, geschwungenen Gravuren im schwarzen Lack. Er machte keine Anstalten, ins Gespräch einzusteigen.

Karl seufzte. »Genau das ist los«, sagte er. »Keiner redet mehr mit dem anderen.« Er machte eine Pause, um Leo Gelegenheit zum Sprechen zu geben, aber der blieb stumm. Die anfängliche Leichtigkeit war dahin. Karl beugte sich etwas vor. »So geht's nicht weiter, Leo. Wir müssen reden, sonst fällt die Familie auseinander.«

Leo trank wieder, lehnte sich zurück und stellte sich das Glas auf die Brust. Es kam immer noch nichts. Karl fixierte ihn, er wich seinem Blick aus.

»Das Problem ist, dein Vorfall betraf im Wesentlichen nur euch beide, Sarah und dich. Diesmal betrifft es uns alle, und da wollen wir uns einmal gewaltig dafür bedanken, dass Pauli zwei Tage vorher die Matura bestanden hat und schon auf dem Weg in sein Jahr nach Australien war. Das gibt uns noch sechs Monate. Dann werden wir ihm erklären müssen, was hier los ist. Anders geht's nicht … Leo … nicht wahr.«

Leo trank. Diesmal nickte er wenigstens.

Karl ließ ihm Zeit. Er hoffte auf den Cognac, und der ließ ihn tatsächlich nicht im Stich. Eine halbe Stunde Schweigen und Trinken später platzte es aus Leo heraus.

»Warum muss sie ausschauen wie Elsbeth? Ausgerechnet!«

Karl hätte sich gern bekreuzigt, mit großer Geste, wie die südamerikanischen Fußballer, wenn sie den Ausgleich schießen. Aber er beherrschte sich. »Weil das ihre Mutter ist«, sagte er gelassen, »und weil Töchter eben oft so ausschauen wie ihre Mütter, wenn sie älter werden. Mehr muss da nicht dahinter sein.«

»Aber das ist furchtbar.« Leo stellte das Glas ab und fuhr sich mit beiden Händen durch die Haare. Er sah Karl mit einem etwas irren Blick an. »Du kannst dir das nicht vorstellen, wie das ist: Ich lebe mit meiner Schwiegermutter in einem Dreiecksverhältnis.«

»Wieso?«, fragte Karl ganz ruhig. »Hast du was mit ihr?«

»Das glaubst du doch nicht im Ernst«, sagte Leo.

»Nein.« Karl schüttelte den Kopf. »Ich glaub das nicht. Aber du. Oder warum regst du dich sonst so auf?«

»Ich wundere mich gerade, dass du dich nicht mehr aufregst. Immerhin ist es deine Frau, von der wir reden.«

»Irrtum«, sagte Karl. »Es ist deine Frau, für dich sieht sie nur aus wie meine.«

Leo legte den Kopf schief. Er war hellhörig genug gewesen für die zwei Worte. »Wie, für mich?«

Halleluja, dachte Karl, es funktioniert. Er beißt an.

Jetzt vorsichtig sein, haben sie gesagt. Kommen lassen, nicht drängen.

Umständlich schenkte Karl nach.

Und tatsächlich redete Leo weiter. »Ich frage mich die ganze Zeit: Was will das Universum damit? Das Ganze muss ja irgendeinen Sinn haben.«

»Das solltest du herausfinden«, sagte Karl. »Was soll sein? Du sagst ja immer, es passiert dir nichts, was nicht gut für dich ist.«

»Glaub ich noch immer.« Leo stand auf und begann, durchs Zimmer zu wandern. »Nur, was ist gut für mich?« Er sah sich zu Karl um. »Für uns.«

»Vielleicht geht es gar nicht um uns, sondern nur um dich.«

Leo setzte seine Wanderung fort. »Aber wir sind alle betroffen.«

»Doch nur indirekt über dich«, sagte Karl.

Jetzt nicht entwischen lassen.

»Das stimmt für dich, Karl, auf gewisse Art auch noch für Elsbeth. Aber nicht für Sarah und mich. Sarah ist diesmal die Hauptperson.«

Karl schwieg. Perspektive ändern, dachte er, es geht immer um die Perspektive.

»Sarah ist es, die zwanzig Jahre älter geworden ist. Sie ist es, die sich verändert hat.«

Karl schüttelte sanft den Kopf.

»Was nein?«, fragte Leo.

»Sie ist keine zwanzig Jahre älter geworden, Leo. Wie sollte das denn gehen?«

»Das fragen wir uns seit sechs Monaten.«

»Nein«, sagte Karl.

»Was nein?«, fragte Leo wieder.

»Du fragst dich das.« Karl machte eine Pause. »Du. Nicht wir.«

»Sie sieht aus wie meine Schwiegermutter«, beharrte Leo.

»Wie gesagt, deine Schwiegermutter ist ihre Mutter.«

»Sie hat sich verändert«, sagte Leo trotzig.

»Sie hat sich in deinen Augen verändert, Leo, sonst nichts. Sie ist immer noch deine Sarah.«

»Meine Sarah.« Zorn schoss in Leos Stimme. »Aber ich kann sie nicht mehr erkennen.« Er knallte die Faust gegen die Wand, stöhnte und rieb sich die Fingerknöchel. »Scheiße, tut das weh.«

Karl kniff die Augen zusammen. Scheiße, dachte er, noch eine Delle in der Mauer. Er wartete, bis der Schmerz bei Leo ein bisschen nachließ. »Es liegt aber nicht an ihrem Äußeren, dass du sie nicht mehr erkennen kannst.«

»Ach nein. Woran dann?«

»An deinem Inneren.«

Leo zuckte zusammen. Das Wort erschreckte ihn. Gleichzeitig war er so etwas wie erleichtert. »Du meinst, ich …«

Karl nickte. Darauf hatten sie sie vorbereitet. Leo musste es selber sagen, das hatten ihnen die Therapeuten eingebläut. Sonst nützte es nichts.

Aber so weit war Leo noch nicht. »Bin also wieder ich der Trottel. Danke. Das hab ich gebraucht.«

Auch darauf hatten sie sie vorbereitet. Er wird sich wehren. Er muss sich aufbäumen, bevor er es letztlich annimmt.

Wie aufs Stichwort baute Leo sich vor seinem Schwiegervater auf. »Ich sag euch was, Karl, ihr könnt mich mal. Das muss ich mir doch nicht anhängen lassen. Du kannst dir deinen Parfüm-Cognac sonstwohin schütten, ich gehe.« Er bewegte sich keinen Millimeter.

Jetzt Zeit lassen, hatten sie gesagt.

»Du glaubst wirklich …«

Nicht helfen.

»Das kann doch nicht sein.«

Noch ein einziger Schritt.

»Ich bilde mir das alles ein?«

Es war heraußen. Halleluja.

Jetzt Fragen beantworten.

Leo ließ sich wieder in seinen Fauteuil fallen. »Es gab gar keine zweite Explosion?«

»Jedenfalls nicht in Sarahs Kopf.«

»Wieso hat sie es mich glauben lassen?«

»Weil sie gar nicht wusste, dass du das glaubst.«

»Natürlich wusste sie es. Sie hat sich im Spiegel gesehen und gesagt: Wie meine Mutter.«

»Ja, aber sie hat eben auch nur das gemeint. Ich schau schon aus wie meine Mutter. Wie man es halt so dahinsagt. Ich schau aus, als hätte sich ein Pferd auf mich draufgesetzt. Als wäre eine Kuh auf mir gestorben. Als wäre die ganze Nacht ein Bus über mich drübergefahren, vor und zurück, vor und …«

»Schon gut, Karl, ich verstehe.« Leo brachte so etwas wie ein Lächeln zustande. Er nahm einen Schluck Cognac und überlegte. Ganz begriff er immer noch nicht. »Aber sie war auf einmal schöner.«

»Weil du sie so gesehen hast.«

»Und warum musste ich gerade Elsbeth in ihr sehen?«

Jetzt nur nicht die Geduld verlieren, hatten sie gesagt.

»Weil es das Naheliegendste war.«
»Du hast auf alles eine Antwort, oder?«
Karl nickte. »Weil's die Wahrheit ist.«
Eine Zeitlang schwiegen sie beide.
»Und die Ärzte?«, fragte Leo.
»Taten, was gut für dich war«, sagte Karl.
»Sie spielten also mit.«
»So weit möglich.«
»Und Sarah? Sie war zornig, schnauzte den Windner an, rannte raus, zum Pöhl und so weiter.«
»Sie hatte gehofft, alles würde sich dort beim Professor aufklären. Das wäre tatsächlich eine Option gewesen, wenn auch eine kleine, er hat es uns nachher erklärt.«
Leo öffnete den Mund.
Karl kam ihm zuvor. »Wir sind mit ihm in Kontakt. Alle.«
»Scheinheilige Bande«, sagte Leo. Einen Augenblick lang grinste er.
»Als also diese Hoffnung auch dahin war, hat Sarah die Nerven weggeschmissen.« Karl seufzte. »In dem Moment kam ihr, uns allen, zu Bewusstsein, dass sie ihre Rolle mitspielen musste, auf unbestimmte Zeit.«
»Woher wusste sie das?«
Karl seufzte noch einmal. »Das sagten uns die Ärzte schon beim ersten Vorfall. Bevor alles gut werden kann, muss es zur Krise kommen. Katharsis. Die seelische Last muss abgeworfen werden.«
»Welche seelische Last?«
»Die du schon vor deinem Vorfall hattest.«
Jetzt vorsichtig sein.
»Last«, sagte Leo, als würde ihm das Wort nichts sagen.
»Eine sehr schwere. Du hast sie als Schuld gesehen.«
»Schuld.« Auch das Wort schien ohne Bedeutung für Leo.
Der Zusammenbruch geschah in Zeitlupe. Leos Gesicht verzerrte sich, es war, als würde die Trauer es verwüsten. Die Körperspannung gab nach, Leo sank in sich zusammen, und endlich kamen die Tränen.

Jetzt lassen.

Es dauerte lange, bis Leo sich aufrichten konnte. Er sah Karl durch die Seen in seinen Augen an. »Ich habe sie hinuntergestoßen.« Er schluchzte auf.

»Nein«, sagte Karl, »hast du nicht. Das haben die Ermittlungen eindeutig ergeben.«

»Es … es gab …« Leos Stimme gehorchte ihm nicht. Er probierte es noch einmal. »Es gab keine Ermittlungen.«

»Doch«, sagte Karl. »Und sie ergaben: Es war ein Unfall. Alina ist gestolpert. Du wolltest sie noch abfangen, aber es ist dir knapp nicht gelungen.«

»So war's aber nicht.« Leo fuhr sich mit dem Handrücken über die Nase.

Karl griff in die Tasche des Hausmantels und reichte ihm sein Stofftaschentuch, blütenweiß, mit dunkelblauen, handgestickten Initialen drauf. *KJ*. Ineinander verschlungen, als wären die Buchstaben ein Liebespaar. Leo nahm es dankbar an, aber statt sich hineinzuschnäuzen, drückte er es mit beiden Händen gegen Mund und Nase. Es roch nach Karl, nach Lebenserfahrung und Güte, es ging eine ungeheure Ruhe von dem Tuch aus.

»Es war so«, sagte Karl leise, »du wolltest es nur nie akzeptieren. Stattdessen hast du dich in deine Schuldgefühle hineingestürzt. Als Strafe, als Buße, jedenfalls als Ausflucht. Aber es war eine Flucht in die falsche Richtung, du hast dich nur noch mehr belastet. Bis deine Seele reagiert hat.«

»Zwanzig Jahre später. Als das mit Alina passierte, war ich sechzehn.« Leo schnäuzte sich mit einer Lautstärke, als wollte er sich sein Hirn rausblasen. Es schien zu funktionieren, seine Gesichtszüge glätteten sich. »Die Seele«, sagte er nachdenklich. »Hat sich nicht übereilt damit.«

Jawolll, dachte Karl. Das war eindeutig ein erster Hauch von Humor, der alte Leo blitzte durch. Nach außen ließ sich Karl die Erleichterung nicht anmerken. »Wie gesagt. Die Last war sehr groß. Sie hat dich nie losgelassen. Irgendwann hat deine Seele die Tür verriegelt und dir etwas anderes zu kiefeln gegeben.«

»Hat ja super geklappt«, sagte Leo und schnäuzte sich wieder.

Karl erlaubte sich ein kleines Lächeln. »Manchmal kannst du recht hartnäckig sein.« Er hob sein Glas, wie um einen Toast auf diesen Charakterzug auszubringen, und nahm einen herzhaften Schluck. »Jedenfalls. Du hast zwar in ein scheinbar normales Leben zurückgefunden, aber tief drinnen fühltest du dich weiterhin als Mörder. Bis du es wieder nicht mehr ausgehalten hast. So haben es uns zumindest die Ärzte erklärt.«

»Ich habe denen nie etwas davon erzählt.«

»Aber wir. Deshalb konnten sie die Diagnose überhaupt stellen.«

»Ihr habt die ganze Zeit gewusst …«

»Ja«, sagte Karl. »Aber wir durften nichts sagen. Du musstest den Knoten selbst lösen. Und das hast du getan, jetzt.«

Karl beugte sich vor und berührte ihn am Arm. Leo zog ihn im Reflex abrupt weg.

Jetzt warten.

»Es fühlt sich aber nicht so an, als wäre irgendetwas gelöst.« Leos Verzweiflung schien zurückzukommen. »Ich konnte den Unfall nicht verhindern … daran hat sich nichts geändert … Alina ist tot.«

»Nein.«

»Was nein.«

»Alina ist nicht tot.«

»Nicht … tot?«

»Nein.«

»Und ihr wusstet das die ganze Zeit?«

»Ja.«

»Und ihr habt nichts gesagt.«

»Doch, aber du hast uns nicht zugehört. Und wenn, dann hättest du es nicht geglaubt.«

»Warum habt ihr uns nicht zusammengebracht? Dann hätte ich es glauben müssen.«

Jetzt behutsam vorgehen.

»Weil sie lange im Krankenhaus lag und dann auf Reha war.«

»Das kann ja nicht bis jetzt gedauert haben.«

»Das nicht.«

»Aber?«

Jetzt noch die letzte Hürde.

»Sie sitzt seit dem Sturz im Rollstuhl, Leo. Das war für dich immer noch ärger als tot. Damit hast du dich auch zu trösten versucht. Besser tot als so ein Leben, erinnerst du dich? Das hätte deine Schuldgefühle also nur noch größer gemacht.«

»Alina sitzt im Rollstuhl«, sagte Leo tonlos.

»Ja.« Die Stimme kam von hinten.

Jetzt war der kritische Punkt. Jetzt konnte alles kippen. Oder gut werden.

Leo rührte sich nicht. Minutenlang. Er blieb im Fauteuil sitzen, mit dem Rücken zum Vorzimmer. Er schien nicht einmal zu atmen.

»Ein, doppelt so lange aus.« Sarah sagte es fast im Flüsterton. Auch ihre Stimme kam von hinten. »Ein, Bauch hebt sich, und aus.«

Leo stieg darauf ein. Er atmete. Ein, doppelt so lange aus. Die Übung half. Vor allem aber Sarahs Stimme. Langsam drehte er sich um. Da waren sie. Sarah und Alina. Die eine stand, die andere saß, beide lächelten.

»Alina«, sagte Leo.

Jetzt kam es drauf an.

»Und Sarah.« Leo schloss die Augen, wie um zu überprüfen, ob die Welt stillstand. Oder ob es wahr war, was hier passierte. Als er sie wieder öffnete, stand da immer noch Sarah neben Alina. Seine Sarah, die auch aussah wie seine Sarah. Leo erhob sich. Einen Moment lang sah es aus, als wollte er auf sie zugehen. Dann zögerte er.

»Ich bin hier«, sagte Elsbeth und trat aus dem Arbeitszimmer, von dem aus sie alles verfolgt hatte.

Leo sah sie nicht an, aber er lächelte. Er ging auf die beiden Frauen zu und vor Alina in die Knie, um mit ihr auf Augenhöhe zu sein. Sarah hockte sich neben ihn. Ein paar Minuten blieben sie so, die drei Köpfe berührten einander. Niemand sprach.

Endlich erhob sich Leo, umarmte Sarah und hob Alina aus dem Rollstuhl. Er trug sie zur Sitzgarnitur und ließ sie behutsam in einen Fauteuil gleiten. Karl holte noch drei Schwenker aus der Vitrine und goss Cognac ein. Auf einmal redeten alle durcheinander.

Elsbeth hob ihr Glas. »Auf … ja, auf wen oder was trinken wir denn nun?«

»Auf das Universum«, sagte Alina.

»Das niemandem etwas schickt, das nicht gut für ihn wäre«, sagte Leo und deutete mit dem Kinn auf Alinas Rollstuhl. »Dass ich nicht lache.«

»Lach nur, Leo, genau darum geht's im Leben. Aber das habe ich erst durch den hier begriffen.« Auch Alina deutete auf ihren Rollstuhl. »Ganz ehrlich, etwas Besseres hätte mir nicht passieren können.«

»Alina, bitte«, sagte Leo, »du musst mich nicht mehr schonen.«

»Ich meine es so. Ohne den Rollstuhl hätte ich nie zu schreiben begonnen.«

»Du. Schreibst.«

»Leo!«, rief die Familie.

»Passt schon«. Alina winkte ab. »So reagieren alle, die mich früher kannten.«

»Was schreibst du? Gebrauchsanweisungen für Nebelmaschinen? Beipackzettel für Depressiva? Trauerreden?«

»Leo!«

»Alles gut.« Alina lachte. »Ich bin's gewöhnt. Und es geschieht mir recht, ich war wohl nicht als Lachbombe bekannt.«

»Du warst das Unlustigste, was mir je untergekommen ist«, sagte Leo. »Du hast keinen einzigen Witz verstanden, geschweige denn konntest du einen erzählen. Wenn du was Lustiges schreibst, fresse ich die Seiten.«

»Nur zu«, sagte Alina, holte ein Buch aus ihrer Handtasche und reichte es ihm.

Leo riss es ihr geradezu aus der Hand. »Alina Lembart.« Er sah sie an. »Das bist du.« Er drehte das Buch um und las den Umschlagtext. »Poetry-Slammerin … Nummern für die Größen des Kabaretts … sie vergleichen dich mit Lisa Eckhart … nur bissiger.«

»Ich sag ja, ohne Rollstuhl … mein Leben war gelaufen, der Zorn aufs Schicksal war alles, was ich noch hatte, ich bestand nur aus Wut und konnte nicht aus dem Ding da raus, es blieb mir nur Hinterglasmalerei oder Schreiben. Schreiben war ungefährlicher.«

«Du bist … witzig!« Leo lachte.

»Ich verwandelte meinen Zorn in Buchstaben. Das ist alles. Derzeit arbeite ich an einer Komödie.«

»Ich glaub's nicht«, sagte Leo. »Worum geht's denn?«

»Um einen Typen, der in einer total lustigen Bilderbuch-Familie lebt, die die irrsten Sachen erleben und alles gemeinsam durchstehen.«

»Hey«, rief Leo, »das ist meine Geschichte.«

»Geh, Leo«, sagte Sarah, »das bildest du dir ein.«

IV

Honigmond

Immer dieses Summen.

Bert Kaunitz hatte als Kind von seinen Eltern so viel Gelée Royale eingeflößt bekommen, dass er sich heute, mit zweiundvierzig, den Bienen eher zugehörig fühlte als den Menschen. Man darf ihm das nicht übelnehmen, sagten später die Ermittler. Er war das Produkt seiner Erziehung, erklärten die Zeitungen. *Irre!*, schrieben manche. *Blutbad!*, titelte nur ein Blatt. Psychologen meldeten sich ungefragt zu Wort, und das Fernsehen zeigte vier Tage lang die Geschichte, bevor sie in der Bedeutungslosigkeit versank. Das Summen verstummte. Für immer.

Jedenfalls, Bert Kaunitz war arbeitslos. Aber doch sah er sich als professioneller Imker. Das verwunderte niemanden in der Nachbarschaft. Man munkelte, er sei reich oder verrückt oder beides. In Orth an der Donau kannten ihn alle. Sie nannten ihn Berti Maja. In Anlehnung an die Zeichentrickfigur. Er wusste das, und es machte ihn stolz.

Er trug bevorzugt die Farben Gelb und Schwarz, die Hose schwarz, das Hemd gelb oder die Hose gelb und die Jacke schwarz. Er summte den Tag über vor sich hin und führte ein Springmesser in der rechten Hosentasche mit sich. Seinen Stachel, wie er es nannte.

Natürlich hatte er ein Faible für Honig. Nichts auf der Welt schmeckte besser als Honig. Beim Frühstück fuhr er mit der rechten Hand in den Tontopf, langte ordentlich zu und ließ sein zähflüssiges Gold die Finger herabrinnen. Er lächelte und leckte den Handrücken ab, den Handballen und am Ende die fünf Finger. An das klebrige Gefühl hatte er sich gewöhnt, es störte ihn nicht. Im Gegenteil, es brachte ihn nur näher an die Bienen heran. Er schmeckte die Verbundenheit.

Bert Kaunitz fühlte sich an diesem Morgen seltsam träge. Er lugte ins Schlafzimmer und überlegte, ob er sich noch einmal für eine Stunde hinlegen sollte. Sein Bett, eine Spezialanfertigung des Tischlermeisters Erwin Kräutler drei Häuser weiter, hatte die Form einer Wabe. Nur so konnte man ruhen.

Er entschloss sich gegen den Schlaf, es gab viel zu tun. Honigbienen waren nicht faul, also konnte auch er sich keinen Müßiggang erlauben. Zur Bestätigung summte er ein Fis in den Raum. Bert Kaunitz hatte schütteres Haar, graublond, und einen Flaum an den Backen, den man beim besten Willen keinen Bart nennen konnte. An der rechten Hand trug er ein Armband aus speckigem Leder, das ihm seine Mutter zum dreißigsten Geburtstag geschenkt hatte. Kurz vor dem Autounfall.

Der Tag war noch so jung. Die alte Kuckucksuhr an der Wand stand auf fünf nach halb sieben. Man konnte nicht behaupten, dass dem Haus eine besondere Reinlichkeit innewohnte. Der Staub an der Anrichte, auf dem Esstisch, auf jeder Bank, auf jedem Stuhl, all das zeugte von Echtheit. Staub war ein Beweis, dass die letzten Tage keine Einbildung gewesen waren.

War da was? Bert Kaunitz sah aus dem Fenster. Die Frühlingssonne hatte sich gegen die Wolken durchgesetzt. Der Himmel war graublau. Eine Elster saß auf dem Baum vor dem Haus und pickte in den Ast. Das Gras der kleinen Wiese war dunkelgrün und wirkte borstig. Der Gartenzaun konnte einen neuen Anstrich vertragen. Vielleicht war heute der Tag, um diesen Zaun zu verbessern, um ihn schwarz und gelb zu streichen, was er sich seit Wochen vorgenommen hatte. Der anhaltende Regen hatte ihn davon abgehalten. Bienen mochten keinen Regen.

Jetzt aber zeigte der Mai, was er konnte. Puh! Dieses Lichtspiel, diese Buntheit vor seinem Haus, die Blumen und die unsichtbaren Fäden in der Luft, die nur er sehen konnte, sie schillerten in seinen Farben. Ja, das war es. Der Duft der Zufriedenheit, dieses süße Nichts im Sauerstoff, war für ihn eine Aufforderung. Freilich, die Bienen brauchten mehr Aufmerksamkeit. Er redete viel mit ihnen, wenn er sie in ihrer kleinen Hütte besuchte, die gleich neben dem Eingang zum Haus stand. Dort verbrachten sie den Winter. In ihrem Bienenhotel.

Nun war es an der Zeit, sie in den Garten zu übersiedeln. Die Natur war ihr Zuhause. Bienen waren keine Insekten, sie waren seine Familie. Er spielte ihnen Brahms vor, Beethoven nur manchmal, und erzählte ihnen Märchen von einer Königin, die ihre Untertanen für sich arbeiten ließ, und alle liebten sie dafür. Bert Kaunitz war sicher, dass er sehr gut Geschichten erzählen konnte. Die Bienen schauten ihn immer an.

Wenn er über diese Dinge nachdachte, stand er oft minutenlang und regungslos im Wohnzimmer. Dann machte es in seinem Kopf *Ping!*, als würde jemand eine Note anstimmen, gefolgt von einem monotonen Summen, und er war wieder bei sich. Bert musste seine Konzentration schärfen. Der Tag fühlte sich nach etwas Besonderem an. Noch ein Blick aus dem Fenster, vom Wohnzimmer aus. Im Nebenhaus bewegte sich etwas.

Es war das Mädchen.

Katharina Ebinger. Honigblond und zwölf Jahre alt. Er griff zu seinem Kalender und trug im Fenster des vierzehnten Mai ein Wort ein: *Honigmond.*

Heute war der Dreizehnte. Noch ein Tag.

Aufgeregt war er natürlich. Eine innere Unruhe pulsierte in ihm wie das Summen eines Bienenschwarms. Bert war Teil des Kollektivs. Er gehörte zu ihnen, wie sie zu ihm gehörten. Bienen, das wusste er, hatten ein Gedächtnis, das sie mit ihren Artgenossen teilten. Eine Schwarmintelligenz. Bert Kaunitz konnte spüren, dass sie an ihn dachten, genau jetzt. War da nicht noch etwas, das er empfing? Drei Worte schälten sich aus der Hinterwand seiner Wahrnehmung.

Bald ist Honigmond.

Er dankte den Bienen. Er war dankbar, dass sie ihn so sehr unterstützten. Jetzt war der richtige Zeitpunkt gekommen, um alle Vorbereitungen für die Hochzeit zu treffen.

Er öffnete die kleine Tür links von der Küche, zwei Meter neben dem alten Fernsehapparat. Sie ächzte. Mit schweren Schritten ging er die Treppe hinunter. Der Keller im Haus war dunkel. Er betätigte einen Schalter, und eine nackte Glühbirne erhellte den Raum. Das Bett mit den Gurten befand sich in der Mitte. Eine kleine Plastiklampe stand auf einem Beistelltisch. Ein Buch lag daneben. Der Titel war schön. *Autopsie.*

In der Ecke lag eine Gummipuppe. Fahl, aber doch mir roter Reizwäsche. Der Mund offen. So schaut Liebe aus, dachte er.

Wenn sich die Bienen um alles kümmerten. Wenn sie Vorbereitungen trafen und ihn unterstützten. Sie wollten, dass die Hochzeit perfekt wird. Auch das Begräbnis. Bert kaute an seinem rechten Daumennagel und riss ihn ab. Ein Blutstropfen bildete sich, er leckte ihn ab. Es schmeckte metallisch, unwirklich.

Ich gehe jetzt ein bisschen spazieren, dachte er und machte sich auf den Weg nach oben. Die Tage war es kühl, er zog seine gelbe Windjacke an und verließ das Haus. Er sah hinüber zum Nachbarhaus. Ob Katharina gerade duschte? Was sie heute anziehen mochte? Das weiße Top? Die Shorts? Das blaue Kleid mit den kleinen Rosen drauf? Er schloss mit den Bienen eine Wette ab. Nein, heute wird sie garantiert den Jeansrock anziehen, der ihre Beine so schön zur Geltung bringt. Katharina Ebinger war für ihr Alter schon sehr groß. Sie hatte eine Figur wie eine Ballerina und ein Gesicht, das ein Künstler malen sollte. Oder besser den ganzen Körper. Knospende Brüste konnte man durch ihre weiße Bluse erkennen. Und sie hatte einen besonderen Gang, der erstaunlich erwachsen wirkte.

Tragischerweise hatte Katharina ihren Vater verloren. Er war von einem Einbrecher erstochen worden, die Zeitungen hatten berichtet. Tragödien passierten überall, das musste man wegstecken. Die Schönheit siegte über das Böse. Wie konnte man als Mädchen nur so ein Gesicht haben. Sogar der kleine Leberfleck auf der Wange passte genau dorthin. Alles ergab einen Sinn. Ihre Mutter sah man so gut wie nie. Es hieß, sie wäre bettlägerig oder überdrüssig. Katharina am Fenster zu sehen oder im Garten oder auf der Straße oder im Traum, was brauchte man mehr? Manchmal lächelte sie. Einmal winkte sie in die Ferne wie eine Prinzessin, die vom Balkon aus das Volk grüßte.

Bert Kaunitz schnappte sich die Schaufel und ging den Weg hinunter zur Donau. Die Straße war leer. Dort, wo er sich für gewöhnlich bewegte, traf man nur selten auf Menschen. Wanderer manchmal. Jugendliche, die auf ihn zeigten und lachten. Die Luft war so sauber. Ein guter Tag, um eine Grube zu graben.

Es gab da eine Stelle hinter einem Busch. Vom Weg aus kaum einsehbar. Dort stieß Bert Kaunitz die Schaufel in den Boden, half mit dem Schuh nach und hob ein Loch aus. Er grub, bis ihm der Schweiß die Achseln der gelben Jacke dunkel färbte. Nach einer Stunde war das Grab fertig. Er wischte sich die Stirn ab und besah sein Werk. Ja, die Größe stimmte. Es sollte schließlich kein Erwachsener hier drin liegen.

»Hey, Arschloch! Bssssssss!«

Bert Kaunitz sah sich um und kam aus dem Versteck hervor. Da standen drei Jugendliche. Sie grinsten.

Der Mittlere war der Größte von ihnen, anscheinend der Anführer. Er trug eine schwarze Lederjacke mit Nieten und zerrissene Jeans. Bert Kaunitz hatte den Halbstarken schon ein paarmal getroffen. Er hieß Ragnar, seine Eltern kamen aus Dänemark. Ragnar rollte die Schultern nach hinten, knackte mit den Knöcheln und sagte: »Ja, wen haben wir denn da – die Berti Maja!« Die anderen beiden summten und schlugen mit den Händen in die Luft, als würden imaginäre Flügel vibrieren. Alle lachten unverhohlen.

»Ich glaube, da hat jemand seinen Honig vergessen. Stimmt das, Berti? Hat die Berti Maja ihren Honig vergessen, oder sollen wir nachsehen?«

»Der scheißt sich gleich in die Hose«, sagte der Bursche rechts von ihm, sein Name war Peter.

»Können Bienen überhaupt scheißen?«, fragte der Kleinere mit den schmutzig-braunen Haaren links von ihm, er hieß Edwin und war ausgesprochen hässlich.

Ragnar hob die Hand, als wolle er eine Frage stellen. »Sag, Berti, hast du ein Arschloch?« Er hob seine dichten schwarzen Augenbrauen. »Oder bist du nur eins!« Alle drei kuderten.

Bert Kaunitz senkte den Blick und wandte sich ab. Er wollte weg, einfach weg von hier. Diese Typen bedeuteten Ärger, wann immer man ihnen begegnete. Es gab im Moment niemanden, der helfen konnte. Sogar das Wasser der Donau floss unbekümmert weiter. Als würde das Schicksal an einem vorbeiziehen.

»Mooooment!«, rief Ragnar. »Schön herkommen. Wir müssen noch prüfen, ob du da hinten am Arsch ein Loch hast oder einen Stachel.«

Bert Kaunitz griff in die Hosentasche und fühlte den Griff seines Springmessers. In dem Moment traf ihn von der Seite ein harter Schlag. Er wusste nicht, wie ihm geschah, da schlug auch schon die nächste Faust zu, noch eine und noch eine. Jemand von den dreien musste direkt seine Nase getroffen haben. Bert Kaunitz spürte, wie ein unfassbarer Schmerz in seinem Gesicht explodierte. Tränen schossen ihm in die Augen, er sah alles verschwommen. Figuren, die schemenhaft auf ihn eintraten, gegen seine Rippen, seinen Kopf, in seinen Schritt. Einer zog ihm das Lederband vom Handgelenk, das letzte Geschenk seiner Mutter. Die Welt dimmte sich vor seinen Augen. Es dauerte eine Ewigkeit, wahrscheinlich aber nur eine Minute, bis er das Bewusstsein verlor und der Schmerz einer Schwärze wich, endlich.

Kalt. Er wachte auf aus einem Albtraum, in dem wilde Tiere sein Fleisch von den Knochen gerissen hatten. Schakale kauten Stücke aus seinem Oberschenkel. Schlangen bissen ihn mit triefenden Giftzähnen ins Gesicht. Skorpione stachen ihn in den Unterleib. Kalt. Wo … wo? Irgendetwas stimmte nicht. Er konnte nicht aufstehen. Er fühlte sich wie ein Greis, der von einem Lastwagen angefahren worden war. Bei jeder Bewegung zuckte er zusammen. Der ganze Körper war eine Wunde.

Irgendwie gelang es ihm aufzustehen. Zuerst auf die Knie, dann ein Bein und das zweite. Er schwankte wie ein Betrunkener und betastete sich. Ein, zwei Rippen durften gebrochen oder mindestens schwer geprellt sein. Was für ein Tag. Wo waren nur die Bienen geblieben? Warum hatten sie ihn nicht gewarnt? Bert Kaunitz humpelte heimwärts, und jeder Schritt war eine Übung in Demut. Er sagte sich, dass Schmerzen nur Einbildung seien, nicht real. Die Wirklichkeit setzte sich aus den unsichtbaren Fäden zusammen, die alles zusammenhielten, die Welt und die Gedanken, die Bienen und ihn, Katharina und ihn. Alles hing zusammen. Alles war verknotet. Da! Ein Summen. Es half ihm weiterzugehen.

Als er seine Gartentür erreichte, erklang eine Stimme: »Hallo, Bert!«

Katharina kam vom Nachbargrundstück herübergelaufen. Im Schreck sog sie die Luft ein. Sie betrachtete ihn von oben bis unten. »Was ist denn mit dir passiert? Hast du einen Unfall gehabt?«

»Nein. Nichts, es ist nichts.«

»Du bist ganz blutverschmiert, komm, sag.«

»Es war … ich meine«, er stockte, »da waren diese Typen.«

»Welche Typen?«

»Na ja, die von der Eichenstraße, glaub ich. Sie sind … böse.«

»Wen meinst du?« Ihre Augen waren so wunderschön groß.

»Sie mögen mich nicht, weil ich anders bin.« Er versuchte weiter den Blick zu halten, es gelang ihm nicht. »Egal, weißt du, morgen ist ein anderer Tag. Morgen ist ein schöner Tag. Morgen ist Honigmond.«

»Wirklich?«, fragte Katharina. »Ist das ein Feiertag?«

»Ja, vielleicht«, sagte Bert Kaunitz. Er dachte: vielleicht für uns. »Ich muss jetzt heim. Wollen wir uns morgen treffen?«

Sie fuhr sich kurz durch die blonden Haare. »Warum nicht?«

»Es soll heiß werden. Wollen wir baden gehen?«

»Na sicher.«

»Im Wasser wird es ziemlich frisch. Die Donau hat vielleicht achtzehn Grad.«

»Eisschwimmen. Klingt aufregend. Wie ein Abenteuer. Machen wir das.«

Bert Kaunitz schaffte ein Lächeln mit seinem schiefen Mund, dem ein Schneidezahn fehlte. »Das wäre schön.« Er dachte nach. »Am Nachmittag, so um drei?«

»Passt. Ich freu mich auf dich.«

Eine warme Welle umschwappte ihn. Alle Schmerzen waren auf einmal weg. Er war wie in Honig getüncht.

»Ja«, sagte er. »Gehen wir morgen hinunter, zum Wasser.«

Er reichte ihr die Hand, sie gab ihm ihre. Unfassbar, wie zart diese Hand doch war. Die Hand eines Engels, dachte er, als er die Tür seines Hauses öffnete.

Aus dem Tablettenschrank nahm er zwei Aspirin. Mit einem Glas Wasser spülte er sie runter und nahm zur Sicherheit einen Löffel Honig. Dann ging er in den Keller.

Die Puppe mit der roten Reizwäsche lag noch immer in der Ecke. Er hob sie hoch wie eine Braut und legte sie auf den Tisch mit den Gurten.

»Ich muss dir noch die Haare schneiden«, sagte er.

Sorgfältig legte er ihr die Schnallen an, nahm eine Schere und schnitt ihr ein paar Strähnen ab.

»Eine neue Frisur?«, fragte er und wartete, ob die Bienen antworteten. Aber da kam nichts, nicht einmal ein Summen.

»Ich verstehe«, sagte er. Er durfte nicht weitermachen, drüben am Wasser wartete das Grab, und der Abend war schon da. Keine neuen Frisuren. Wichtiger war es, die Bienen zu besuchen und ihnen die Aufwartung zu machen.

Er ging ins Bienenhotel und stand einfach da. Wie der Direktor eines Zirkus. Ich liebe euch, dachte er, und die Schwingungen kamen zurück. Morgen ist Honigmond. Morgen ist Honigmond. Genau. Alles stimmte.

Bert Kaunitz legte sich mit seinem Gewand in die Wabe. Zeit zu schlafen. Trotz der Schmerzen war es ein guter Tag gewesen. Morgen würde noch viel besser werden. Baden gehen um drei. Mit Katharina. Honigmond. Die Verlobung und das Grab. Alles passte. Die Fäden fügten sich zusammen. So ist das Leben, dachte er. Es bringt dich dorthin, wo du hingehörst.

Am nächsten Tag wachte Bert Kaunitz auf, anders als sonst. Die Welt war klarer, die Farben greller. Das ist der Beginn, dachte er, ich verstehe. Er zog sich aus. Die blauen Flecken auf seinem Körper ignorierte er.

Seit drei Tagen hatte er sich nicht gewaschen, doch jetzt stellte er sich unter die Dusche mit der verschimmelten Brause und ließ das Wasser auf sein Gesicht prasseln. Katharsis, wie in der Bibel. Reinigung, nicht durch Feuer, sondern durch Wasser. Er spürte, wie jeder Tropfen seine Seele säuberte. Bienen können sich nicht duschen, dachte er. Sie machen das auf einer geistigen Ebene. Sie duschen mental.

Nachdem er sich gereinigt hatte, frottierte er sich mit einem alten Handtuch ab und fühlte sich wie ein neuer Mensch. Wie eine junge Biene. Und wieder war da dieses Summen in seinem Kopf, dieses vertraute Geräusch seiner Gefährten. Er summte ein Fis ins Badezimmer, als Bezeugung seiner Zugehörigkeit.

Kurz vor 15 Uhr.

Bert Kaunitz zog seine schönste gelbe Hose und sein bestes schwarzes Kurzarmhemd an. Der Tag heute war ungewöhnlich warm für den Mai, ein Badetag. Honigmond. Er dachte an die Puppe im Keller und an Katharina im Haus nebenan. So viele Gefühle, die in ihm summten.

Ich liebe dich, dachte er.

Ich muss dich begraben, dachte er.

Als er die Tür öffnete, blendete ihn die Sonne. Bert Kaunitz hatte keine Sonnenbrillen, nie gehabt in seinem Leben. Bienen brauchten so etwas nicht.

Mit erhobenen Schultern ging er vor zum Tor. Die Bienen hatten ihm ein neues Selbstbewusstsein verliehen. Die Schmerzen von gestern spürte er nicht mehr. Das musste viel früher passiert sein oder einem anderen Mitglied aus dem Schwarm. Bienen konnten Gefühle von ihresgleichen aufnehmen, und genau aus dem Grund waren auch seine Schmerzen weg. Die Bienen hatten sie absorbiert.

»Bert!«

So eine junge Stimme, unbekümmert und rein.

Er drehte sich nach links um, und da stand sie. Katharina, in einem engen weißen Sommerkleid und mit offenen Haaren. Zwölf Jahre und unschuldig schön. Man konnte jeden Zentimeter ihres Körpers erahnen, weil der Stoff so dünn war wie ein Gazeschleier.

»Bist du ready?«, fragte sie.

Lustig, diese jungen Leute, dachte er. Ready. Ja, schon.

»Ready«, sagte er und lachte.

»Magst du meine Hand nehmen? So wie ein Freund das tut? Ich will nicht sagen, dass du mein Freund bist, aber wir könnten ja so tun als ob?«

Bert Kaunitz wurde etwas rötlich im Gesicht und nahm ihre Hand. »Komm, gehen wir zum Wasser.« Er dachte an das Grab, das er geschaufelt hatte, hinter dem Busch. Liebe brauchte viele Perspektiven.

»Wie geht es dir?«, fragte Katharina.

»Ich denke an meine tote Mutter«, sagte er. »Ich habe sie verloren. Da war dieser Lastwagen, weißt du? Sie war gerade Brot holen in ihrem roten Toyota, und da kommt der Lastwagen, der Fahrer hatte zwei Promille, wie sich später herausgestellt hat. Jedenfalls hat er die Ampel übersehen und viel zu spät gebremst. Der Wagen meiner Mutter war komplett zerstört. Sie konnten sie nicht einmal in ein Grab legen, weil nicht mehr viel übriggeblieben war.« Er machte eine Pause. »Na ja.«

»Das ist eine traurige Geschichte«, sagte Katharina und leckte sich am Finger. »Und dein Papa?«

»Der ist schon lange weg.«

»Meiner nicht«, sagte sie. »Ist nicht so lange her. Er wurde umgebracht. Erstochen. Von einem Einbrecher. Ich … «

»Ich habe das gelesen«, sagte Bert Kaunitz, »furchtbar. Tut mir so leid für dich.«

Katharinas Augen schimmerten. »Gott ist böse.«

Bert Kaunitz wollte das nicht kommentieren, dort vorne war schon die Donau und der Tag so schön, so sonnig, und die Luft duftete nach Liebe.

»Ja, wir haben ein ähnliches Schicksal. Wie die Bienen. Alles gehört zusammen.«

Katharina lächelte. Während sie sich zur Seite drehte, sah er einen Teil von ihrem Busen. Der Ausschnitt war etwas heruntergerutscht.

»Zeigst du mir die Bienen?«, fragte sie.

»Sicher, jederzeit.«

»Du riechst wie mein Papa.«

»Wirklich?«

»Ja, ich habe ihn so geliebt.«

»Komm, wollen wir so tun, als würden wir uns verloben?«

»Bist du nicht ein bisschen alt für mich?«

»Liebe kennt kein Alter.«

»Probier's mal.«

Auf einmal war alles anders. Ihr Blick war weniger der eines Mädchens, mehr der einer Frau. Katharina wuchs über sich hinaus. Mein Gott. Die Bienen hatten recht. Er würde sie heiraten und dann ihrer Bestimmung zuführen.

»Was hast du denn da in der Hose?«

»Meinen Stachel.«

Sie grinste. »Ach so?«

»Ja, schau.» Er nahm das Messer heraus.

»Wozu brauchst du das?«, fragte sie.

»Bienen haben auch so etwas bei sich. Sie können aber nur einmal zustechen, dann sterben sie.«

»Gib mal her«, sagte Katharina.

»Ich werde dir ein guter Mann sein«, sagte er.

Das Mädchen ließ das Messer aufschnappen. Die Klinge blitzte im Sonnenlicht auf.

»Tu dir nicht weh«, sagte er.

»Ich mir nicht«, sagte sie, kicherte und rammte ihm das Messer in den Hals.

Die Vena jugolaris interna, die Drosselvene, ist die Hauptvene des Halses. Durchtrennt man sie, dauert es gut dreißig Sekunden, bis der Mensch umfällt. Bert Kaunitz war dermaßen verblüfft, dass er nur die Augen aufriss, aber nichts mehr sagen konnte. Er brachte bloß ein Gurgeln zustande, bevor er taumelte und zu Boden ging.

Was für ein Tag. Honigmond. Die Puppe im Keller sollte doch nicht ihre ewige Ruhe im Grab finden. Und die Verlobte stand da mit dem blutigen Messer in der Hand. Jawohl, so intensiv fühlte sich das Leben an. Es war nicht ihr erster Mord. Töten machte frei. Katharina fühlte, wie der Strom durch jede Faser ihres Körpers floss. Sie war elektrisch geladen. Sie holte tief Luft. Ah! Manche Menschen hatten keine Berechtigung, auf dieser Welt den anderen Sauerstoff wegzuatmen. Ihr Vater hatte das nicht gehabt, deshalb musste er weg. Dank Ragnar. Er war ein guter Gehilfe gewesen. So einfach gestrickt. So willig. Männer waren so unsäglich leicht zu manipulieren. Lutsch ihnen den Schwanz, und sie töten für dich.

»Hey!«, rief sie.

»Ich bin da«, sagte eine Stimme. Ragnar schob sich an dem Busch vorbei. Er hatte dort hinten gehockt, gewartet und alles mitgehört.

Bert Kaunitz lag in einer Blutlache, die sich um seinen Hals gebildet hatte. Ragnar nickte Katharina zu und begutachtete ihre Tat. »Gut gemacht, Baby.«

»Ich bin nicht dein Baby«, hauchte sie. »Ich bin deine Frau. Willst du Babys ficken?«

»Nö«, sagte Ragnar, »nur Mörderinnen. Jetzt gehörst du richtig zum Club«

Er hatte damals nicht gezögert, als sie ihn gebeten hatte, ins Haus einzubrechen und ihren Vater umzubringen. Ragnar tat alles für sie. Es war ganz einfach, übers Fenster im Erdgeschoß einzudringen und ihm im Schlaf die Kehle aufzuschlitzen. Die Mutter im Nebenzimmer hatte nichts mitbekommen.

Ragnar hatte ihren Vater ermordet, weil Katharina es so gewollt hatte. »Er war ein Arsch und hat es nicht anders verdient«, sagte sie. »Die Alte muss übrigens auch weg.« Die Mutter, das war der Plan, wird langsam vergiftet. Vor ein paar Wochen hatte Katharina ihren Gehilfen instruiert. Ragnar war es auch, der das Rattengift besorgt hatte, das Katharina ihrer Mutter in den Kräutertee mischte. In kleinen Dosen, jeden Morgen. Kein Wunder, dass sie sich so schlecht fühlte. Langsam ging es mit ihr zu Ende, sie lag nur mehr herum und erbrach sich. »Bald ist es so weit«, hatte Katharina Ragnar versprochen. »Wir nehmen uns das Geld und hauen ab von hier, nach Mexiko vielleicht, hm? Die sollen dort Tequila mit echten Schlangen drin haben.«

Jetzt, nachdem sie Bert Kaunitz auf dem Gewissen hatte, war die Lage noch besser. Sie konnten ihm alles in die Schuhe schieben.

Die Sonne klebte am Himmel wie eine Goldmünze, es war windstill. Die beiden standen da und lächelten sich an wie Verliebte. »Gehen wir ein Stück?«, fragte sie, es klang wie ein Witz. »Romantico.« Hand in Hand, schwingend und springend.

»Warum hast du ihn gestern zusammengeschlagen?«, fragte sie.

»Hat sich angeboten. Wir können sagen, dass er gestern schon versucht hat, dich zu belästigen.«

Katharinas Gesicht strahlte. »Ja, guuut! Genau. Er hat mir auf meinen knackigen Arsch gegriffen, so wie du immer, ganz fest. Er wollte mich betatschen, genau. Er hat auch meine Titten angegriffen, nicht? Ich habe mich so gefürchtet. Anscheinend hat der Freak ein Grab ausgehoben. War das für mich gedacht? Wollte er mich lebendig begraben? Soll ich das der Polizei sagen? Dass er mich ein paarmal hier angefasst hat, dieses Schwein? Wo ich am feuchtesten bin?«

Ragnars Adamsapfel rutschte nach unten, er schluckte. Sie spielte mit ihm. Machte ihn immer ganz kirre. Er fasste sich an die Hose. »Sag nicht solche Sachen, sonst nehm ich dich gleich hier hinter dem Baum.«

»Klingt aufregend.«

»Für dein Alter bist du eine ziemliche Bitch.«

»Macht dich das nicht scharf?«

»Sicher.«

»Aber jetzt nicht«, sagte Katharina und schob neckisch ihre Schulter nach vorne. »Wir müssen sein Haus durchsuchen.«

Sie liefen zurück. Es war nicht weit. Zwei Minuten.

In Bert Kaunitz' Haus war es dunkel. Es roch nach alter Luft und Moder.

»Er ist reich«, sagte Ragnar, »das sagen alle.«

»Er war reich«, sagte sie und kicherte. Katharina riss alle Laden auf und durchstöberte die Sachen. »Schau dort drüben in der Kommode nach.«

Ragnar nahm alte Bildbände heraus und warf sie auf den Boden. Kochbücher, die schon lange niemand geöffnet hatte. Eine Briefmarkensammlung, vergessen und mit Staub überzogen. Vergilbte Fotos. Aufgebogene Bierdeckel. Eine Schale mit Kronkorken. Ein graues Glas.

»Was ist das?«, sagte er und zog ein orangefarbenes Heftchen heraus. Er blätterte es durch. »Ein Sparbuch.« Katharina kam angerannt. Er blätterte weiter und hielt inne. Richtete den Blick auf die Seite mit dem Kapitalstand. Beide sahen die gedruckte Zahl rechts unten. 1.203.004

»Wir sind reich!«, schrie sie und riss die Arme hoch.

»Über eine Million. Bist du deppert! Das gibt's nicht.« Er blätterte weiter, und da stand: *Honig.*

»Der Trottel hat sogar das Kennwort reingeschrieben.«

Sie malten sich aus, was sie mit dem Geld alles kaufen könnten. Und reisen. Viel reisen. Nach Mexiko. Cancún. Wo sie diese Strände mit dem ganz weißen Sand hatten und eben den Tequila mit der Schlange drin. Nie wieder müssten sie sich Sorgen machen oder arbeiten oder an Verpflichtungen denken. Sie könnten auch Leute anzünden, die auf der Straße lagen. Ohne dass es jemandem auffallen würde. Alte Mexikaner mit Sombrero. Husch! Die brannten sicher wie Papier. Wen abfackeln, einfach so, wäre cool. Freiheit. Pure Freiheit.

»Au!« Katharina rieb sich am Oberarm.

Irgendetwas hatte sie gestochen.

Eine Biene.

Noch eine.

Ragnar sah sie verwundert an, er rieb sich im Gesicht. »Verdammt!«

»Au!«

»Hey!«

»Was soll der Scheiß.«

Immer mehr Insekten schwirrten wie wild im Zimmer herum.

Raus.

In den Garten. Zum Zaun, den Bert noch hatte neu streichen wollen, gelb und schwarz.

Ragnar fuhr sich mit den Händen durch die Haare, Katharina sah die vielen Stiche. Beide wunderten sich, woher, warum, wieso.

Und dann kam der Schwarm. Eine schwarze Wolke aus Bienen. Hunderte, Tausende. Im Zorn vereint und im Angriff.

Sie rannten los. Keine Chance. Erst stachen sie ihnen in die Augen. Sie schrien, fielen. Geblendet. Gleichzeitig stachen sie ihnen in die Nase, in die Ohren, in die Achseln, immer wieder stachen sie zu. Dann kam die zweite Wolke. Ein dunkler Himmel.

Sie summten herab und belagerten sie. Bedeckten ihre Gesichter. Krochen in den Mund, hinter den Gaumen, durch die Speiseröhre in den Magen und stachen von innen zu. Katharina und Ragnar krümmten sich, würgten und zuckten, versuchten, die Insekten aus sich herauszubekommen, vergebens. Tausende Stacheln durchbohrten sie, winzige Dolche, von innen und außen, Myriaden von Nähnadeln. Die Schreie hörte man, aber es kam niemand. Die Bienen stachen und stachen und stachen.

Am Ende blieb nur eine Szene, wir halten die Kamera drauf. Zwei aufgedunsene Körper. Verquollenes Fleisch. Statt Augen blutige Höhlen. Münder, unnatürlich verzerrt. Wie eingefrorenes Entsetzen.

Jemand musste die Polizei angerufen haben, denn plötzlich kam ein Streifenwagen mit Blaulicht angefahren, dazu eine Rettung.

Die Sirenen störten die Stille. Wagentüren wurden aufgerissen, Männer in Uniformen kamen angerannt. Einen Meter über den Leichen von Katharina und Ragnar schwebte eine Biene in der Luft. Wie eine Königin. Für ein paar Sekunden schien für sie die Schwerkraft nicht zu existieren. Dann flog sie fort. Honigmond, ein Abschied.

Alle diese Bilder sah Bert Kaunitz nicht mehr.

Er las nicht die Berichte in den Zeitungen, die folgen sollten, und er schreckte sich auch nicht über die Beiträge im Fernsehen, die erstaunliche Quoten brachten. Er brauchte keine Genugtuung, nichts, das ihn bestätigte. Kein Summen mehr. Er war längst woanders. Er war daheim. Bei den seinen.

Honigmann

»Immer dieses Brummen«, sagte Nelly.

Bruno reagierte nicht. Er kannte das, alle mokierten sich über seinen Bass. Es störte ihn nicht. Bruno störte so bald gar nichts. Er war eine zutiefst in sich ruhende Natur.

»Brummo! Brummo!«, rief Nelly.

»Sehr lustig«, brummte Bruno fröhlich. »Ganz neuer Witz.«

»Kann man dich eigentlich mit überhaupt nix ärgern?«

»Nicht, dass ich wüsste.« Bruno drehte eine gemächliche Runde um seine Freundin und umtänzelte sie, oder was er halt für Tänzeln hielt. Besonders elegant war er nicht mit seinem eingezogenen Hintern und seinen linkischen Bewegungen. Aber auch das störte ihn nicht. »Meine Seele ist elegant genug«, sagte er, wenn jemand ihn mit seinem Tanzstil aufziehen wollte, also konkret Nelly. Und es stimmte, das musste sogar sie zugeben. Bruno war von geradezu noblem Wesen. Dass er sich nebenbei aufführen konnte wie eine Hornisse in der Pubertät, war seltsamerweise kein Widerspruch. Er trieb seine Faxen, aber er hatte noch nie jemanden brüskiert, geschweige denn verletzt. Man konnte ihm einfach nicht böse sein. »Komm«, brummte er, »lass uns schauen, was Berti Maja heute so anstellt.«

Nelly zögerte. Berti Maja war ihr unheimlich. Bei seinem schwarz-gelben Outfit wurde ihr mulmig, und sie fand, die Ehre, nach dem größten Filmstar der Bienenwelt genannt zu werden, stand ihm nicht zu. »Der hat nichts Gutes im Sinn«, sagte sie oft zu Bruno, der ihr normalerweise sofort widersprochen hätte. Bruno nahm grundsätzlich nichts Böses an von irgendeinem Lebewesen dieser Erde, nicht einmal von Menschen. Nelly fand das naiv. »Du wirst schon sehen«, beharrte sie auf ihrer weiblichen Intuition. Bruno zuckte dann immer die Flügel, sollte sie es doch halten, wie sie wollte. Nur bei Berti waren sie sich einig.

»Kommst du jetzt mit oder nicht?«, fragte er, wartete noch einen Augenblick und flitzte davon, oder was er halt für Flitzen hielt. Sie würde schon nachkommen. Nelly kam immer nach.

Berti Maja war ihr Nachbar, stand auch ständig bei ihnen auf der Matte und lugte ihnen ins Allerheiligste, zumindest versuchte er das. Bruno fand seine schwarz-gelbe Erscheinung lächerlich, was für ihn schon ein ziemlich abschätziges Urteil war, wenn er es auch mit ganz Orth an der Donau teilte. Er würde sich jedenfalls nie so an einen Menschen anbiedern. Aber unheimlich war ihm der Berti Kaunitz deswegen nicht, nur suspekt. Vor Nelly nannte er ihn einen komischen Kaunitz, das fand sogar sie lustig.

»Horch! Heute spielt er Beethoven«, sagte Bruno.

»Wird auch Zeit«, sagte Nelly, »der ewige Brahms hängt mir schon zum Rüssel raus.«

»Da spricht die Fachfrau«, brummte er. Als könnte sie die *Neunte* von den *Ungarischen Tänzen* unterscheiden, dachte er. Musikalisch hatte Nelly ein Gehör wie ein Weberknecht, der von Natur aus nichts hörte. Das musste man Berti Maja lassen, er wusste, dass Bienen zwar keine Ohren hatten, aber deshalb noch lange nicht taub waren, über Vibrationen an ihren Fühlern waren sie sogar recht hellhörig. Mit seinen Klassikern war er trotzdem etwas zu optimistisch. In seinem ganzen Stock war Bruno der Einzige mit dem nötigen Kunstverstand.

»Wer Erster dort ist«, rief Nelly.

Als Erster, dachte Bruno, sagte aber nichts.

Nelly zischte an ihm vorbei. Wenn Bertis Fenster nicht offen gewesen wäre, wäre sie jetzt nur noch ein gelb-schwarzer Fleck auf der Scheibe.

Bruno setzte umsichtig auf dem Fenstersims auf. Berti, der wie immer, wenn sie sich in seiner Umgebung herumtrieben, glaubte, sie würden tatsächlich ihn besuchen, sah Nelly nach, die in seinem Esszimmer kreiste. Dann drehte er die Musik leiser, kam zum Fenster und beugte sich zu Bruno herunter. Sein riesiger, schiefer Mund öffnete sich ein paar Zentimeter über ihm. Bruno verschlug es fast die Tracheen. Aus dem feuchten, dunklen Inneren dieser ekeligen Öffnung stank es so heraus, dass er fast ohnmächtig wurde. Er taumelte leicht. Nelly, die sofort herbeigeeilt war, um ihrem Freund beizustehen, fächelte ihm mit den Flügeln Luft zu. Dann flog sie in einem kurzen Anfall von Zorn in das schwarze, feuchte Loch über ihnen hinein. Das war sogar Berti zu viel.

»Boah«, rief sie, »stinkt ja wie aus dem Hintern von der Varroamilbe, wenn sie einen hätte.«

Bruno brummte. Sicher, die Biesterchen waren die größte Plage seiner Gattung, aber so redete man über niemanden, Mensch oder Milbe. »Dass du immer so ordinär sein musst.«

»Was ist ordinär an Boah?« Nelly schaute ihn aus ihren braunen Facettenaugen unschuldig an. »Was wollte denn Berti von dir? Ich dachte, jetzt und jetzt frisst er dich auf.«

»Er wollte nur Hallo sagen«, erklärte Bruno beiläufig. »Menschen machen das so.«

»Sehr seltsam, diese Menschen. Schau! Da drüben ist die andere.«

Bruno drehte sich um und sah im Nebenhaus ein blondes Menschenmädchen durchs Fenster. »Ach je«, brummte er, und es klang richtig angewidert, als würde er bitteren Nektar ausspucken, »das Fräulein Kathi.«

Nelly sah ihn verblüfft an. Sie wusste zwar, dass die kleine Blonde bei ihm noch weiter unten im Kurs stand als Berti, das kam sogar bei jemandem wie Bruno vor, aber so einen abfälligen Ton hatte sie von ihm noch nie gehört. »Woher weißt du eigentlich, dass die Kathi heißt?«, fragte sie.

»Steht auf ihrer Haustür«, sagte Bruno, »Katharina Ebinger. Sie ist erst zwölf.«

»Aha«, sagte Nelly. Merkwürdige Auskunft.

»Ist mit dem Lauten zusammen, dem Typen, der immer so heftige Vibrationen macht. Der mit den Nägeln auf der Lederjacke. Ein Däne.«

»Steht das auch auf seiner Haustür?«

»Nein, in seinem Pass.«

»Wie kommst du zu dem seinem Pass?«

Dem seinem, dachte Bruno. »Ja, weil …« Er hielt inne. »Ach, löchere wen anderen mit deinen Fragen.«

»Was bist denn auf einmal so unwirsch? Das passt gar nicht zu dir.«

Bruno strich ihr mit dem Flügel über den Rücken. »Entschuldige, Nelly. Aber ich habe meine Gründe. Bei dir ist es nur ein Honigblasengefühl, dass mit Berti Maja was nicht stimmt. Ich habe schon ein bisschen recherchiert. Die haben alle drei Dreck am Stachel, der Berti, der Laute und die Kathi, da wett ich mit dir.«

»Um ein großes Wildblüten-Split in der Nektar-Diele?«

Bruno brummte ein Lachen. »Von mir aus.«

Bruno brachte Nelly pünktlich zu ihrer Schicht in den Stock. Als Arbeiterin hatte sie einen volleren Tag als er, war aber eine Meisterin darin, sich wegzustehlen. Die beiden hatten sich angefreundet, als Nelly für Brunos sozialen Futteraustausch zuständig gewesen war. Nelly hatte den verkümmerten Rüssel der Drohnen, mit dem sie kaum Nektar aufnehmen konnten, immer für eine blödsinnige Idee der Natur gehalten. »Nicht einmal allein essen können«, sagte sie immer, »den möchte ich kennenlernen, der sich das ausgedacht hat.« Dass die Chefin gefüttert werden musste, gut, aber die Selbständigkeit der Honigmänner zu beschränken, indem sie andere um Futter anbetteln mussten, kam ihr unnatürlich vor, insbesondere bei Bruno, der sie, wie sie wusste, um ihren langen Rüssel beneidete.

Als er so weit war, den Stock zu verlassen, schummelte sich Nelly immer öfter zu ihm hinaus und ließ sich von ihm die Welt zeigen. Viel Zeit würden sie nicht zusammen haben, sobald Bruno seine Lebensaufgabe erfüllt haben würde, war es aus mit ihm. Eine Nacht mit der Chefin, das war der einzige Sinn und Zweck seines kurzen Daseins, dann war alles erledigt, und er musste abtreten. Drohnenschicksal. Aber dazu war Bruno zu intelligent. In jeder Generation gab es ein Exemplar wie ihn, das die Gesetze der Natur austrickste. Er würde nicht bloß die Chefin begatten, und dann ab ins Nektarparadies. Noch dazu war sie nicht mehr taufrisch, sie ging auf ihr fünftes und letztes Jahr zu, und ihr honiggelbes, einst so königliches Kurzhaar mit den schwarzen Strähnchen war auch schon etwas glanzlos. Er wich ihren Hochzeitsstreifzügen geschickt aus, schleckerbatzi, solange er seine sexuellen Pflichten nicht erfüllte, blieb er am Leben. Keine befruchteten Eier für sie, kein Tod für ihn. Er kannte alle Verstecke rund um den Stock, und das war auch der Grund, warum er so viel über Berti und diese Kathi wusste. Er hatte sich auf der Flucht vor der Chefin oft genug bei ihnen verkrochen und dabei so einiges entdeckt. Zum Beispiel diese Frau, die sich nie bewegte, in Bertis Keller mit ihrem seltsamen roten Fummel und einem weit offenen Mund, aus dem allerdings kein Gestank herauskam wie aus Bertis.

Bruno winkte Nelly noch einmal mit seinem Hinterteil schwungvoll zu, oder das, was er für schwungvoll hielt, und machte sich wieder auf den Weg. Die Überwachung des komischen Kaunitz' war für ihn zu so was wie einer Mission geworden. Da braute sich etwas zusammen, davon war er überzeugt. Obwohl er sonst so genau überlegte, hatte er in diesem Fall nicht weitergedacht als bis zu seiner ohnehin kurzen Rüsselspitze. Was, wenn er recht behielte? Was, wenn er in Gefahr geriet? Was, wenn er draufging, ohne sein Techtelgemächtel mit der Chefin erledigt zu haben? Dass er jetzt noch keine Lust darauf hatte, hieß ja nicht, dass er sich komplett drücken wollte. Bruno war vielleicht ein gemütlicher Brummer, ein Kostverächter war er nicht. Jetzt allerdings war er Detektiv, die Sache mit Berti ging vor.

Als er bei dessen Haus ankam, sah er ihn gerade aus der Tür gehen, auf der Schulter eine Schaufel. Er schlug den Weg zur Donau ein, blieb bei einem Busch stehen, stöberte mit dem Schuh die Erde leicht auf und begann zu graben. Bruno ließ sich auf einem Blatt der Traubeneiche etwas über ihm nieder und sah ihm zu. Berti grub wie ein Bagger, trotzdem wurde Bruno die Zeit lang. Wo will er hin?, fragte er sich, unter der Donau durch und nach Maria Ellend hinüber? Er schaukelte auf seinem Blatt auf und ab, um nicht einzuschlafen, aber es war die falsche Strategie, die sanfte Bewegung lullte ihn erst recht ein. Eine überlaute Stimme weckte ihn.

Hey, Arschloch! Bssssssss!

Es war der Laute mit seinen beiden Kumpels. Einer heftiger vibrierend als der andere. Die drei verarschten Berti und parodierten ihn als Biene. Eigentlich parodieren die uns, dachte Bruno und spürte, wie der Stachel der Vergeltung in ihm wuchs.

»Nur die Ruhe«, summte eine vertraute Stimme neben ihm. »Das würdest zumindest du jetzt zu mir sagen: nur die Ruhe.«

»Nelly?«, fragte Bruno und wandte sich um. »Bist du schon wieder vom Dienst ausgebüxt? Wie hast du mich gefunden?«

»Hab ihn gar nicht angetreten und bin dir nachgeflogen.«

»Du wirst noch solche Schwierigkeiten kriegen«, sagte Bruno, aber innerlich war er ziemlich stolz auf sie. Sie ließ sich nicht in ein System pressen, in dem man Zehntausende weibliche Arbeitskräfte ausnutzte und sie ohne Kollektivverträge Überstunden schieben ließ, während ein paar Hundert privilegierte männliche Kollegen wie er die faulen Willis spielen konnten. Auch wenn er ihr das nie sagen durfte, aber sie war eine gelehrige Schülerin gewesen.

Von unten drang ein ekelhaftes Knacken herauf. Die drei Rüpel schlugen auf Berti ein, einer dürfte ihm gerade die Nase gebrochen haben. Sie bearbeiteten ihn mit ihren Fäusten und traten ihm in die Rippen. Nelly gab ein paar winzige Laute von sich, aber sie beobachtete den Kampf bis zum Ende. Was für ein taffes Bienchen.

Berti rappelte sich auf und humpelte den Weg zurück nachhause, Nelly und Bruno umschwirrten ihn. Er bemerkte sie nicht einmal, die Schmerzen mussten ihm gewaltig zusetzen. Als sie sich seinem Haus näherten, kam Kathi aus ihrem gelaufen.

»Zufällig hat die den garantiert nicht bemerkt«, brummte Bruno und landete auf einem Rhododendron in Bertis Garten. »Jede Wette, dass sie von dem Überfall wusste.« Er sah Nelly an und klopfte mit dem Flügel auf das Blatt neben sich.

Sie setzte sich folgsam. »Und jetzt tut sie scheinheilig«, sagte sie, »typisch Schlampe.«

Bruno sah sie von der Seite an. Woher kannte sie solche Ausdrücke?

»Von dir«, sagte sie, als hätte er laut gefragt.

»Ich habe noch nie in meinem Leben …«

»Doch. Letzthin. Wie die Kathi sich an den Berti rangeschmissen hat.«

»Na, weil's wahr ist«, brummte Bruno. »Weißt du auch, was es heißt?«

Nelly schüttelte den Kopf.

»Gut so«, brummte Bruno.

»Aber ich kann's mir denken.«

Die Kleine wächst mir langsam über den Kopf, dachte Bruno.

»Schau«, sagte Nelly, »jetzt zum Beispiel, wie sie sich durch die Haare fährt. So machen das Schlampen, wenn sie was wollen, und dann kriegen sie es. Schlampen sind Wunschbeschafferinnen. Sie erfüllen sich ihre eigenen Wünsche. Hab ich recht?«

»Wunschbeschafferinnen.« Bruno war beeindruckt. So konnte man es auch sehen. »Wobei das eigentlich falsch ist, weil Wunschbeschafferinnen nur …«

Aber Nelly ließ ihn nicht ausreden. »Und schon hat's geklappt«, rief sie und deutete zu Kathi und Berti hinüber. »Was immer sie wollte, sie hat es. Das sieht man an ihrem Feixen, schau. Außen ist das ein Lächeln, aber innen grinst sie wie die Katz, die eine fette Maus zu Tode jagt. Er vergeht fast vor Schmerzen, das Blut rinnt ihm übers Gesicht, aber er denkt nur an sie – was wolltest du sagen?«

»Wunschbeschafferinnen beschaffen nur Wünsche. Die haben sie aber eh von allein, es ginge mehr ums Erfüllen, weil … ach, vergiss es.«

»Schon passiert.« Nelly klatschte mit den Flügeln. »Manchmal bist du so oberg'scheit.«

»Ich weiß.« Bruno seufzte. »Aber Sprache ist wichtig. Ezra Pound hat gesagt: Der Untergang jeder Hochkultur beginnt mit dem Niedergang der Sprache.«

»Äsra wer?«

»Ein menschlicher Schriftsteller. Mentor von Hemingway.«

»Was für ein Weh?«

Bruno lachte dröhnend. Nicht schlecht, dachte er, der an dem amerikanischen Macho auch nur seine kurzen Sätze mochte.

»Was die Menschen alles daherreden. Dieser eine Stein, Armir oder wie der heißt, hat auch gesagt, es wird uns irgendwann nicht mehr geben, und wenn's uns nicht mehr gibt, gibt's keine Menschen mehr.«

Sie merkt sich tatsächlich, was ich ihr beibringe, dachte Bruno und freute sich. »Einstein. Und geheißen hat er Albert.«

»Wie heißt er denn jetzt?«, fragte Nelly.

Bruno verdrehte die Facettenaugen. Aber innerlich freute er sich auch darüber. Sie tat nur so wurschtig, um ihn zu ärgern. *Ist ja egal, wie das heißt, du weißt schon, was ich meine*, war ihr Lieblingsspruch. Dabei wusste sie ganz genau, was richtig war und was falsch.

»Sche-erz«, sagte sie prompt, drehte eine flotte Runde um ihn und ließ sich wieder auf ihrem Blatt nieder. »Ich frag mich nur, welchen Wunsch Berti ihr jetzt erfüllen wird?« Nelly überlegte.

»Er geht morgen mit ihr schwimmen«, sagte Bruno. Scheiße, dachte er im selben Moment.

Natürlich hatte Nelly es nicht überhört, sie reagierte sofort. »Ach ja? Woher willst du das wissen?«

Er brummte etwas Unverständliches. So lange hatte er es vor ihr verbergen können, und jetzt so ein blöder Fehler.

Es war klar, dass sie nicht nachließ. »Sag schon. Wieso weißt du, was die reden?«

Bruno wusste, dass sie nicht aufhören würde, bis er ihr eine Antwort gegeben hatte, also konnte er es gleich hinter sich bringen. »Ich kann Lippenlesen.« Wenn sie mich jetzt fragt, was Lesen ist, sitzen wir bis zum Abend hier, dachte er.

»Boah«, sagte Nelly. »Wieso?«

»Was wieso?«

»Wieso kannst du das?«

»Keine Ahnung. Eine Gabe. Ich sehe, wie sie den Mund bewegen, verstehe die Worte und weiß, was sie heißen.«

Nelly bewegte den Mund wie bei einem Wortschwall, gab aber dabei keinen Laut von sich. »Was hab ich gesagt?«

»Es funktioniert nur bei Menschen.«

»Eigentlich komisch«, sagte sie. »Ich meine, was gehen uns diese Menschen überhaupt an? Lebewesen, die unseren herrlichen Honig bei siedendem Wasser in einen Tee geben. Hundert Grad, völlig irre. Frag bei uns in der Babywabe, und sie werden alle schreien: einundvierzig und kein Grad mehr, weil sonst alle Nährstoffe kaputt sind.«

Bruno nickte. »Hast du je gesehen, wie Berti mit den Fingern ins Honigglas fährt, dass es ihm über den Ellbogen runtertropft? Widerlich.«

Nelly schüttelte sich. »Und dann der Laute und die zwei anderen beim Tanzen.«

»Beim Tanzen?«

»Ja, wie vorhin mit Berti. Die hauen sich dabei gegenseitig, was soll denn das für eine Choreografie sein? Ich hab mit unseren Tanzbienen geredet, die finden das auch total durchgeknallt. Außerdem tut es weh.«

»Menschen tun viel, was ihnen wehtut.«

Nelly tätschelte Bruno mit dem Flügel den Kopf. »Jetzt hast du wieder dein Intellektuellenkapperl auf.« Sie zog ihn gern damit auf, wenn er zu philosophisch wurde.

Aber in Wahrheit mochte sie diese Momente. Bruno wusste so viel über die Welt da draußen, wo immer er das herhatte, und sie liebte es, wenn er ihr von seinem Wissen etwas abgab. Natürlich durfte man ihm das nicht sagen. Sie wusste, dass es ihm umso mehr Spaß machte, wenn sie tat, als interessiere sie das etwa so, als würde in China eine Varroamilbe der Schlag treffen. Dafür warf sie ihm, wenn er eine Lektion längst abgeschrieben hatte, irgendeinen gescheiten Brocken hin, etwas, das sie für sich weitergedacht hatte. Darauf sagte dann er nichts, aber sie wusste, dass er sich alle sechs Haxen ausfreute. Zum Beispiel jetzt. »Lügen tun sie übrigens auch, die Menschen. Das sieht man genau. Sie haben immer so einen komischen Blick, wenn wer anderer ihnen geglaubt hat.«

Sie kannte auch Brunos Blick, wenn er wieder einmal von ihr beeindruckt war. Gerade hatte er ihr so einen von der Seite zugeworfen.

»Wie schauen sie denn?«, fragte er.

»Na, wie soll ich das nachmachen können, ich lüge ja nicht. Und ich freu mich auch nicht, wenn es mir gelingt, wen reinzulegen.«

»Ha!«, rief Bruno. »Genauso schauen die Lügner, genauso wie du jetzt.«

»Reingelegt! Reingelegt!« Nelly hüpfte auf ihrem Rhododendronblatt auf und ab. »Weißt du, was ich nicht verstehe?«, sagte sie, nachdem sie sich beruhigt hatte. »Wenn ich es sehen kann, wenn wer lügt, warum sehen das die Menschen nicht?«

»Gute Frage«, brummte Bruno. »Menschen haben zwar Augen, aber irgendwie schauen sie damit nicht aus sich heraus. Es geht nur darum, was sie in sich drinnen sehen. Das ist das Einzige, was für sie zählt.«

Eine Zeitlang war es still zwischen den beiden. Sie beobachteten durchs Fenster, wie Berti sich im Haus das Blut abwusch und bei jeder Berührung zusammenzuckte. Fast tat er ihnen leid. Fast.

»Schau nur, was sie mit ihren Tagen machen.« Bruno deutete mit dem Kopf zum Haus hinüber. »Nichts. Zumindest nichts Produktives. Was hat der komische Kaunitz heute Sinnvolles zustande gebracht. Er gräbt eine Grube. Wozu?«

»Und wozu tanzt er mit den Lauten, bis sie ihm wehtun?« Nelly tippte sich mit ihrem Fühler auf die Stirn.

»Er nimmt sich unseren Honig, statt selber welchen zu machen. Tag für Tag schaut er uns zu und lernt überhaupt nichts dabei. Er macht nichts, er schafft nichts, er bringt nichts zuwege. Er tut nichts für die Welt.«

»Sie auch nicht.« Nelly schaute in die Richtung von Kathis Haus. »Aber sie ist schön.«

»Wieso aber?«, fragte Bruno.

»Da braucht sie nichts zu tun.« Nelly sah Bruno neckisch an. »Wenn du bei den Menschen schön bist, genügt das. Deswegen bin ich froh, dass bei uns alle gleich ausschauen. Nicht einmal die Chefin ist schöner als die anderen.«

Wie recht sie hat, dachte Bruno und schaute sich unwillkürlich um, ob sie nicht irgendwo auf Hochzeitsstreifzug war. Üblicherweise flüchtete er mehrmals am Tag vor ihr, heute hatte er sie noch gar nicht gesehen.

»Stimmt's nicht?«, fragte Nelly.

»Klar stimmt's. Wir gehen eben nach anderen Qualitäten. Bei uns ist keiner besser als der andere. Wir arbeiten alle gleich viel, also zumindest ihr. Wir haben jeder unseren Platz im Schwarm.

Die Aufgaben sind bestens verteilt. Wir helfen einander. Und es gibt keinen Neid. Die Menschen arbeiten gegeneinander.«

»Was ist das, Neid?«, wollte Nelly wissen.

»Dass du es wem anderen nicht gönnst, dass der etwas hat, was du nicht hast.«

»Was ist gönnen?«

Oje, dachte Bruno, da muss ich ganz woanders anfangen. »Was hat eine Kollegin, was du auch gern hättest?«

»Nix. Wir haben alle das Gleiche.«

»Okay, anders. Wen bewunderst du?«

»Dich.« Es rutschte ihr heraus, bevor sie nachdenken hatte können.

Soso, dachte Bruno. »Das heißt, du willst so sein wie ich.«

»Auf keinen Fall.«

So kam er nicht weiter. »Noch einmal anders. Warst du schon einmal auf wen so richtig sauer.«

Nelly sah ihn von der Seite an. »Was ist sauer?«

Na ja, Biene halt, dachte Bruno, ihr Leben ist süß, und aus. Wie erklärte man jemandem Neid, wenn er keinen Neid kannte? »Neid ist ein Gefühl, das niemand haben will.«

»Dann ist es ein Gefühl, das man jedem gönnt.«

»Nein. Wieso?«

»Wenn Neid ist, dass man wem anderen nicht gönnt, dass der etwas hat, was man selber nicht hat, dann ist es das Gegenteil von Neid, wenn man wem gönnt, dass er was nicht hat, was ohnehin keiner will.« Sie legte den Kopf schief, um ihren Umkehrschluss noch einmal zu überprüfen. »Was ist das Gegenteil von Neid?«

Heiliger Ambrosius, dachte Bruno, sie wird mir langsam über. Wie komm ich aus der Nummer raus?

»Vorsicht!«, rief Nelly in dem Moment, »da ist die Chefin, auf geht's, versteck dich!«

Am nächsten Tag war Bruno allein unterwegs, Nelly konnte nicht ständig schwänzen. Ihm war es nicht unrecht. Mit ihr unterwegs zu sein, wurde zusehends anstrengender, da war er über ein paar Stunden Pause durchaus einmal froh. Noch dazu an einem

Tag wie diesem mit derart prachtvollem Bienenwetter. Bruno bummelte ziellos über die Landschaft, grüßte hier und dort seine Artgenossen und ließ sich die Sonne auf den gelb-schwarzen Pelz scheinen. Nur ein Facettenauge hielt immer Ausschau, damit er der Chefin nicht, tirili-tirila, in die Flügel fiel. Aber auch heute ließ sie sich nicht blicken. Dafür liefen ihm Berti Maja und Fräulein Kathi über den Weg.

Sein Laissez-faire schlug umgehend in Interesse um, und er flog näher. Kurz bevor er landen wollte, blendete ihn etwas, als würde jemand mit einem Spiegel spielen. Bruno rieb sich mit den Fühlern über die Augen, und als er wieder etwas sehen konnte, war alles rot. Auch die Klinge des Springmessers, das Kathi gerade einklappte. Berti, der sich eben noch mit ihr unterhalten hatte, lag auf dem Boden, rund um ihn ein roter See. Es blubberte aus seinem Hals, als würde Himbeernektar auslaufen.

Bruno setzte an, um hinzufliegen und sich die Sache ganz genau anzuschauen, da kroch der Laute neben Kathi aus einem Busch. Beide waren Bruno zugewandt, er konnte problemlos lesen, was sie sagten.

Der Laute: *Gut gemacht, Baby.*

Kathi: *Ich bin nicht dein Baby. Ich bin deine Frau. Willst du Babys ficken?*

Der Laute: *Nö. Nur Mörderinnen. Jetzt gehörst du richtig zum Club.*

Bruno sank auf einen Zweig. Was für ein Segen, dass Nelly nicht da ist, dachte er, das würde ich nicht gern erklären wollen. Er war noch gar nicht fähig, an den toten Berti zu denken, der da unter ihm lag. Er riskierte einen Blick. Und tot war er, das war einmal sicher. Genauso sicher war, dass Katharina Ebinger ihn umgebracht hatte. Sonst gehörte sie ja nicht zum Club. Wieso überhaupt Club, dachte Bruno, das konnte nur heißen, dass der Laute auch ein Mörder war.

Vielleicht ist noch mehr zu erfahren, dachte Bruno und erhob sich von seinem Beobachtungsposten, um den beiden zu folgen, die Hand in Hand losgingen. Was heißt gingen, sie hüpften und schwangen die Arme. Bruno überholte sie und schaute sich immer wieder um, um zu sehen, was sie redeten. Rückwärts fliegen müsste man können, dachte er, aber als er es probierte, verfehlte er einen Ast nur um Fühlerlänge und hätte sich fast den Kopf angeschlagen. Er konnte also nur Satzfetzen lesen, die keinen rechten Sinn ergaben.

Der Laute: *… können sagen … versucht, dich zu belästig …*

Kathi: *… knackigen Arsch gegri … wollte mich … Freak ein Grab … für mich gedacht … lebendig begraben soll ich das der Polizei … dieses Schwein …*

Der Laute: *Sag nicht solche … dich gleich hier hinter dem …*

Kathi: *… aufreg …*

Nur einen Satz des Lauten las er ganz.

Für dein Alter bist du eine ziemliche Bitch.

Das wussten wir ja nun schon vorher, dachte Bruno. Er konnte Nelly direkt hören, sofern er es ihr erzählte: Hab ich's gesagt oder hab ich's gesagt?

Bruno folgte Kathi und dem Lauten zu Bertis Haus. Durchs Fenster flog er hinein, setzte sich auf eine Sessellehne im Wohnzimmer und keuchte. Diese Herumfliegerei machte ihm zu schaffen. Üblicherweise bewegen sich Bienen in bewachten Luftkorridoren direttissima von den Waben zu den Futterplätzen, und Drohnen fast gar nicht. Seine sonstigen Alleinflüge waren eher gemütliche Spazierflüge, das hier war beinharte Observation. Als er wieder bei Puste war, hatten Kathi und der Laute das halbe Haus umgedreht, Laden aufgerissen, Bücher aus den Regalen auf den Boden geworfen. Der Staub, der alles im Haus in millimeterdicker Schicht bedeckte, wirbelte durchs Zimmer. Bruno hustete. Fast hätte er versäumt, was der Laute sagte, als Kathi ein orangefarbenes Heftchen hochhielt.

Über eine Million. Bist du deppert! Das gibt's nicht.

Und dann: *Der Trottel hat sogar das Kennwort reingeschrieben.*

Was ein Kennwort war, wusste Bruno nicht, aber er konnte es sich zusammenreimen. Wer es sagte, hatte eine Million Geld.

Bruno rutschte die Sessellehne hinunter, holte Luft, bis die Tracheen wehtaten, und blies in die Staubschicht. In der Sonne, die ins Zimmer fiel, sah es aus, als würde eine Wolke winziger silberner Funken aufsteigen. Er verblies die Wolke, damit sich der Dreck nicht wieder auf dieselbe Stelle senkte, und machte es sich auf dem weichen Stoffbezug bequem. Was für ein Tag, dachte er. Ein toter Berti und zwei Mörder, die jetzt sein Geld hatten. Na, bravo, das war die Welt, in der die Menschen lebten.

Kathi und der Laute führten einen Freudentanz auf und faselten von weißen Stränden in Mexiko und Tequila mit Schlangen. Mexiko kannte Bruno, wo Tequila lag, wusste er nicht. Dass sie gerade jemanden umgebracht hatte, schien Kathi nicht zu beunruhigen und den Lauten zu begeistern.

»Zwei Mörder tanzen in deinem Wohnzimmer, Berti Maja«, brummte Bruno vor sich hin, »wie findest … du … das?« Moment mal, dachte er, und die Puzzlesteine fielen ihm zwischen die Worte. Auf einmal ergab alles ein Bild. Berti hatte eine Grube ausgehoben. Kathis Satzfetzen, die er aufgeschnappt hatte, hatten doch einen Sinn. *Freak ein Grab. Für mich gedacht. Lebendig begraben.* Es waren nicht nur zwei Mörder, sondern drei. Im Herzen war Berti auch einer. Nur hatte ihn Kathi abgestochen, bevor er sie in der Grube hatte. Oder wollte er nur die stumme Frau aus dem Keller, die mit dem roten Fummel, unter die Erde bringen? Bruno war beeindruckt. Und das alles in seiner Nachbarschaft. Wenn ich das Nelly erzähle, dann –

ssssssssssssssssssssssssssssssssssssssssssssssss

Bruno duckte sich. Eine schwarz-gelbe Formation sirrte heran und über ihn hinweg. Das war kein Summen, das war ein Kampfgeräusch.

ßß

Das waren keine Bienen. Das waren Wespen. Die Ersten stießen auf Kathi und den Lauten nieder. Sie stachen auf sie ein. Sie trieben sie aus dem Haus in den Garten. Und stachen und stachen. Immer mehr Geschwader düsten heran. Die beiden Mörder schrien.

ßß ßßßßßßßßßßßß

ßß ßßßßßßßßßßßß

ßß ßßßßßßßßßßßß

Immer mehr Wolken vereinten sich zu einer riesengroßen. Die beiden Mörder röchelten.

ßß ßßßßßßßßßßßß

ßß ßßßßßßßßßßßß

ßß ßßßßßßßßßßßß

ßß ßßßßßßßßßßßß

ßß ßßßßßßßßßßßß

Immer dunkler wurde der Himmel.

Und dann war es plötzlich still. Die beiden Mörder lagen auf dem Boden, verquollen, perforiert, tot.

»Alle Achtung«, sagte Bruno. Mehr brachte er nicht heraus.

»Nicht wahr?«, sagte eine Stimme hinter ihm.

Bruno drehte sich nicht um, er wusste, wer das war.

Die Chefin krabbelte graziös hinter ihm hervor und ließ sich neben ihm nieder. Fast gleichzeitig sirrte eine schwarz-gelbe, schlanke Erscheinung heran, vollführte im Vorbeifliegen eine tiefe Verbeugung und drehte ab.

Die Chefin neigte den Kopf wie zum Gruß und sah ihr nach. »Ich wusste ja, dass es sich auszahlt.«

»Was denn?«, brummte Bruno. So schnell er sonst von Begriff war, so ganz kapierte er nicht, was hier gerade vor sich ging.

»Meine Freundschaft mit der Wespen-Regentin.«

»Ihr seid befreundet?«, fragte Bruno, der langsam lockerer wurde. »Wir sind zwar alle Insekten, aber es ist doch ein ganz anderer Kulturkreis.«

»Jaja, ich weiß.« Die Chefin seufzte sanft. »Sie sind zwar unsere Ahnen, aber seit wir uns abgespaltet haben, wird uns erzählt, wir sind die Guten und sie die Bösen unserer Gattung.«

»Nieder mit den Feinden! Wespen, go home!« Bruno brummte ein Lachen. »Ich kann mich noch gut erinnern an die Schlachtrufe der Halbstarken zu den Jahrestagen der Unabhängigkeit.«

»Du warst einer dieser Halbstarken.« Die Chefin schenkte ihm ein Lächeln, bei dem ihm alle sechs Beine schwach wurden. »Wenn ich mich recht entsinne, sogar der Anführer.«

»Äh … ja … nein … doch. Ein bisschen.« Bruno stotterte.

»Ja, die Jugendsünden«, sagte sie. »Wir haben alle welche.«

»Aber was war jetzt mit der Wespen-Regentin?«, fragte Bruno.

»Ich habe sie um Hilfe gebeten.«

»Um Hilfe?« Brunos Brummen war fast ein Gieksen. Was für ein revolutionärer Gedanke. Hilfe war bei ihnen ein hochstehendes Wort, genau genommen, beruhte ihr gesamter Staat auf Hilfe. Untereinander. Aber dass man Außenstehende um Hilfe bat, war seines Wissens noch nie vorgekommen, schon gar nicht die Wespen.

»Ach, Bruninio«.

Der Kosename vibrierte bis in Brunos Flügelspitzen.

»Die Zeiten ändern sich.« Sie dachte kurz nach. »Nein, falsch, ganz im Gegenteil, die Zeiten werden sich nie ändern.« Sie sah ihn direkt an, ihr Gesicht war keine Fühlerlänge von seinem entfernt. »Glaubst du denn wirklich, ich wusste nicht, was hier abgeht?«

Bruno sagte vorsichtshalber nichts.

»Dass du Sherlock Holmes spielst und Berti Maja beschattest. Dass Nelly dein Watson ist. Ich bitte dich. Berti Kaunitz, dieser Fake-Imker, der sich eingebildet hat, einer von uns zu sein, Katharina Ebinger, diese Schande der menschlichen Weiblichkeit, und Ragnar, wie der Laute eigentlich heißt, sind wabenbekannte Übeltäter, na ja, zumindest bei uns in der Chefwabe sind sie bekannt.

Du hast doch nicht angenommen, dass ich euch nicht im Auge hab? Ich bin für euren Schutz verantwortlich.«

»Das heißt, du kennst auch die Hintergründe?«

»Natürlich.« Sie schloss einmal kurz die Augen, das hätte sie sich denken können, dass sie ihm jetzt alles erklären musste. »Berti hat seine Mutter bei einem Autounfall verloren, seitdem will er sichergehen, dass Frauen ihn nicht mehr verlassen. Nur tote Frauen sind treue Frauen. Vielleicht wäre jetzt Katharina tot, wenn sie ihm nicht zuvorgekommen wäre. Sie wiederum hat Ragnar becirct, ihren Vater umzubringen, weil er, wie sie gesagt hat, ein Arsch war und es nicht anders verdient hatte, und sie vergiftet mit ihm ihre Mutter, weil die auch wegmuss, wie sie es genannt hat. Dann hat sie Berti umgebracht, weil sie ihm ihre Morde in die Schuhe schieben und an sein Geld wollte. Du siehst: Irgendwas musste man da tun, die hätten nicht aufgehört. Menschen hören nie auf zu töten.«

»Und da hast du die Wespen-Legion rekrutiert.« Bruno traute sich zum ersten Mal, sie anzusehen. Er war immer ein standfester Gegner der Todesstrafe gewesen und strikt gegen jede Vergeltung durch Töten. »Wow!«, sagte er trotzdem, und nicht nur aus Bewunderung für ihre strategische Weitsicht im Namen der Gerechtigkeit. Sie war auch wunderschön. »Woher weißt du das alles?«, fragte er.

»Spionage«, sagte die Chefin schlicht.

Wow, dachte Bruno noch einmal, die ist auf Zack. Vor allem das mit der Wespen-Legion imponierte ihm. Er sagte es ihr.

»Danke«, sagte sie, ebenso schlicht.

Ein paar Minuten saßen sie wortlos nebeneinander. Das Schweigen schien zu arbeiten, eine Verbindung zwischen ihnen zu knüpfen.

Die Chefin sprach als Erste wieder. »Weißt du, Brunellino, ich finde, Berti Maja hat seinen Namen ein bisschen verdient.«

Bruno war es nicht gewöhnt, jemandem nicht gleich folgen zu können. Es kam sonst auch nie vor, wo er es vorwiegend mit der unbeleckten Nelly zu tun hatte. Und er mochte es auch nicht. Er runzelte den Pelz auf seiner Stirn, was meinte sie?

»Die Menschen sollten alle wie die Bienen sein wollen. Nicht ganz auf Bertis Art natürlich.«

»Allerdings«, sagte Bruno ohne einen Schimmer, worauf sie hinauswollte.

Die Chefin gab ihm ein paar Stichworte. »Waffen. Verteidigung. Krieg. Auf diesen Gebieten sollten Menschen so sein wie wir.«

Interessant, dachte Bruno.

Sie fuhr fort. »Wir haben die friedlichsten Waffen der Welt. Wenn wir unseren Stachel einsetzen, sterben wir. Das ist die beste Friedensgarantie der Welt.«

»Blöd nur, dass wir dann tot sind«, sagte er. »Das ist nicht ganz die Art Frieden, die ich mir vorstelle.«

Sie ließ ihm noch etwas Zeit.

»Außerdem haben das die Menschen auch. Mit ihren Pilzbomben. Wie haben sie das immer genannt?«

»Das Gleichgewicht des Schreckens.«

»Genau. Wenn einer den Pilz auf den anderen hinunterfallen lässt, lässt der andere seinen Pilz auf ihn fallen, und wumm, das war's.«

»Das war's, ja. Aber da gibt es einen Riesenunterschied. Sie sterben im Krieg. Wir für den Frieden. Das ist eine völlig andere Entscheidung. Wenn wir stechen, sterben wir, ohne jemanden zu töten, ja nicht einmal ernsthaft zu verletzen.«

Sie hat recht, dachte Bruno. »Bei uns geht's immer ums Ganze.«

Die Chefin nickte und streifte dabei mit ihrem Flügel den seinen. »Ums Ganze.« Sie berührte ihn noch einmal. »Immer.«

»Aaaattackeee!« Der Schrei kam aus dem Nichts.

Einen Augenblick später kippten Bruno und die Chefin vom Ast. Natürlich war das für Bienen kein Malheur, nur vom Timing her war es schade.

»Nelly, du Wildsau!«, donnerte Bruno.

»Auf geht's! Weg mit dir!«, brüllte Nelly.

Bruno flog wieder auf den Ast neben die Chefin. Sie hatte sich eleganter gefangen und ordnete grazil ihre Beine.

Jetzt begriff Nelly, dass Bruno gar keine Fluchtgedanken hatte. Es war so weit, er würde seine Lebensaufgabe erfüllen. »Oh nein … Entschuldigung … herrje … tut mir leid … heiliger Ambrosius … ojeojeoje! … ich wollte dir doch nur … bin gar nicht da!« Und weg war sie.

Bruno rutschte auf seinem Platz hin und her. Wie peinlich.

»Hast du wirklich gedacht, ich hätte auch das nicht bemerkt?« Die Chefin sagte es so vor sich hin. »Mach dir nichts draus. Wir Chefinnen leben so viel länger als alle anderen im Staat. Irgendwas muss es ja bringen, dass ich schon ins fünfte Jahr gehe.«

»Was man dir wirklich nicht ansieht«, sagte Bruno und bereute jedes Wort, mit dem er sich über ihr Alter lustig gemacht hatte.

»Jaaaa?«, hauchte die Chefin, »wie schön, dass du deine Meinung geändert hast.«

Bruno wurde es heiß hinter den Fühlern. Sie spürte, wie seine Flügel zitterten. Sie war sich ihrer Vibrationen bewusst. Gleich hab ich ihn so weit, dachte sie.

Und tatsächlich. Brunos Körper entspannte sich, lässig kreuzte er zwei seiner Beine. »Zu dir oder zu mir?«, sagte er. Und nachher, dachte er, gehe ich mit Nelly in die Nektar-Diele. Auf ein großes Wildblüten-Split.

V

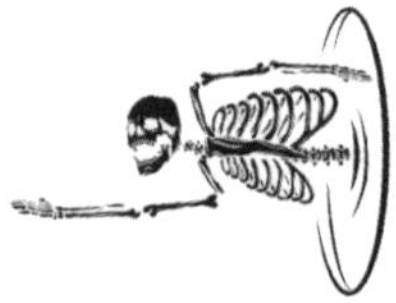

Eine Perspektive des Zwielichts

Vicky sah aus dem ovalen Fenster der Boeing und bewunderte den Dämmerschein über New Orleans. Ein fließender Übergang von Gelb, Orange und einem satten Mitternachtsblau. Landeanflug. Die Lichtstreuung in der Atmosphäre spiegelte das Kaleidoskop ihrer Gefühle wider. Vicky war aufgewühlt und voller Erwartung, was die Zeit bei ihrer Gastfamilie bringen mochte. Das Zeichen zum Anschnallen leuchtete auf. Die Passagiere im Flugzeug klappten die Plastiktische hoch und legten die Sicherheitsgurte an. Vicky sah den Mississippi von oben, ein Gitternetz aus Straßen und Häusern. Amerika, Land der unbegrenzten Möglichkeiten, Freiheit. Die Abendsonne blendete sie. Vicky blinzelte, atmete tief durch. So begannen Abenteuer. Drei Monate am anderen Ende der Welt.

Die Maschine setzte mit einem kurzen Ruck auf der Landebahn auf und rollte zum Gate. Nachdem sie angehalten hatte, sprangen die Leute von ihren Sitzen hoch und zerrten ihr Handgepäck von der Ablage. Vicky blieb sitzen; sie hatte es nicht eilig.

Sie nahm ihren Trolley, streckte den Rücken durch und arbeitete sich vor bis zur Tür. Die Stewardess verabschiedete sie mit einem Nicken, bye-bye. Stufe um Stufe stieg Vicky die Gangway hinunter und spürte die warme Luft, die ihr ins Gesicht wehte. Hohe Luftfeuchtigkeit, dachte sie. Mit den anderen Leuten quetschte sie sich in den Bus, der sie zum Ankunftsterminal brachte. *Louis Armstrong New Orleans International Airport* stand dort in großen Lettern. Warteschlange.

Als sie an der Reihe war, musterte sie der Zollbeamte wie eine potenzielle Al-Quaida-Terroristin. Während er ihren Pass in einen Handscanner hielt, erkundigte er sich über ihren Aufenthalt in den USA. Ein wenig eingeschüchtert erzählte sie vom Austauschprogramm ihrer Schule und hielt ihm eine Bestätigung hin. Der Mann deutete, sie dürfe passieren.

Vicky schlenderte durch die stahlgläserne Biosphäre des Flughafens, vorbei an den Duty-free-Shops, einen langen Gang entlang, dann halbrechts vor zur Gepäckausgabe. Geschäftsleute und

Touristen bahnten sich in alle Richtungen ihre Wege durch die Halle. So viele Schicksale, die hier landeten und abflogen, kamen und gingen, auftauchten und verschwanden. Alles pulsierte. Vicky wartete auf ihren weinroten Koffer, den das Förderband ausspuckte. Zum Glück war er nicht verloren gegangen; darin befand sich ihr ganzes Leben für die nächsten zwölf Wochen. Sie freute sich auf die Fishers. Auf den Fotos, die sie per E-Mail geschickt hatten, sahen sie freundlich aus, eine gute Südstaatenfamilie. Vickys Eltern hatten ein paarmal mit ihnen telefoniert, aber nicht jedes Wort verstanden.

Exit links. Die Sicherheitstür schob sich beiseite, Vicky war aufgeregt. Menschentrauben standen im Ankunftsbereich und hielten Schilder mit Namen hoch, manche iPads. Ein Paar umarmte sich, hey, honey. Eine Frau winkte einem Mann, der einen schwarzen Labrador an der Leine hatte und auf sie wartete. Der Hund bellte vor Freude. Eine fünfköpfige Familie hatte einen heliumgefüllten Luftballon mitgebracht. Welcome back, Gina! Vicky durchsuchte die Menge und hielt Ausschau nach den Fishers. Kein Gesicht kam ihr bekannt vor. Ihr Lächeln wich einer suchenden Mimik. Nirgendwo ein Zettel, ein Blatt, ein Stück Karton, auf dem Vicky geschrieben stand oder ihr Nachname, Bauer.

Wahrscheinlich hatten sie sich ein wenig verspätet oder standen im Stau. Vicky sah immer wieder auf die große Uhr oben an der Wand im ersten Stock. Der Minutenzeiger schob sich unendlich langsam weiter. Nach einer halben Stunde nahm sie ihr Handy aus dem Rucksack, kramte in den Reiseunterlagen und fand die Telefonnummer. Der Auslandsanruf würde ein Vermögen kosten. Oder hatte die österreichische SIM-Karte im lokalen Netz einen anderen Tarif? Egal, sie wählte. Es klingelte fünfmal, dann hob jemand ab, und eine tiefe Stimme sagte: »Fisher.«

»Hallo, Mister Fisher, hier spricht Vicky«, sagte sie auf Englisch. »Vicky Bauer. Ich bin schon vor einiger Zeit gelandet und warte hier im Flughafen. Bei der Ankunft. Wo sind Sie?«

Es dauerte ein paar Sekunden, bis etwas zurückkam. Erst ein Brummen, dann gedehnt gesprochene Wörter. »Well, jaa. Der Airport. Ziemlich viel los gerade bei uns. Wir haben keine Zeit, hinzufahren. Geht sich nicht aus. Schlechtes Timing.« Er redete leise mit jemand anderem, dann wieder zu Vicky. »Hör zu. Nimm dir ein Taxi und komm her, ist besser so. Die Adresse hast du.« Er hustete. »Lass dir nicht zu lange Zeit, sonst verpasst du das Abendessen.«

Vicky wusste nicht, was sie sagen sollte. Sie hatten geschrieben, dass sie sie direkt vom Flughafen abholen und nach dem langen Flug – sie hatte seit der Abreise kein Auge zugetan – heimbringen wollten. »Okay«, sagte Vicky, »das ist … ich …« Aber Mister Fisher hatte schon aufgelegt.

Sie verließ das Flughafengebäude mit ihrem Rollkoffer und dem Trolley. Als sie die Hand hob, hielt ein gelbes Taxi. Der Fahrer, ein drahtiger Schwarzer, sprang heraus und deponierte das Gepäck im Kofferraum. »Wo soll's hingehen, Ma'am?«

»Moment.« Sie zog ihren Pullover aus, es war ziemlich heiß an diesem Abend, und stopfte ihn in den Rucksack. Auf ihrem schwarzen T-Shirt, das sie darunter trug, stand *Vienna Calling*, dazu ein Schattenriss von Falco. Sie suchte den Zettel mit der Adresse in ihren Jeans und fand sie in der rechten Gesäßtasche. *2201 Apricot Street.*

Der Fahrer nickte und drehte das Radio laut. Ein Country-Sender. Willie Nelson krächzte aus den Boxen des Dodge. Im Taxi roch es nach altem Leder. Vicky lehnte sich zurück und bestaunte die Umgebung. Es war schon dunkel draußen, aber sie fühlte die Magie, die fremde Länder, andere Kontinente ausstrahlten. Über die Interstate 10 fuhren sie zwanzig Kilometer bis nach New Orleans – ein Motorradunfall hatte alles verzögert, während der Taxameter lief und lief –, und nach dem Stau ging es noch einmal gut eine halbe Stunde quer durch die Stadt mit einer Vielzahl von roten Ampeln und zwei Umleitungen. Die Fahrt kostete achtzig Dollar. Das riss ein Loch ins Reisebudget, das sie von ihren Eltern in einem Kuvert zugesteckt bekommen hatte.

Sie kamen in einem Viertel an, das nur spärlich beleuchtet war. »Hier sind wir«, sagte der Fahrer. Er stieg aus, holte das Gepäck. Vicky trennte sich von einem Hundert-Dollar-Schein und bekam einen Zwanziger zurück. Sie sah, wie der gelbe Dodge losfuhr, und stand allein auf der Apricot Street. Nach Aprikosen duftete es hier nicht gerade.

Sie glaubte, etwas zu hören.

Ein Geräusch.

»Hallo?«, sagte sie.

Eine Ratte huschte über die Straße, Vicky zuckte zusammen. Das Haus mit Nummer 2201 hatte man früher einmal in Grün gestrichen. Mittlerweile war die Farbe abgeblättert oder flächendeckend zu einem Mintgrau verkümmert. Die Fenster waren verbarrikadiert. Vier Holzstufen führten zur Eingangstür. Sie klopfte vorsichtig. Wartete. Nichts. Sie probierte die Glocke. Wartete. Die Tür wurde aufgerissen. Da stand eine gut gepolsterte Frau mit Pausbacken, sie trug ein weites Hauskleid mit Blumenmotiven, und breitete die Arme aus. »Hallo! Du musst Vicky sein. Richtig? Hab ich richtig geraten?« Sie lachte übertrieben laut.

Vicky nickte. »Ja, Misses Fisher.«

»Du kannst Edna Mae zu mir sagen. Oder nur Edna.« Sie machte Platz am Eingang. »Komm doch. Rein in die gute Stube. Wir fressen niemanden, zumindest nicht gleich.« Wieder kicherte sie. Vicky betrat das Haus.

»Schuhe ausziehen«, sagte Edna Mae.

Vicky streifte die Sneakers ab und ging mit ihren weißen Socken durch den staubigen Vorraum. Sie hinterließ Spuren. Die Frau zeigte nach oben. Über eine Treppe kam Vicky in ein verrauchtes Wohnzimmer. Es war laut. Ein Mann und ein Teenager saßen vor dem Fernseher. Beide hatten Bierflaschen neben sich stehen und folgten gebannt einem Football-Spiel. Der Mann nahm einen Zug von seiner Zigarette und sagte auf Englisch: »Verfickte Scheiße. Wenn die Saints so weitermachen, geht alles den Bach runter. Die Superbowl können sie sich aufzeichnen.«

»Don?«, fragte Edna Mae vorsichtige. »Schau mal. Das Mädchen ist da.«

Der Mann drehte sich um. Er hatte nur Boxershorts an. Sein Bauch war so behaart wie sein Rücken. Er stemmte sich aus dem Stuhl, auch der Bursche stand auf. Er trug ein Micky-Maus-Shirt. »Hey, Besuch ist da. Du musst das Girl aus … Deutschland sein. Nicht wahr?«

Vicky fuhr sich durch die kurzen blonden Haare, eine Verlegenheitsgeste. »Eigentlich aus Österreich. Guten Abend, Mister Fisher.« Sie nickte dem Teenager zu. »Hi.«

»Ich bin Don, und das ist Billy Bob«, sagte er. »Du schaust ganz anders aus als auf den Fotos. Dort warst du so hübsch.«

Vicky schluckte. »Ja, die Haare sind anders. Ich war beim Friseur. Sie sind jetzt … kürzer.«

»Keine Ahnung, was die Frauen da drüben bei euch so machen. Kurze Haare sind was für Männer. Frauen müssen lange Haare haben. Nicht wahr, Edna?« Die Frau stand da und nickte langsam.

Vicky fühlte sich vor den Kopf gestoßen, ließ sich das aber nicht anmerken. »Das ist jetzt modisch«, fiel ihr ein.

»Modisch«, wiederholte Don und rieb sich das rechte Ohr. »Ach so.« Er sah aus, als hätte er sich schon länger nicht rasiert. »Billy Bob, hast du das gehört?« Der Bursche kicherte. »Na, schauen wir mal, wie wir hier so klarkommen mit dir.« Don nahm die Fernbedienung in die Hand und schaltete den Fernseher ab. »Die Saints verlieren heute sowieso. Lasst uns was essen. Bin ziemlich hungrig. Ich könnte einen ganzen Bullen verschlingen.«

Edna Mae zeigte Vicky ihr Zimmer. Es war klein und stickig. Ein Bett, ein Tisch, ein Kasten. Kein Fenster. »Da kannst du deine Sachen reintun«, sagte Edna und deutete auf eine Miniaturkommode.

»Danke sehr«, sagte Vicky und öffnete den weinroten Koffer. »Ich finde mich schon zurecht.« Das fängt ja gut an, dachte sie.

»In zehn Minuten ist Abendessen«, sagte Edna Mae und hob den Zeigefinger. »Wir sehen uns unten.«

Als sie das Esszimmer betrat, saßen alle schon bei Tisch. Don hatte sich ein altes T-Shirt mit dem Aufdruck *Life sucks!* angezogen und trank Bier aus der Dose. Billy Bob starrte auf ihre Brüste. Edna Mae stand am Herd und rührte einen Eintopf um. Mit dem Kochlöffel kostete sie und wirkte zufrieden. Sie drehte den Herd ab und stellte den Kochtopf mitten auf den Tisch auf eine Steinplatte. »Jeder nimmt sich selbst«, sagte sie und reichte Vicky eine Wasserflasche.

»Was ist denn das Gutes?«, fragte sie.

»Louisiana Gumbo«, sagte Edna Mae. »Nach altem kreolischen Rezept. Cajun-Style. Von meiner Großmutter.«

»So scharf, dass es zweimal brennt«, ergänzte Don und lachte über seine Bemerkung. Er hatte schiefe gelbe Zähne.

Vicky langte mit dem Schöpflöffel in den Eintopf und nahm sich eine Portion. »Oh«, sagte sie, als sie das Essen näher betrachtete, »sind das Shrimps?«

»Und ob das Shrimps sind«, sagte Edna Mae. »Gewaltige Dinger. Ganz frisch. Die haben sie heute erst aus dem Meer gefischt. Genau wie die Krabben.«

Vicky schüttelte den Kopf. »Tut mir wahnsinnig leid, Edna, aber das kann ich nicht essen. Ich darf nicht.« Sie sah verlegen drein. »Ich habe eine Meeresfrüchte-Allergie.«

Don verschluckte sich am Bier und prustete einen Sprühregen auf den Tisch. Er stellte die Dose ab. »Was hast du da gesagt? Du willst unser Essen nicht, ja? Glaubst anscheinend, dass du was Besseres bist, oder?« Er sah seinen Sohn an. »Hast du das gehört, Billy Bob. Sie sagt, das frisch gekochte Gumbo deiner Mutter ist ein Haufen Scheiße.«

»Das habe ich nicht gesagt … Don. Mister Fisher. Bitte glauben Sie mir. Ich darf Shrimps, Garnelen und die anderen Sachen aus dem Meer ganz einfach nicht essen. Ich vertrage das nicht. Kriege alle Zustände. Ich –«

»Du wirst jetzt sofort Ednas Gumbo kosten, sonst –« Mit der flachen Hand schlug er auf den Tisch, dass die Teller und Gläser schepperten.

»Jetzt beruhig dich doch«, sagte Edna Mae. »Hab dich nicht so. Wenn die Kleine nicht kann, dann eben nicht. Schicksal.«

»Was heißt beruhigen. ICH SOLL MICH BERUHIGEN? Wenn die da unser Essen nicht will.« Er zeigte mit ausgestrecktem Finger nach ihr. »Sie ist ein verfickter Gast in UNSEREM HAUS!« Sein Gesicht war rot vor Wut. »SCHICKSAL?«

Vicky wollte eine weitere Entschuldigung anbringen. Etwas in der Art, dass sie vielleicht noch einmal von vorne anfangen sollten. Schließlich mussten sie die nächsten Wochen miteinander auskommen, und schon der erste Abend war ein Fiasko.

»Was ist eine Allergie?«, fragte Billy Bob. Er wirkte vom Geist her reduziert.

»Halt's Maul!«, schrie der Vater ohne Grund.

Don holte aus und ohrfeigte ihn, dass es laut klatschte. Dem Jungen standen Tränen in den Augen. Vicky keuchte vor Aufregung. So etwas hatte sie noch nicht erlebt. Ihre Hände zitterten.

Don sprang auf und kippte den Kochtopf samt Inhalt auf die Seite. Der Eintopf verteilte sich auf dem Boden. Die heiße Sauce spritzte in alle Ecken.

»Gottverdammte –« Er stampfte aus dem Zimmer. Kurz darauf hörten sie, wie die Eingangstür krachte und ein Motor anging. Mit quietschenden Reifen fuhr der Wagen davon.

»Er meint's nicht so«, sagte Edna Mae und machte Anstalten, den Boden aufzuwischen. »Weißt du, er ist manchmal impulsiv. Don hat schon viel mitgemacht in seinem Leben. Das Schlechte muss raus. Es sucht sich ein Ventil, ganz klar. Man darf ihn nicht reizen. Das ist die erste Regel bei uns. Du darfst Don nie mehr reizen. Hast du mich verstanden, Mädchen?«

»J-ja.« Vicky nahm einen Schluck Wasser und wollte die Flasche mit auf ihr Zimmer nehmen.

»Die bleibt schön da«, sagte Edna Mae. »Wir müssen alle ein bisschen sparen. Die Zeiten sind verdammt hart hier unten im Süden. Jeder muss seinen Beitrag leisten. Stimmt's, Billy Bob? Hat die Mama recht?« Der Junge nickte.

»Gut, Edna. Wenn Don kommt, bitte sag ihm nochmal, dass es mir wirklich leidtut. Ich kann nichts dafür, wenn ich manche Sachen nicht vertrage. Ich lege mich jetzt besser hin. Alles okay.«

Vicky ging in ihr Zimmer, in dem es abgestanden roch, und drückte die Tür leise ins Schloss. Puh. Willkommen in Amerika. Was für eine Begrüßungsparty. Das hatte sie sich anders vorgestellt. Ihrer Mutter schrieb sie eine kurze SMS auf WhatsApp: *Liebe Mama, bin gut angekommen. Alles ok. Kiss aus US!* Dazu ein rotes Herz-Emoji. Den Rest schenkte sie sich. Schließlich hatten ihre Eltern ein Vermögen für sie ausgegeben, und sie wollte nicht den Eindruck erwecken, dass es ihr hier nicht gefiel.

Sie zog sich aus und legte sich ins Bett. Es war dunstig in dem Raum, alles reduziert auf das Nötigste, bis auf den Gestank. Das Modrige. Sie fühlte sich leer, ausgehöhlt. Als sie sich aus reiner Gewohnheit zudecken wollte, sah sie die rotbraunen Flecken auf der Tuchent. War das Blut? Doch, ja. Alte Blutflecken. Sie hatten sich nicht einmal die Mühe gemacht, das Bettzeug zu waschen. Vicky hörte ein kratzendes Geräusch. Vielleicht eine Maus? Alles wird gut, sagte ihr Gemüt, alles wird gut. Sie schloss die Augen und fiel in einen langen, traumlosen Schlaf.

»Vicky!«, rief jemand. »Frühstück ist fertig.«

Don, Billy Bob und Edna Mae saßen wieder bei Tisch und schmierten Erdnussbutter auf Toasts. Es duftete nach Kaffee. Die Tischdecke war speckig. »Guten Morgen«, sagte Vicky. Keiner der drei nahm sie zur Kenntnis.

»Hoffen wir, dass der Morgen gut wird«, sagte Don. Er war bleich. Die Haare standen ihm zu Berge. Edna Mae strahlte. Billy Bob beschäftigte sich mit seinem Handy, ein altes Motorola-Teil zum Aufklappen.

»Heute ist dein erster Schultag«, sagte Edna Mae und schenkte Kaffee nach. »Bin neugierig, wie du dir dort so tust.«

»Ich auch«, sagte Vicky.

Don blätterte in einer Zeitung. »Die Saints haben alles verkackt. Wie ich gesagt habe. Gottverdammte Loser.«

»Magst du Football?«, fragte Billy Bob. Er hatte sein Micky-Maus-Shirt vom Vortag an.

»Ich kenn mich da nicht so gut aus«, sagte Vicky mit unschuldiger Miene. »Bei uns schauen alle Fußball. Also das europäische Fußball, wo sie nicht raufen, sondern die Bälle ins Tor schießen. Mit dem Fuß.« Vicky machte eine kickende Geste, um das zu untermauern.

»Ah so«, sagte Billy Bob und starrte ihre nackten Beine an.

»Football hat nichts mit Raufen zu tun«, korrigierte Don. »Das ist Taktik. Nur Taktik. Alles im Leben ist Taktik.«

Sie saßen stumm da und aßen vor sich hin. Kabarett ist das keines, dachte Vicky. Besser nichts sagen. Das Schweigen kam ihr unangenehm vor. Daheim bei ihren Eltern redete man miteinander, wie es einem ging, was sich in der Welt tat, was der Tag bringen mochte. Hier schien zwischenmenschliche Kommunikation zweitrangig, vielmehr störend. Sie wollte niemanden belästigen. Mehr als einen Toast gab es nicht. »Danke für das Frühstück«, sagte sie. »Ich gehe mich jetzt fertigmachen, für die Schule. Darf ich fragen, wie ich dorthin komme?« Sie hoffte, dass ihr jemand den Weg zeigen würde.

»Am besten zu Fuß«, sagte Don und lachte auf. »Gehen ist gesund. Verbrennt Kalorien.« Sein Bauch deutete darauf hin, dass er Kalorien lieber aufnahm, als sie zu verbrennen.

Edna Mae sah sie an. »Ja, Schätzchen, ist nicht weit. Halbe Stunde. Komm, ich zeig dir auf der Karte, wo du hinmusst. Aber beeil dich. Um acht geht's dort los, denke ich.« Edna Mae faltete eine Straßenkarte aus. »Hier sind wir«, sagte sie, fuhr mit dem Finger kreuz und quer. »Und das ist die High School.« Vicky versuchte sich den Weg einzuprägen. Sie wollte die Karte zur Sicherheit mitnehmen. »Nö, die bleibt schön hier«, sagte Edna Mae und winkte ab. »Die brauchen wir noch.«

Vicky sah auf ihre Swatch. 7.24 Uhr. Dreißig Minuten Gehzeit. Sie hatte sechs Minuten, um sich anzuziehen und das Haus zu verlassen. Duschen ging sich nicht aus.

Als sie aus dem Haus trat, war es heiß. In der Sonne siebenundzwanzig, achtundzwanzig Grad, schätzte sie. Der April fühlte sich an wie ein Dampfbad. Eine Kakerlake huschte vorbei. Sie ging los. Geradeaus und dann rechts, das hatte sie sich gemerkt. Eine Straßenbahn, die aussah wie eine Reliquie aus dem vorigen Jahrhundert, bimmelte; sie blieb stehen. Jede Menge Autos fuhren schon um die Zeit. Menschen bewegten sich träge. Vicky beeilte sich. An einer Kreuzung war sie sich nicht sicher, ob sie weitermarschieren oder nach links abbiegen sollte. Sie ging weiter. Die Adresse der Schule war mit *2001 Leon C Simon Dr* angegeben. Dr für Drive. Ein älterer Mann kam ihr entgegen. »Entschuldigen Sie, können Sie mir bitte sagen, wie ich in die Benjam Franklin High School komme?«

Der Mann stutzte. »Oh, da sind Sie komplett falsch.« Sie hätten die Straßenbahn nehmen sollen.« Er dachte nach. »Sie müssen in diese Richtung«, er deutete nach hinten. »Aber das ist ziemlich weit.« Vicky seufzte. »Danke.«

Kurz nach halb neun erreichte sie endlich das Schulgebäude, ein wuchtiges Backsteingebäude, und erkundigte sich im Gehen nach ihrer Klasse. Ein Lehrer zuckte die Schultern und marschierte weiter. Der Flur war leer. Von oben mit Neonleisten beleuchtet, alles in Blau und Grün gehalten, nüchtern, aber hell. Spinde befanden sich an den Wänden, Glasregale mit Lehrbüchern. An einer Tür stand *Principal.* Sie klopfte und drehte den Türgriff. Drinnen saß eine Frau mit langen weißen Haaren und Brille. Sie trug ein dunkelgraues Kostüm. »Ja?«

»Verzeihen Sie. Mein Name ist Vicky Bauer. Ich komme vom Schüleraustauschprogramm aus Österreich, aus Wien, und wollte fragen, wo meine Klasse ist. Können Sie mir weiterhelfen?« Sie war verschwitzt, wirkte aufgelöst und hilflos.

Die aparte Dame nahm die Brille ab und stand auf. »Aber natürlich. Mein Name ist Diana LaDoux. Ich bin hier die Direktorin. Herzlich willkommen in unserer Schule. Seit wann bist du in New Orleans?«

»Ich bin gestern am Abend angekommen.«

»Das heißt, der Jetlag sitzt dir noch anständig in den Knochen.«

»Es geht, ich konnte wenigstens schlafen.«

»Na dann, lass uns mal schauen, wo wir dich unterbringen.« Die Direktorin tippte etwas in ihren Computer. »Ah, sehe schon. Du hast dich im Internet für ein paar Kurse angemeldet. Englisch, Mathematik, Geschichte, Physik und ein paar Wahlfächer. Draußen hängt der Stundenplan. Da siehst du, wann welche Kurse stattfinden. Es wird ein paar Tage dauern, bis du dich zurechtfindest. Aber du kannst immer mich oder einen Lehrer fragen. Jetzt gehen wir's einfach an. Komm, ich bringe dich hin.«

Diana LaDoux ging mit ihr in den dritten Stock und öffnete langsam eine blassblaue Tür. »Bitte schön.« Zu dem Lehrer, der an der Tafel stand und die Stirn runzelte, sagte sie: »Das ist die neue Schülerin aus Österreich. Zeigen Sie ihr den Platz. Stell dich vielleicht einmal vor, hm?«

Alle Augen waren auf sie gerichtet. Sie errötete. »Hi, ich bin Vicky.« Sie winkte in die Klasse.

Der Lehrer sah skeptisch auf die Uhr, es war 8.40 Uhr. »Okay, Vicky, die Stunde ist bald vorüber. Such dir einen Sitzplatz aus. Da hinten ist noch etwas frei. Wir machen jetzt weiter.« Er nahm die Kreide in die Hand und kritzelte eine mathematische Formel an die Tafel. Sie hatte keine Ahnung, worum es hier ging.

Vicky versuchte sich so klein wie möglich zu machen. Ein paar Mädchen drehten sich wiederholt zu ihr um und schüttelten den Kopf. Zwei Burschen flüsterten miteinander und lachten.

Die Glocke läutete schrill. Die Schüler sprangen auf. Drei Mädchen, alle blond und superschlank, kamen auf sie zu und taxierten sie. Die Hübscheste von ihnen streckte den Rücken durch. »Hi, ich bin Pam.« Sie stellte die anderen vor. »Das ist Shirley, und das da ist Layla. Wo kommst du her, Australien?«

Vicky schüttelte Hände und klärte das phonetische Missverständnis auf. Austria, nicht Australia. Sie probierte es witzig. »Keine Kängurus, dafür Mozart. Da hüpfen nur die Noten.« Kein Schmunzeln. »Du bist eine ganz Schlaue, nicht?«, sagte Layla. Shirley schnüffelte an der Luft und wandte sich Pam zu: »Ich glaube, da hat jemand nicht geduscht.« Pam fuhr sich durch die blonden langen Haare, die nach Pfirsich dufteten. Sie trug knappe Jeansshorts, die ihr Gesäß zur Geltung brachten, und ein weißes Tanktop, das nur das Nötigste verdeckte: »Sag, Vicky, nimmt man es bei euch in Austria nicht so genau mit der Hygiene? Habt ihr keine … Seife?« Jetzt grinsten alle drei. »Puh, na da sind wir aber neugierig, was du uns so alles beibringen wirst, Miss Mozart. Wir sehen uns.« Pam zwinkerte ihr zu. Die drei Girls zogen mit schwingenden Hüften davon wie Models auf dem Laufsteg.

Vicky war es peinlich, dass sie in der Früh keine Zeit gehabt hatte, sich zu waschen. Toller Start. Die hielten sie für eine Dorftrampel oder einen Höhlenmenschen. Sie suchte die Toilette auf und begutachtete sich im Spiegel. Sie sah aus, als wäre sie einen Halbmarathon gelaufen. Rot aufgeheizt das Gesicht, die kurzen Haare standen in alle Richtungen, der Blick gehetzt. Sie wusch sich unter den Achseln und versuchte ihre Frisur halbwegs zu glätten.

Auf dem Schulgang fand sie den Plan für die Kurse. Vicky war nicht klar, wie das System hier genau funktionierte. Sie sagte sich, egal, es gab nichts zu verlieren. Sie war hauptsächlich hier, um besser Englisch zu lernen. Dafür hatten ihre Eltern eine stattliche Summe bezahlt. Vicky machte sich auf zum Englischkurs und schwor sich, nur dann zu reden, wenn sie gefragt wurde. Sie wollte niemanden verärgern oder gegen sich aufbringen. Die Taktik war einfach: Sie musste unter dem Radar bleiben, und das gelang ihr ziemlich gut. In den nächsten Lehrstunden nahm kaum jemand Notiz von ihr. Sie fühlte sich wie eine Projektion. Schon da, aber nicht wirklich. Eine Erscheinung im Zwielicht.

Sie erfuhr, dass sie einige Bücher kaufen musste. Dafür sollte sie in den nächsten Tagen Geld mitbringen. Die Schulunterlagen kosteten insgesamt mehr als dreihundert Dollar. Am Nachmittag machte sie sich auf den Weg nachhause. Sie hatte sich damit abgefunden, dass sie niemand hinbringen oder abholen würde. Don war, wie er gemeint hatte, zu beschäftigt.

Sie erreichte das Haus und läutete. Niemand öffnete. Sie läutete noch einmal. Nichts.

Das gibt's doch nicht, dachte sie.

Müde und verzweifelt, wie sie war, setzte sie sich auf die Holzstufen und beobachtete eine Kakerlake, die vorbeihuschte. Da bog ein alter brauner Buick mit Rostflecken um die Ecke und hielt am Gehsteig. Billy Bob sprang heraus, er trug wieder sein Micky-Maus-Shirt, Edna Mae öffnete die Beifahrertür, auch sie hatte dasselbe Blumenkleid von gestern an, und Don bequemte sich, den Motor abzustellen. »Du bist schon da?«, fragte Edna Mae. »Wir dachten, du kommst erst um sechs. Macht nichts, jetzt ist alles in Ordnung. Wir haben was zum Essen mitgebracht. Von Wendy's. Die haben da gerade eine Aktion laufen. Ein Dollar der Burger. Stell dir vor.«

Vicky hatte tagsüber keinen Bissen gegessen und war entsprechend hungrig. »Großartig«, sagte sie, um gute Laune zu zeigen. Don rülpste. »Jetzt mal rein alle. Wer will denn hier so lange auf der Straße stehen.«

Edna stellte eine vom Fett aufgeweichte Tüte auf den Esstisch. Darin waren vier in Backpapier eingewickelte Burgerbrötchen mit jeweils einer dünnen Scheibe verbranntem Rindfleisch, zwei Salatblättern, Zwiebelkrümeln und einer traurigen Tomatenscheibe. Billy Bob verschlang den Burger mit drei Bissen. Don genoss das labbrige Mahl wie ein Wiederkäuer. Vicky ließ sich Zeit, aß langsam, um mehr davon zu haben. »Köstlich«, sagte Edna Mae. »Wie war's in der Schule?«

Vicky erzählte von ihrem ersten Tag. Dass alles etwas chaotisch abgelaufen sei, sie sich aber doch zurechtgefunden habe. Beim Reden merkte sie, wie trocken ihr Mund war. »Kann ich bitte noch ein Wasser oder eine Cola haben?«

Don riss die Augen auf. Edna Mae winkte ab. »Schätzchen, wir haben gerade sehr wenig Wasser, weißt du? Und Cola ist schlecht für die Gesundheit. So was kommt uns erst gar nicht ins Haus.«

»Ich kann in den Supermarkt gehen und was einkaufen«, sagte Vicky. »Ich habe gesehen, da ist ein Seven-Eleven zwei Blocks von uns entfernt.«

»Kommt nicht infrage«, sagte Don und hob beide Hände als Warnung. »Du gehst keinen Schritt allein in den Supermarkt. Viel zu gefährlich.« Er schüttelte den Kopf.

Vicky wollte nicht erwidern, dass sie auch allein in die Schule und zurück gegangen war. »Warum denn … gefährlich?«

»Kidnapping«, sagte Don. »Passiert oft in letzter Zeit. Die Nigger zerren dich in ein Auto, und ZACK!« – Er schlug mit der Faust auf den Tisch – »Weg bist du. Viel zu gefährlich«, wiederholte er. »Du bleibst schön daheim. Hier kann dir nichts passieren.«

»Kannst Football mit uns schauen«, sagte Billy Bob. Er stierte wieder auf ihre Brüste, die sich durch das weiße T-Shirt wölbten, und leckte sich die Lippen.

Vicky sah beiseite. Don nahm sich ein Bier aus dem Eiskasten und ging nach oben ins Wohnzimmer, wo der alte Fernseher stand. Von unten hörten sie, wie ein Spiel lautstark kommentiert wurde.

Zu Edna Mae gewandt, sagte sie: »Ich bin sehr müde. Ich glaube, ich gehe aufs Zimmer. Werde noch ein paar Seiten lesen und dann die Augen zumachen. Die Zeitumstellung macht mir zu schaffen.«

»Tu das«, sagte Edna Mae und warf die fettigen Papierreste in den Müll. Sie setzte sich an den Tisch und begann zu häkeln. Der Faden schlängelte sich durch ihre Finger. »Das wird ein hübsches Deckchen«, sagte sie und vertiefte sich in ihre Arbeit.

In ihrem muffigen Zimmer im ersten Stock konnte sie nicht einmal ein Fenster öffnen, deswegen ließ sie die Tür offen. Vicky fühlte sich wie erschlagen, konnte aber nicht einschlafen. Außerdem hörte sie den Fernseher; jemand johlte. Ihren Eltern simste sie eine kurze Nachricht, dass alles paletti wäre, dazu ein Emoji mit Daumen nach oben. Sie hatten vereinbart, dass sich Vicky nicht jeden Tag zu melden brauche, höchstens einmal die Woche, schließlich solle sie eigenständiger werden, aber es war ihr ein Bedürfnis, vor allem ihre Mutter zu beruhigen. Danach suchte Vicky in ihrem Rucksack und nahm ein gebundenes Notizbuch heraus, dazu einen Kugelschreiber.

Ihre Mutter hatte ihr das Moleskine geschenkt und gemeint, wenn sie Lust hätte, könne sie doch ein Tagebuch führen. Kleine Erinnerungen gingen so schnell verloren. Mit dem Tagebuch hätte sie ihren Aufenthalt in den Staaten ein Leben lang festgehalten, zum Nachlesen. Gute Idee, fand Vicky. Sie schlug das schwarze Buch auf und überlegte, was sie in die leeren Seiten hineinschreiben sollte. Die Wahrheit? Sie musste es schließlich niemandem zeigen.

3. April

Schon zwei Tage hier. Der Flug super, der Empfang nicht so. Das Haus total spooky. Wie bei Norman Bates in Psycho. Don macht einen auf Ultramacho. Immer schlecht gelaunt und zuckt aus wegen nichts. Edna bemüht sich. Der Sohn irgendwie komisch. Warum geht er nicht zur Schule, mit vierzehn? Amerika ist mein Traum nicht. Schlaf gut, liebes Tagebuch.

Sie hörte etwas von weit weg. Ein Schmatzen. Vicky öffnete die Augen und blinzelte. Sie brauchte ein paar Sekunden, um sich auf die Dunkelheit einzustellen. Es war mitten in der Nacht. Und da stand jemand in ihrem Zimmer.

In der Sekunde hatte sie wahnsinnige Angst. Sie war nicht sicher, ob sie träumte, nein, da war eindeutig jemand. Als sie verstand, was vor sich ging, schnürte sich ihre Kehle zu. Billy Bob stand vor ihrem Bett, mit dem Micky-Maus-Shirt, und rieb sich im Schritt die Beule seiner Unterhose.

Sie schrie und setzte sich kerzengerade im Bett auf. Knipste die Lampe auf dem Nachttisch an. Für einen Augenblick trafen sich ihre Blicke. Billy Bobs Mund verzog sich zu einem Zerrbild. Es schien ihm zu gefallen, wie sie dalag, nur im Slip. »RAUS HIER!«, schrie Vicky, »HAU AB, DU FREAK!« Er drehte sich um und rannte weg.

»Was ist da los«, raunte Don. »Wer macht da so einen Krach mitten in der Nacht.« Er war aufgestanden und kam über den Gang herein. Edna Mae folgte ihm. Beide betraten Vickys Zimmer. Sie lag da mit verschränkten Armen vor ihrer nackten Brust. »Er … er war da.« Sie keuchte.

»Wer war da?«, fragte Edna Mae. Ihr Nachthemd war zerschlissen und an den Ärmeln ausgefranst.

»Ihr Sohn, verdammt noch mal! *Billy Bob*. Der Typ … in meinem Zimmer. Hier vor dem Bett ist er gestanden und hat sich einen …« Ihr fiel das Wort nicht ein.

»Was sagst du da, du Spinnerin?« Don baute sich auf und erfüllte den Raum mit seiner Masse.

»Ich spinne nicht, sicher nicht. Ihr Sohn eher. Was macht der hier in der Nacht?«

»Jetzt mal halblang, Kleines«, sagte Edna Mae. »Ganz ruhig. Du hast nur schlecht geträumt.« Ihre Stimme war anheimelnd. »Alles nur Einbildung.«

»Ich bilde mir das nicht ein!«, rief Vicky – ihre Augen wurden feucht – und zog sich das Leintuch bis zum Kinn.

»DU SCHREIST NICHT IN MEINEM HAUS.« Dons Adern an seinem Hals traten hervor wie dünne Schläuche.

»Alle beruhigen sich jetzt«, sagte Edna. »Pass auf, wir schauen nach, wo Billy Bob ist.« Sie ging auf den Flur und öffnete leise die

Tür. »Billy? Bist du wach?« Er rührte sich nicht. Edna Mae kam zurück und sagte: »Der schläft wie ein Murmeltier. Nein, nein, Schätzchen, du hast dir das wirklich alles nur eingebildet. Gib jetzt besser einen Frieden.«

»Er lügt. Er tut nur so, als würde er schlafen. Glauben Sie mir, bitte, er war wirklich da. Hier, genau hier. Er hat mich benutzt … zum …« Sie wusste nicht, was Onanieren auf Englisch hieß, und machte stattdessen eine Geste, indem sie die rechte Hand auf und ab zittern ließ.

»Mein Sohn ist kein Lügner«, sagte Don. »Du hältst jetzt das Maul und schläfst weiter. Sonst setzt's was.« Weg war er. Edna Mae lächelte ihr zu und hob die Hand. »Träum was Schönes.« Sie zog die Türe zu. Vicky hörte, wie von außen ein Schlüssel ins Schloss gesteckt und zugesperrt wurde. Klack-klack.

8. April

Die Woche war schrecklich. Nach der Sache mit dem Wichser sind sie noch abweisender zu mir. Billy Bob tut auf unschuldig, aber einmal hat er mich von der Seite angesehen und gegrinst. Jeden Tag trägt er dasselbe. Ich hasse Micky Maus.

9. April

Das ist nicht normal hier. Ich weiß nicht, was los ist mit dieser Familie. Kann es niemandem erzählen. Vor allem nicht meinen Eltern. Okay, bis jetzt ist nicht wirklich was passiert. Aber trotzdem. Ich bin stark, ich muss da durch. Ich schaff das schon. Du hilfst mir, liebes Tagebuch.

11. April

Hab das Schulgeld bezahlt. 316 Dollar. Den Rest von meinem Geld hat Edna genommen. Sie sagt, sie passt drauf auf. Hier wird so viel gestohlen in der Gegend.

14. April

Nicht viel Neues. Erzähl du mir was, liebes Tagebuch. Brauch Aufmunterung. Brauch ich wirklich.

17. April
In der Schule hacken sie auf mir rum. Diese drei Zicken, Pam, Layla und Shirley. Vogelscheuche nennen sie mich. Hab probiert, mit ihnen zu reden. Die haben mir einen Duftbaum geschenkt und gesagt: Riecht nach Tanne, frohe Weihnachten.

19. April
Komm mir vor wie in einer Horror-Version von Und täglich grüßt das Murmeltier. Jeder Tag gleich schlimm. Muss weinen. Immer weinen, aber still.

21. April
Das ist ein Albtraum. Einfach ein Albtraum. Wenn ich gewusst hätte, was auf mich zukommt, wäre ich nie in das Flugzeug gestiegen. Nie im Leben.

24. April
Drei Wochen ist es her. Nicht einmal einen Monat geschafft. Nicht einmal ein Drittel. Ich darf mir kein Essen kaufen. Es gibt wenig Wasser. Was soll das. Machen die das absichtlich?

25. April
Ich wollte vor der Schule in den Supermarkt gehen. Edna hat mich erwischt. Entweder zufällig, oder sie hat mir nachgestellt. Ich glaub, sie hat mich verfolgt. Die hat ein Riesentheater gemacht. Sie hat gesagt, wenn ich noch einmal hinter ihrem Rücken versuche, was einzukaufen, dann sagt sie es Don.

28. April
Nichts los. Bin so traurig.

1. Mai
Hab mit Mutter telefoniert und gesagt, wie toll die ersten vier Wochen hier gelaufen sind. Sie hat gefragt, ob irgendwas los ist. Meine Stimme klingt so seltsam.

2. Mai
Muss mich zusammenreißen. Ich krieg das auf die Reihe. Bestimmt. Gibt schlimmere Sachen. An die Schule hab ich mich gewöhnt. Shirley hat mich heute Lesbe genannt. Weil ich mich für Jungs nicht so interessiere wie sie. Layla ruft mich Stinktier. Alles verdammt ungerecht. Was soll's.

4. Mai
Die Fishers haben sich beruhigt. Der Idiotensohn scheint einen Schaden zu haben. Er redet nicht mehr und kaut Fingernägel. Er kratzt sich die Arme auf. Blutige Striemen. Völlig irre.

5. Mai
Heute hat es Huhn gegeben, ein Brathuhn für vier. Hab einige Kilo abgenommen. In der Früh ist es schwierig, den richtigen Zeitpunkt zum Duschen zu finden. Immer jemand im Badezimmer, wenn ich losmuss. Alles schmutzig, furchtbar schmutzig. Edna sagt, ich soll mich nicht aufregen. Das gehört so.

7. Mai
Don hat gesagt, morgen ist Sonntag. Am Sonntag gibt's eine Überraschung. Ich fürchte mich vor ihm. Ich glaube, er ist wahnsinnig.

»Alle mal herhören«, sagte er und setzte seine löchrige rote Baseballkappe auf. »Wir gehen in die Swamps. Frank hat ein Boot dort unten in den Bayous. Ist mir noch was schuldig. Er hat gemeint, wir können uns das Boot nehmen. Zeit für einen Ausflug. Wer will, kann mitkommen.« Er zog sich braune Stiefel an und steckte eine Packung rote Marlboro in die Hemdtasche.

»Ja!«, rief Billy Bob. Sein Micky-Maus-Shirt hatte vorne Flecken. Edna rieb sich die Hände. »Na, Schätzchen, was sagst du?«

»Was sind die Bayous?«, fragte Vicky. Sie wusch gerade das Frühstücksgeschirr ab.

Don verdrehte die Augen, als wäre die Frage stumpfsinnig. »Hast du gehört, Edna? Die kennt nicht mal die Bayous.« Er hielt sich den Finger an die Schläfe und machte eine kreisende Bewegung.

»Die Sümpfe, Schätzchen. Wir fahren in die Natur. Das ist ein Traum dort. Nur Landschaft. Ein Freund von Don ist so lieb und borgt uns sein Boot, hörst du? Wir können am Wasser fahren. Das ist doch großartig, nicht? Komm, es geht los.«

Vicky war überrascht. Bislang hatten sich die Tage in einer Endlosschleife gedreht. Einen Ausflug zu machen, war nie Thema gewesen. »Okay, fein«, sagte sie. Vielleicht war das eine Möglichkeit zueinanderzufinden, oder zumindest eine Gelegenheit, um besser miteinander auszukommen.

Sie packten Proviant in Rucksäcke. Ein Sixpack Bier für Don, zwei Wasserflaschen und ein paar Scheiben trockenes Brot. Mit dem rostigen Buick fuhren sie gut eine Stunde. Don rauchte im Wagen. Niemand sprach. Vicky saß hinten neben Billy Bob und sah aus dem offenen Fenster. Als sie aus der Stadt draußen waren, veränderte sich die Landschaft. Dort, wo das Mississippi Delta in den Golf von Mexiko mündete, begann das *Swampland.*

Über eine kleine Schotterstraße, umwuchert von Sumpfzypressen, kamen sie zu einem verlassenen Bootshaus mit Anlegestelle. »Endstation«, sagte Don und fuhr sich über den Bart. Er stieg aus und kontrollierte die Umgebung. Wie zur Bestätigung nickte er. »Riecht nach Tieren.«

»Sehen wir Alligatoren, Daddy?« Billy Bob war aufgeregt, seine Nase triefte.

»Das hoffe ich doch, Kleiner. Die haben hier ziemlich riesige Dinger. Fressen dich, so schnell kannst du gar nicht schauen.«

»Und Schlangen auch?«

»Wart mal ab. Vielleicht haben wir Glück und finden ein paar Prachtexemplare.«

Vicky schluckte. Sie wollte sich nicht anmerken lassen, wie sie sich fühlte.

Zu viert gingen sie über den Steg zu dem flachen Sumpfboot, das nach vorne leicht gebogen war und am Heck einen überdimensionalen Luftpropeller montiert hatte. Vicky hatte so etwas noch nie gesehen.

»Alle Mann an Bord«, kommandierte Don. Er startete den Motor. Der Propeller lief an und machte ein Geräusch wie bei einem

Sportflugzeug. Sie setzten sich auf Holzpaneele, und es ging los. Vicky hatte sich das Sumpfgebiet ganz anders vorgestellt. Dieser Bayou sah mehr wie ein Naturschutzgebiet aus. Wie eine Au, nur größer. Verwildert, alles in Grün und Braun, die Zypressen, die moosbedeckten Inseln, der träge Fluss. Sie nahmen Fahrt auf. Das Boot ging schnell. Vickys Haare wehten im Wind. In den kleineren Wassergassen hatte es ein besonderes Licht. Die Sonne brannte von oben, aber der Widerschein auf dem Fluss und die dichte Baumlandschaft verwandelte es in ein Zwielicht. Die Perspektive vom Boot aus ließ es schimmern. Zum ersten Mal seit mehr als einem Monat fühlte sich Vicky gut, frei; sie konnte durchatmen. Die Natur zeigte sich von ihrer besten Seite. Unberührt, echt. Die Luft war feucht. Der Fahrtwind trocknete den Schweiß. Edna Mae zwinkerte ihr zu. Vicky machte Fotos und ein Video mit ihrem iPhone. Die anderen winkten in die Kamera, wie eine glückliche Familie beim Bootsausflug. Sie konnten sich gut verstellen.

Don nahm das Gas weg. Das Boot wurde langsamer und hielt an einer kleinen Sumpfinsel. »Checken wir mal, wen wir da sehen«, sagte er und zündete sich mit einem Zippo eine Zigarette an. »Aufpassen, wo ihr hinsteigt.«

»Ich glaube, ich bleibe besser im Boot.«

»Die hat Angst«, sagte Billy Bob und deutete auf Vicky.

»Komm schon«, sagte Edna Mae, »jetzt hab dich nicht so.« Sie hielt ihr die Hand hin.

Vicky winkte ab. »Nein, danke, wirklich. Ich bleibe hier sitzen und warte auf euch.« Don schüttelte den Kopf. »Macht sich schon ins Höschen.« Die drei gingen von Bord und erkundeten die Insel. »Siehst du was, Billy Bob?« – »Nur eine Spinne im Netz, fettes Monster. Glaub, die ist giftig.« Don besah den Boden wie ein Fährtenleser. Sie umrundeten die kleine Insel, während Vicky im Boot wartete und nach Reptilien Ausschau hielt. Sie dachte an ihre Phobie, die sie von ihrer Mutter geerbt hatte.

Die drei kamen mit enttäuschten Gesichtern zurück. »Nichts«, sagte Don, »wir fahren weiter.« Sie stiegen an Bord. Vicky wollte das Handy in ihren Rucksack legen. Don startete das Boot und gab Vollgas. Durch den Ruck verlor sie das Gleichgewicht, das Handy rutschte ihr aus der Hand, es machte *platsch!*, sie wollte sich an der glitschigen Seitenwand festhalten, glitt ab. Vicky fiel hinterrücks in das braune Wasser.

Der Schock kam plötzlich. *Unter Wasser, keine Luft.* Sie wusste nicht, wo oben und unten war. Schwamm hektisch mit Armen und Beinen wie ein Taucher, dem der Sauerstoff ausgegangen war. Dunkel. Ich ersticke. Im selben Gedankenzug sah sie vor ihrem geistigen Augen Wasserschlangen, die sie umzingelten. Und schnappende Krokodile. Sie wollte schreien, unter Wasser war das nicht möglich. Ein Gurgeln. Nach ein paar Sekunden tauchte sie auf, rang mit den Armen und hustete. Atmete. *Luft, endlich Luft.* Mit verschwommenem Blick sah sie die drei oben auf dem Boot stehen und lachen. »Pass auf, da hinten kommt ein Alligator!«, rief Don und zeigte mit ausgetrecktem Arm hinter sie.

Vicky schrie. »HILFE! HOLT MICH AUS DEM WASSER! HILFE! SO HELFT MIR DOCH!« Keine Regung. Sie hörten nicht auf, sie auszulachen, kuderten, hielten sich die Bäuche. Was für ein Spaß. Was für eine Show. Yeah! Vicky schwamm die paar Meter zappelnd zum Boot, hielt sich am Heckpropeller fest. Fuhr herum. Sah nichts. Kein Alligator. Dort trieb nur ein Baumstamm im Wasser. Sie hantelte sich längsseits des Boots vor bis zur Mitte, konnte sich aber nicht hochziehen, weil ihr die Kraft dazu fehlte. Don schnippte den Zigarettenstummel ins Wasser, bückte sich und zog sie heraus. Sie keuchte, fiel erschöpft auf die Knie. »Wo … wo … Krokodil. Hab nicht. Gesehen.«

»Don hat doch nur einen Scherz gemacht, Dummerchen«, sagte Edna Mae. »Da war gar nichts. Kein Alligator weit und breit. Siehst du nicht? Nur ein Treibholz. Beruhig dich gefälligst, ja? Was soll die ganze Aufregung. Wenn du nicht so ungeschickt wärst, wär das alles nicht passiert. Bist halt nicht von hier, wissen wir. Gehörst nicht hierher, aber gut. Jetzt schau lieber, dass du schnell wieder trocken wirst. Sonst machst du uns noch das Auto ganz nass.«

Vicky verstand nicht, was sie sagte. Sie zitterte am ganzen Leib. Ihre Hände, ihre Lippen. Sie war im Schock. Konnte nicht sprechen. Saß nur da. Billy Bob grinste. Das Boot fuhr weiter. Vicky bekam kaum etwas mit. Sie wollte Don anschreien, DugottverdammtesSchweinhastmichabsichtlichinsWasserfallenlassenIchhassedichIchhassedichIchhassedich! Aber sie brachte keinen Ton heraus. Etwas in ihrem Inneren hatte die Stimmbänder gekappt. Das Einzige, was ihr blieb, war der Blick, mit dem sie ihn anfunkelte. In dem Moment hätte sie ihn am liebsten getötet.

8. Mai
Ich muss nachhause. Mein Handy ist kaputt. Ins Wasser gefallen. Diese Irren lassen mich nicht telefonieren.

9. Mai
Die lassen mich nicht in die Schule gehen. Darf das Haus nicht verlassen. Kidnapping-Gefahr, hat der Verrückte gesagt. Hab sie angeschrien. Geben mir nichts zu essen. Hab so Durst.

10. Mai
Sie haben das Zimmer abgesperrt. Darf nur auf die Toilette. Muss irgendwie raus. Schnell.

11. Mai
Keine Chance.

12. Mai
Riesenstreit. Hab gehört, wie sie laut reden und sich beschimpfen. Reden über mich. Was sie tun sollen.

13. Mai
Edna war zornig. Hat was gesagt von Polizei.

14. Mai
Ich glaub, Don war im Gefängnis.

17. Mai
Sie haben irgendwas von einem Raubüberfall auf eine Tankstelle gefaselt. Don und der Typ, dem das Boot gehört. Don haben sie erwischt, den anderen nicht. Muss vor Jahren passiert sein.

18. Mai

Bin ganz still. Ich wohne unter einem Dach mit einem Schwerverbrecher und zwei Wahnsinnigen. Die Frau ist voll verrückt. Der Sohn sowieso. Muss RAUS. Irgendwie. Zur Polizei. Muss abhauen.

Vicky wachte auf, als es noch dunkel war. Sie musste aufs Klo, dringend. Sie klopfte als Zeichen, dass sie auf die Toilette musste. Nach ein paar Minuten sperrte Edna wortlos auf. Vicky ging ins Badezimmer, erleichterte sich und betätigte die Spülung, nur kurz, um die anderen nicht zu wecken, und als sie auf Zehenspitzen zurückschlich, stand Don in ihrem Zimmer. Er blätterte in ihrem Tagebuch.

»So ist das also«, sagte er. »Wir lassen dich in unserem Haus wohnen, und du … wie schreibst du hier so schön – der FREAK. Der Text ist auf Deutsch, aber Freak verstehe ich. Monster auch. Das bin ich, ja? Du meinst mich damit? Und hier … die Monster. Du meinst meine Frau und meinen Sohn, stimmt's. So siehst du uns. Ich verstehe.« Sie sah den Schlag nicht kommen. Don boxte ihr in den Bauch, so hart, dass ihr die Luft wegblieb. Sie klappte zusammen. »Du undankbares Dreckstück, du. Sag nochmal: Wer ist hier ein *Freak*, ha?« Er holte aus und knallte ihr die flache Hand an die Schläfe. Vicky fiel zur Seite und sah Sterne aufblitzen.

Durch den Lärm wurde Billy Bob wach. Er kam mit Edna Mae ins Zimmer. »Schaut euch das an«, sagte Don und hielt ihnen das Tagebuch in der Hand wedelnd hin. »Was die verfickte Schlampe über uns schreibt. *Freak! Monster!* Ich glaub, die will *abhauen*. Und die Cops rufen.«

»Keine gute Idee«, sagte Edna Mae. »Wir sind sehr enttäuscht von dir, ja, das sind wir.« Ihre Miene wurde ernst. »Wir haben dir alles gegeben, und das ist dein Dank? Sehr schön. Ich glaub's nicht. Die feine *Europäerin*. Was machen wir jetzt mir dir?« Sie hielt beide Hände hoch wie bei der Predigt.

»Warum ist die so?«, fragte Billy Bob. Ein Speichelfaden rann seitlich aus seinem Mund.

»Weil sie glaubt, dass sie was Besseres ist. Hab ich recht?« Don schnalzte mit der Zunge und rieb sich nervös den Filzbart.

Vicky lag am Boden und wimmerte.

»Jetzt kommst du einmal in den Keller«, sagte er. »Asseln müssen in den Keller. Und wir überlegen uns in der Zwischenzeit, wie's weitergeht mit dir.« An den Haaren zerrte er sie aus dem Zimmer und schleifte sie die Treppe hinunter. Er öffnete die Tür zu einem Ablageraum, trat sie mit dem Fuß hinein und sperrte ab. »So.«

Sie hielten eine Art Konferenz ab. Beratschlagten, wie sie mit der Situation umgehen sollten. Es könnte heikel werden, meinte Edna Mae. Gut, das Tagebuch würden sie entsorgen, was immer auch darin stand, und dann könnte die Schlampe behaupten, was sie wollte. Es stand Aussage gegen Aussage. Das sprach für sie. Immerhin hatten sie schon mehrere Schülerinnen aufgenommen; das brachte gutes Geld. Ein paar von den anderen Mädchen waren nicht so zickig gewesen. Sie ließen sich mehr ein auf die Sache. Waren demütig. Oder offen für alles. Zwei hatten Billy Bob sogar rangelassen. Jetzt drohte das Finanzmodell der Fishers zusammenzufallen wie ein Kartenhaus im Wind. Wenn die Kleine sich gegen sie stellte, wenn sie womöglich eine Anzeige machte, war alles aus. Sie würden das Austauschprogramm verlieren. Das ganze Geld, von dem sie lebten. Das konnte Don nicht zulassen. Sie überlegten, kamen aber auf keinen grünen Zweig, da läutete das Telefon.

Edna hob ab. »Fisher.«

»Hallo, Mrs. Fisher. Hier spricht Diana LaDoux, die Direktorin der Benjamin Franklin High School. Ich wollte fragen, ob Sie wissen, wo Vicky ist. Sie ist seit letztem Freitag nicht mehr im Unterricht gewesen.«

Edna dachte nach. »Oh, hallo. Ja, leider. Vicky geht es nicht gut. Sie ist sehr müde und schwach. Ich glaube, sie hat sich irgendein Virus eingefangen. Sie liegt nur herum und kann nicht aufstehen. Wenn das nicht besser wird, müssen wir den Arzt rufen.«

»Das tut mir leid. Ich denke, Sie hätten uns informieren sollen.«

Edna Mae wollte etwas Bissiges erwidern, hielt sich aber zurück. »Ja, Miss LaDoux. Stimmt. Wir waren nicht sicher, ob sie in die Schule kann oder nicht. Heute holen wir den Arzt. Ich denke, dass sie noch ein paar Tage daheimbleiben muss. Sie wirkt wie ausgewechselt. Ganz niedergeschlagen.« Edna sah Don an, der grinste.

»In Ordnung. Sie halten mich auf dem Laufenden. Richten Sie Vicky liebe Grüße aus. Und gute Besserung.«

»Vielen Dank, das werde ich machen. Wiederhören.«

Nachdem Edna Mae aufgelegt hatte, hob Don den Finger. »Moment. Mir ist gerade was eingefallen«, sagte er. »Ich weiß, wie wir die Schlampe loswerden. Hol die Oxys und misch sie ihr ins Wasser.«

»Was hast du vor?«, fragte Edna.

»Wirst schon sehen. Mach das. Jetzt.« Seine Augen waren aufgerissen. Er rollte die Schultern nach hinten, als müsste er sich auf einen Kampf vorbereiten.

Edna holte eine Schachtel Oxycodon aus der Küchenlade, zerstampfte die Tabletten mit einem Löffel und gab das Pulver in eine Wasserflasche. Sie schüttelte die Flasche und prüfte, ob sich das Mittel aufgelöst hatte.

»Bring's ihr«, sagte Don. Billy Bob saß schweigend am Tisch.

Edna ging zum Abstellraum und sperrte auf. Vicky kauerte auf dem Boden. »Ich hab dir was zum Trinken gebracht«, sagte sie. »Ich glaub, du hast Durst.« Vicky riss ihr die kleine Plastikflasche aus der Hand und trank das Wasser in einem Zug aus. »Helfen Sie mir«, sagte sie, »bitte. Ich schwöre, ich werde nichts sagen. Niemandem.«

Edna lächelte, drückte die Tür ins Schloss und drehte den Schlüssel herum. Vicky saß im Dunkeln.

Eine Stunde später schlief sie und bekam nicht mit, was mit ihr geschah.

Don holte sie aus dem Keller, trug sie nach oben in ihr Zimmer und legte sie ins Bett. Er ging ins Bad und nahm eine Rasierklinge. Kam zurück. Beugte sich über sie. Er klemmte die Rasierklinge zwischen Daumen und Zeigefinger und schlitzte ihr die Pulsadern auf.

Erst am rechten Armgelenk, dann am linken. Zwei Querschnitte, sofort quoll Blut heraus.

Das Laken färbte sich dunkelrot. Vicky lag da, ausgestreckt und besinnungslos. Don drapierte ihre Arme seitlich, dass die Innenflächen der Hände nach oben zeigten, und nickte. Das sah gut aus.

»Ruf 9-1-1«, sagte er zu Edna Mae, die den Plan verstanden hatte, »und die Ambulanz.«

Die Cops kamen zuerst. Der Einsatzwagen hielt mit abwechselnd blinkendem Rot- und Blaulicht an der Apricot Street. Zwei Beamte in Uniform, ein Weißer und ein Schwarzer, stiegen aus.

Edna Mae empfing sie an der Haustür. Sie tat, als wäre sie aufgewühlt, redete schnell.

»Officer, bitte kommen Sie, das Mädchen wollte Selbstmord begehen. Wo ist die Rettung? Wir brauchen sofort Hilfe. Einen Arzt. Ich weiß nicht, ob sie noch lebt.«

Der schwarze Polizist blieb sachlich und versuchte, sich einen Überblick zu verschaffen. Um wen geht es. Ein siebzehnjähriges Mädchen, okay. Sie haben Selbstmord gesagt. Ja, sie ist oben. Okay. Die Beamten gingen hoch, in dem Moment kam das Rettungsfahrzeug. Zwei Sanitäter und eine Ärztin sprangen heraus. Sie folgten den Polizisten. Die Ärztin fasste Vicky an den Hals. »Sie lebt noch.« Die Sanitäter klappten eine Bahre auf, mit der sie Vicky nach unten trugen und ins Fahrzeug schoben. Mit heulender Sirene fuhr der Wagen davon.

Don und Billy Bob kamen ins Wohnzimmer, grüßten die Cops. »Entsetzlich«, sagte Don. »Wer hätte das vermutet. Dass sie so was macht.«

Die Cops nahmen den Bericht auf. Gut, die Frau heißt Viktoria Bauer. Aus Österreich, Wien. Okay, Sie haben sie im Rahmen eines Schüleraustauschprogramms bei sich aufgenommen, verstehe. Sie sagen, dass sie in einem labilen Zustand war. Sie hat öfter fallenlassen, dass ihr das Leben keinen Spaß mehr macht? Aha. Sie wollte nie aus dem Haus gehen, gut. Und in der Schule gab es auch Probleme? Mit Mitschülerinnen? Wieso wissen Sie von dem Mobbing? Ah, sie hat es erzählt. Gut. Sie sagen, sie hat Beruhigungstabletten genommen. Haben Sie gewusst, dass sie welche hat, nein? Okay, die Rasierklinge ist im Badezimmer gelegen. Mit der hat sie sich die Pulsadern geöffnet, ist das korrekt? Sie haben vorher keine Anzeichen von einem Selbstmordversuch bemerkt, nein? Gut. Also nur ihre Art, sagen Sie, sie war in sich gekehrt, hat fast nie gesprochen, und wenn, dann nur über die Dunkelheit? Sie haben Depressionen befürchtet, konnten aber nichts machen? Sie sind nicht zu ihr durchgedrungen? Okay, wir nehmen das so auf. Wir denken, das muss auch für Sie ein Schock sein, Mr. und Mrs. Fisher, vor allem für Ihren Sohn. Brauchen Sie psychologische Hilfe? Nein? Gut, dann wären wir hier fürs Erste einmal fertig. Wir halten Sie auf dem Laufenden. Was mit Miss Bauer jetzt passiert, können wir Ihnen nicht sagen. Sie wird einmal im Krankenhaus versorgt, ich glaube, wir sind gerade noch rechtzeitig gekommen. In weiterer Folge wird sie einer psychiatrischen Untersuchung unterzogen. Wir gehen davon aus, dass es einige Zeit in Anspruch nehmen wird. Brauchen Sie wirklich keine Hilfe?

»Nein. Danke, Officer. Ihnen beiden«, sagte Edna, gab ihnen die Hand und rang sich ein besorgtes Lächeln ab. Don nickte. Billy Bob saß auf der Couch und starrte auf den Boden.

»Alles Gute«, sagte der schwarze Polizist. Aus dem Funkgerät, das auf seiner linken Schulter montiert war, sprach eine Frauenstimme, jemand forderte Verstärkung an; beide machten sich auf den Weg zu ihrem Wagen.

Die Sache war klar. Ausländerin, weiß, siebzehn Jahre, Verdacht auf Depression, Konsum von Suchtmitteln mit anschließendem versuchtem Suizid. Ein Einsatz von vielen.

*

Weiß.

Wo bin ich? Kann meine Arme und Beine nicht bewegen.

Ein Mann im weißen Kittel stand vor ihr, neben ihm eine Schwester.

»Guten Tag, Miss Bauer. Ich bin Doktor Carst. Sie befinden sich in der Psychological Health Clinic New Orleans. Woran können Sie sich erinnern?«

In Vickys Vorstellung zuckten Bilder stroboskopartig auf. »Der Irre hat mich geschlagen. Ein Monster. Alle. Wir waren im Sumpf. Hat mich zu den Alligatoren geworfen. Bekomme nichts zu essen. Immer Durst.«

Dr. Carst deutete auf die verbundenen Armgelenke. »Was haben Sie sich dabei gedacht?«

»Was?«

»Ihr Selbstmordversuch.«

»Wie … welcher?«

»Sie haben Schmerztabletten genommen und dann versucht, sich das Leben zu nehmen.«

»Nein.« Was redete der Mann?

»Doch, doch. Sie haben sich mit einer Rasierklinge die Pulsadern aufgeschnitten. Wissen Sie das nicht mehr?« Der Arzt sah ihr tief in die Augen.

»Nein. Das stimmt nicht. Der Freak hat mich eingesperrt. Ich war stundenlang im Dunkeln. Bis die Frau gekommen ist. Sie hat mir Wasser gegeben. Ich hatte so furchtbare Angst. Er hat das Tagebuch gefunden.«

Der Arzt machte sich Notizen und sah die Schwester an, sie zeigte eine sorgenvolle Miene.

»Alles klar. Wir werden noch ein paar Untersuchungen machen und dann die weitere Vorgangsweise besprechen.«

Erst jetzt bemerkte Vicky, dass ihre Arme und Beine mit Lederriemen ans Bett festgeschnallt waren. Sie zerrte daran. »Warum bin ich …«

»Das ist nur zu Ihrer eigenen Sicherheit«, sagte die Schwester. »Wir nennen es Vier-Punkt-Fixierung. Damit Sie sich nicht wieder verletzen.«

»Ich habe mich nicht verletzt«, sagte Vicky, jetzt etwas lauter, »*wovon reden Sie überhaupt?* Selbstmord? Was soll das Ganze? Lassen Sie mich aufstehen!«

»Geben Sie ihr etwas zur Beruhigung«, sagte Dr. Carst. Die Schwester zog eine Injektionsspritze auf.

Vicky wand sich. »Ich will das nicht. Polizei! Hilfe! Ich muss mit einem Polizisten reden. Das ist eine Verschwörung. Die Schweine haben mir das angetan.«

»Shhh«, sagte die Schwester, stach die Nadel in ihre Armbeuge und drückte den Kolben langsam herunter, »ganz ruhig.«

Schwarz.

*

Sie hatten sie in die geschlossene Abteilung verlegt. Paranoide Schizophrenie. Fesseln waren nicht mehr notwendig, das erledigten die Medikamente. Sedativa legten sie lahm. Dr. Carst hatte die Fishers informiert und darauf hingewiesen, dass die Eltern der Patientin in Kenntnis gesetzt werden müssten. Edna Mae sagte am Telefon, sie werde Bescheid geben, wie die Lage aussehe und dass es einige Zeit dauern werde, bis sich Vicky erfangen hätte. Es gäbe keinen Grund, sie jetzt nach Österreich zu überstellen.

Don schrieb von seinem Handy eine SMS an Vickys Mutter. *Alles okay hier*. Die Übersetzung auf Deutsch hatte er über Google Translate gemacht. Das Tagebuch übersetzte er ebenso, las es Billy Bob vor, Stelle für Stelle, beide lachten und verbrannten es. Edna Mae informierte die Direktorin von dem Zwischenfall, sagte, das Mädchen sei jetzt in besten Händen. Diana LaDoux erwiderte, wie sehr sie die Sache bedauerte, ihre Gedanken wären bei Vicky. Edna beschäftigte sich weiter mit ihrer Häkeldecke. Die Tage zogen ins Land. Sie aßen Cheeseburger mit Pommes und schalteten den Fernseher ein, wo ein Footballspiel lief. Die Saints gewannen. Don feierte den Sieg mit einem Sixpack. Es linderte seinen Ärger darüber, dass Joe Biden Präsident geworden war.

Vicky ging das alles nichts mehr an. Ihre Welt war eine andere geworden. Sie lag in ihrem weißen Krankenzimmer, verschlossen in einem Dämmerzustand. Zwielicht im Kopf. Farben flossen ineinander. Perspektiven verschoben sich. Sie träumte von der Liebe und einer Zukunft, die sie wie durch ein verkehrt gehaltenes Fernrohr sah. Ihr Zuhause war winzig klein, in Lichtjahre weiter Entfernung, unerreichbar. Erinnerungen an die Vergangenheit überlappten sich in Bildern und Sequenzen. Vicky als Fünfjährige, wie sie auf einem roten Fahrrad mit Stützen saß, damit sie nicht umfiel. Vicky an ihrem achten Geburtstag, wie sie die Kerzen ausblies. Obwohl es ihr an nichts fehlte, hatte sie nie Selbstvertrauen gehabt, sie war ein fragiles Wesen, ein Engel ohne Flügel. Ohne Freundinnen. Sie hatte nie richtig Anschluss gefunden. War immer allein durchs Leben gegangen. Das machte nichts. Ihre Eltern hatten sich um alles gekümmert. Die Mutter war freiberufliche Fotografin, der Vater Beleuchter beim Burgtheater, daher stammte die Liebe zu Licht und Schatten und zu den Zwischenstufen. Einmal hatte sie ihre Mutter zeitig in der Früh geweckt und zur Arbeit mitgenommen. Sie hatte ihr das Zwielicht am Donaukanal gezeigt, schau, mein Schatz, das ist der Grund, warum wir leben. Die Natur blendet auf und ab, siehst du das, das warme Licht unterhalb der Dunkelheit? Vicky wollte ein Tagebuch im Kopf schreiben, aber das klappte nicht, weil ihr das Empfinden für Tag und Nacht abhandengekommen war. Sie dachte lange darüber nach, woran das liegen könne, und irgendwann hatte sie die Antwort. Sie war selbst zum Zwielicht geworden. Zur Übergangsstufe. Sie sah ein Prisma vor sich. Und eine Stimme von weither sagte: Alles wird gut, alles wird gut. Es war klar, dass sie sich transformieren musste. Nur so kam sie weiter, raus aus dem Dämmerlicht, und ein neuer Tag konnte beginnen.

*

Vickys Mutter hatte gemerkt, dass etwas nicht stimmte. Es hatte mit den falschen Ausdrücken bei den SMS begonnen. Vicky schrieb so nicht. Sie war stutzig geworden und hatte angerufen. Don war am Apparat gewesen, hatte sie freundlich gegrüßt und immer Gründe gefunden, warum Vicky gerade nicht da wäre. *Sie ist gerade einkaufen. Sie ist im Kino. Sie ist mit einer Schulfreundin unterwegs. Sie ist joggen.*

Aber sie joggte nie.

Eine Woche bevor Vicky im Rahmen des Schulaustauschprogramms aus den USA zurückkehren sollte, flogen ihre Eltern nach

New Orleans. Sie hatten das Außenamt eingeschaltet, weil Vickys Mutter spürte, dass etwas nicht stimmte. Die Fishers wollten mit ihnen nicht reden. Erst über eine offizielle Anfrage hatten sie Auskunft erteilt. Es gab einen Vorfall, ja. Das Mädchen hatte Drogen genommen und wollte sich etwas antun. Ja, sie hatten alles getan, was in ihrer Macht stand. Warum sie sich nicht sofort gemeldet hätten, begründeten sie damit, dass sie die Eltern nicht beunruhigen wollten. Das Ganze war jetzt Sache der Behörden. Vicky war in Therapie, nur das zählte.

Am 22. Juni erreichten ihre Eltern die Klinik. Sie verlangten, sofort ihre Tochter zu sehen. Ein Arzt führte sie durch den weißen Gang, vorbei an geschlossenen Türen, auf denen seitlich Namensschilder angebracht waren.

Sie hörten Schreie.

Im hinteren Teil der Abteilung herrschte Aufregung. Pfleger und Ärzte waren zusammengekommen. Sie rannten los und blieben vor der Tür mit dem Schild Viktoria Bauer stehen. »Vicky?«

*

Vicky lag in ihrem weiß gepolsterten Zimmer. Im Bett. Engelsgleich, nur das Gesicht war fahl. Sie hatte es geschafft.

Die Idee war ihr ganz plötzlich gekommen. Der Weg nach draußen. Langsam hatte sie den Zippverschluss des Polsterüberzugs geöffnet, das Kissen aufgetrennt und ihre Hand darin vergraben.

Er fühlte sich so weich an, ihr Freifahrtschein ins Glück. Die Daunen.

Sie hatte sie in den Mund geschoben, gegessen und geschluckt, eine Feder nach der anderen, ausgehustet und wieder geschluckt. Wieder und immer wieder. In den Rachen geschoben.

Die Kehle verkrampft, die Luftröhre verstopft. So fühlte es sich an, als die Dämmerung kam.

So schmeckte das Ende, als das Zwielicht ein letztes Mal aufblendete und der Dunkelheit wich. Bis zum Schluss schmeckte der Tod nach alten Federn.

Eine andere Perspektive des Zwielichts

»Schau! Da ist New Orleans.« Vicky deutete durch das kleine ovale Fenster neben sich.«

»Wo?«, fragte Frieda und beugte sich über ihre Freundin, um ein Stückchen fremde Welt zu erhaschen. Aber sie sah nur die Betonplatten des Weges, der rund um die Villa führte. »Da ist nur Grau.«

»Du musst nach oben schauen«, sagte Vicky.

»Aber New Orleans liegt unten, am Boden, Städte schweben nicht in der Luft.«

»Meine Güte, kannst du stur sein.« Vicky lehnte sich ein bisschen zurück in ihrem Sessel, damit Frieda noch näher ans Fenster konnte. »Siehst du es jetzt?«

Frieda schüttelte den Kopf.

»Mit dir zu fliegen, ist echt mühsam«, sagte Vicky und drängte Frieda etwas unsanft auf ihren Sitz zurück. War sie blind? Die Lichter der Stadt spiegelten sich in der Atmosphäre wie in einem Kaleidoskop.

»Mir dauert dieser Flug jetzt auch schon viel zu lang.« Frieda stand so abrupt auf, dass ihr Schemel nach hinten kippte. »Gibt's nicht gleich Abendessen?« Sie ging ein paar Schritte auf und ab, hob die Arme über den Kopf und dehnte sich kreuzhohl nach hinten.

»So kommen wir nie an«, maulte Vicky.

»Warum landen wir nicht einfach?«

»Weil das so nicht geht.« Vicky überlegte, wie sie das erklären sollte, sparte sich aber den Atem. Frieda würde es ohnehin nicht verstehen, sie hatte keinen Sinn für Dramaturgie. So weit war sie noch nicht.

Eine Glocke schlug an.

»Abendessen«, sagte Frieda und klopfte sich mit der flachen Hand auf den Bauch.

»Dein Magen ist wirklich ein Wecker«, sagte Vicky. »Bin gespannt, wann du anfängst zu ticken.«

»Was heißt anfangen«, sagte Frieda. »Ich ticke schon immer, nur halt nicht so, wie sie sich das vorstellen.« Sie, das waren die da draußen, wie Frieda mit einer Kopfbewegung andeutete.

»Noch jemand auf dem Dachboden?« Es waren vier Stockwerke dazwischen, aber die Stimme drang deutlich hörbar herauf.

»Wir kommen!«, rief Frieda und stellte ihren Schemel wieder auf. »Los. Notlandung.«

»Ja doch«, sagte Vicky.

Manchmal konnte Frieda sie durchaus überraschen. Die sonst so treue Freundin, man konnte es auch unterwürfig nennen, hatte eine Spontaneität, die sie nur sparsam zeigte. Dann aber musste es zack-zack gehen. Vicky war jedes Mal wieder verblüfft. Aber Verblüffung war hier ja der Alltag. Sie wartete, bis das Flugzeug aufgesetzt hatte, mit einem kurzen Ruck in der Eile, dann stand auch sie auf. Sie waren in New Orleans.

»New Orleans Sanatory, mein Name ist Edna Mae Fisher, was kann ich für Sie tun?«

Don hörte nicht mehr, was seine Frau für den Anrufer tun konnte, er dirigierte gerade die Essensausgabe. Funktioniert tadellos, dachte er, aber das musste man die Meute ja nicht wissen lassen. »Haltet ihr das für eine Zweierreihe?«, donnerte er. »In der Army sind die Leute für weniger erschossen worden …«

»Don! Dein Ton!«, mahnte Edna, die gerade aufgelegt hatte. »Bist du verrückt geworden?«

Vicky und Frieda, die einen weiteren Weg vom Dachboden herunter gehabt hatten als die anderen und ganz hinten in der Schlange standen, kicherten. »Super Frage, Edna!«, rief Vicky. »Verrückt *geworden*. Als wären wir irgendwann normal gewesen.«

Auch Edna Mae grinste. Passierte ihr immer wieder. Manchmal warf sie die Frage schon absichtlich in die Runde, sie fand es faszinierend, dass ihre Schützlinge darüber lachen konnten. Und zwar ausnahmslos alle. Bevor sie etwas sagen konnte, klingelte wieder ihr Handy. »New Orleans Sanatory, mein Name ist Edna Mae Fisher, was kann ich für Sie tun?«

Edna Mae Fisher und ihr Mann Don hatten das Institut vor zehn Jahren gegründet. Dass sie es in einem Anflug von Heimweh nach ihrer Heimatstadt New Orleans Sanatory genannt hatten, hatte in dieser Gegend von Niederösterreich etwas Unmut erregt. Was habe die Hauptstadt des Blues im Mostviertel zu suchen, wetterte man, im Mostviertel wettert man gern.

Erstens, hatten Edna und Don zu erklären versucht, sei Memphis die Hauptstadt des Blues, New Orleans die des Jazz. Alles eins, hielt man dagegen. Zweitens, sei ein bisschen Heimweh doch wohl erlaubt, insbesondere bei einer Einrichtung, die den hiesigen Steuerzahler nicht einen Cent kostete, weil hier rein amerikanisches Geld drinsteckte, rechtmäßig ererbt von einer gewissen Diana LaDoux, einer Heiligen von Schuldirektorin, wenn sie es genau wissen wollten, die ihnen nach einem tragischen Vorfall mit einer ihrer Schülerinnen nicht nur diese Villa, sondern ihr gesamtes Vermögen hinterlassen hatte, weil sie sich schon immer um verwirrte junge Menschen gekümmert hatten und das auch weiterhin tun sollten. Als diese Erklärungen nichts nützten, merkten Edna und Don drittens an, dass sich jemand, der immer noch Tirolerhäuser ins Mostviertel baute, über einen ortsfremden Einschlag nun wirklich nicht aufpudeln dürfe. Nicht verwunderlich, dass auch diese Verteidigung nichts fruchtete. Schließlich wetterten die beiden Amerikaner, nun schon ziemlich assimiliert zurück, könne man froh sein, dass sie das Institut nicht Asylum genannt hätten, was dem Charakter des Hauses viel eher entspreche, weil es, und das war die richtige Übersetzung für Asylum, eine astreine Irrenanstalt sei, wenn sie wüssten, was sie meinten. Da blieb den Mostviertlern der Mund offen, mit dem, was sie mit Asylum verbanden, taten sie sich definitiv schwerer als mit einem Irrenhaus.

»Nein, kein Coke, wie oft sollen wir das noch sagen«, schimpfte Edna ins Handy, wonach erwartungsgemäß ein Aufruhr durch die brave Zweierreihe ging.

»Coca-Cola! Coca-Cola!«, kam es aus den fünfundzwanzig Mündern ihrer Schützlinge.

»Ruhe!«, donnerte Don dazwischen.

Edna würgte das Gespräch mit dem Lieferanten ab und steckte das Handy in die Tasche ihres Hauskleids. »Er meint es nicht so«, sagte sie.

Tatsächlich sah keiner der Fünfundzwanzig sonderlich verschreckt aus. Sie kannten Don und seine Eigenarten. Er spielte gern den Starken und haute mit der Faust auf den Tisch. Hin und wieder drohte er, jemanden in den Keller zu sperren und hätte es vielleicht sogar getan, wenn es nicht ganz in der Nähe in Amstetten einen Fall gegeben hätte, bei dem ein Monster namens Fritzl seine Tochter vierundzwanzig Jahre in einen Keller gesperrt, missbraucht und sieben Kinder mit ihr gezeugt hatte. Die Tragödie hatte damals auch im Ausland Aufsehen erregt, was wiederum an den Fall Natascha Kampusch erinnerte, die acht Jahre lang in einem anderen Keller Niederösterreichs gefangen gewesen war. Es waren seit damals noch mehr solcher Unvorstellbarkeiten aus ihren Löchern gekrochen, die Österreich zu einem Land der Kindesmisshandler gemacht hatten. »Alles hat immer auch sein Gutes«, predigte Edna Mae immer, der mitunter etwas sehr Unsensibles innewohnte, »selbst solche Katastrophen, vergesst das nie, Kinder.« Sie nannte alle ihr Schützlinge Kinder.

»Iiiiii, Grießkoch.« Vicky simulierte ein Würgen. Sie hasste den weißen, leicht körnigen Brei, und kaum außer Sehweite der Küche schob sie ihn auf Friedas Teller. »Dafür krieg ich die Himbeeren.«

»Sicher nicht.« Frieda drehte ihr schnell den Rücken zu.

»Vicky!«, rief Edna und drohte mit der Hand.

Manchmal war Vicky unmöglich. Obwohl sie schon so viel bei ihr erreicht hatten. Das Mädchen war jetzt achtundzwanzig und bei ihnen, seit sie das Haus eröffnet hatten. Sie war praktisch mit Frau Doktor Segensreich gekommen, die dem medizinischen Vorstand der kleinen Klinik von Anfang an vorsaß. »Eine ganz besondere Patientin«, hatte sie Vicky vorgestellt, »hochintelligent, hochkreativ, ein komplexer Fall.« Tja, dachte Edna, welcher ihrer Fälle war nicht komplex?

Edna ließ den Blick durch den Speisesaal schweifen. Alles ruhig, wie immer bei einem Abendessen mit Grießbrei, Vicky war so ziemlich die Einzige, die ihn nicht mochte. Man musste nur aufpassen, dass sie sich nicht von allen die Himbeeren klaute.

Pauli aß wie immer ambulant, deshalb hatte man ihm auch keinen Teller, sondern ein Schüsselchen gegeben, damit patzte er weniger daneben. Er zog seine Kreise rund um die Tische. Ab und zu blieb er bei jemandem stehen und fragte immer dasselbe: »Sind deine Eltern jeden Tag gleich alt?«

Interessante Frage, hatte Edna gedacht, als Pauli zu ihnen stieß. Er war mit seinen Eltern Leo und Sarah und einem Familienproblem hier angekommen. Leo war eines Morgens 7300 Jahre jünger aufgewacht, Sarah war über Nacht 7301 Tage älter geworden. Paulis Frage war also alles andere als verrückt. Aber weil Frau Doktor Segensreich seine Eltern sofort als Schützlinge akzeptiert hatte, blieb er natürlich auch hier. Jeder mochte den Jungen, mittlerweile ein Teenager, er war bei allen beliebt.

Überhaupt waren die Schützlinge eine zusammengeschweißte Truppe, nicht wie die Patienten in normalen Irrenhäusern. Kunststück dachte Edna und grinste wieder, sie waren auch kein normales Irrenhaus. Die Schützlinge hatten alle ihre Geschichten erlebt, und sie hatten ihre hellen Momente. Dieses zwielichtige Spiel einte sie, es hatte etwas Beruhigendes, das gemeinsame Taumeln zwischen Licht und Schatten.

Ednas Blick blieb an zwei jungen Frauen haften, die etwas abseits saßen. Kathi und Anna waren die einzigen Außenseiter in der Truppe. Kathi, weil keiner neben ihr sitzen wollte, Anna, weil sie neben niemandem sitzen konnte. Kathi log, wann immer sie den Mund aufmachte, Anna hatte den Mund, seit sie hier war, noch kein einziges Mal aufgemacht. Meine beiden Sorgenkinder, dachte Edna.

Was genau bei den beiden passiert war, wusste nach all den Jahren nicht einmal Frau Doktor Segensreich so genau. Obwohl man sich einiges vorstellen konnte. Kathi hatte ihre Eltern verloren, der Vater war erschossen worden, die Mutter vergiftet, da konnte einem schon einiges durcheinanderkommen im Hirn. Bei

Anna lagen die Dinge mehr im Dunklen. Sie bekam jedes Mal einen Anfall, wenn ihr Cilli über den Weg lief. Die Hauskatze war ihr mit Sicherheit nie sehr nahegekommen, sie kam niemandem nahe. Cilli passte ins Haus, auch sie war etwas seltsam. Bis zur ersten Begegnung mit dem Tier hatten sie alle gedacht, Anna wäre stumm. Erst bei Cillis Anblick gab Anna zu erkennen, dass sie eine Stimme hatte, und was für eine. Sie stieß ein derart furchterregendes Gebrüll aus, das sich seinen Weg tief aus ihren Eingeweiden heraus zu bahnen schien. Als stünde sie einem Geist gegenüber. Mehr hatten sie aus ihr allerdings in all der Zeit nicht herausgebracht. Sie war unauffällig und hielt sich von der Truppe fern, so wie jetzt. Löffelt stoisch ihren Grießbrei, als wär nix, dachte Edna.

Die letzten Sonnenstrahlen fielen durch die hohen alten Fenster der Jugendstilvilla und zeichneten Schatten auf das Parkett. Was für ein schönes Bild, dachte Edna. Selbst nach zehn Jahren konnte sie es immer noch kaum fassen, dass ihnen dieses Haus in den Schoß gefallen war. Sie hatten es nicht nur Diana LaDoux, sondern auch einem Baron der Rothschilds zu danken, dessen Sohn Anfang des vorigen Jahrhunderts an einer bipolaren Störung erkrankt und 1907 hierhergebracht worden war. Edna hatte sich nie für Architektur interessiert, bis zu dem Augenblick, als sie diese damals reichlich verfallene Villa sah. So ein großes und doch geradezu zartes Bauwerk in so einer robusten Gegend, hatte sie damals gedacht, bis sie ein paar Kilometer weiter die Anstalt, wie man es bis heute nennt, entdeckte. Eine immer noch prachtvolle Jugendstil-Anlage, die als Vorbild für die architektonisch weit berühmtere Klinik am Steinhof in Wien galt. Heute ein psychiatrisch-neurologisches Zentrum mit Lehrkrankenhaus, früher eine Landesheil- und Pflegeanstalt für Geisteskranke, die sogar vom Kaiser eröffnet worden war. Mit allen Erfindungen der Neuzeit ausgestattet, hatte er gelobt und sogar seiner Kathi Schratt von der Anstalt vorgeschwärmt. Trotz ein paar Neubauten konnte man sich heute noch vorstellen, warum. In einem riesigen Park waren symmetrisch, wie von einem Spiegel durchschnitten, nicht nur die Pavillons für die Kranken angeordnet, es gab auch einen

Wirtschaftshof, einen Pferdestall eine Meierei, Werkstätten, eine Gärtnerei und Felder. Die Anstalt war, wenn's sein musste, autark.

Ednas und Dons Villa war die zweite Unterkunft außerhalb der Anstalt, die man extra für den verwirrten Rothschild gebaut hatte. Der Spross aus reichem Haus unterschied sich zwar mental nicht von den übrigen Insassen, aber Stand und Stellung verlangten natürlich ein eigenes Kranken-Haus und eigenes Personal. Seine erste Dependance war in den Siebzigern des vorigen Jahrhunderts abgerissen worden, dort stand jetzt eine vergleichsweise potthässliche Hauptschule. Wieso die Rothschilds nicht weit entfernt diese zweite und weit größere Villa gebaut hatten, hatte Edna nie herausfinden können. Schon gar nicht, was Diana LaDoux damit zu tun hatte. Aber das tat letztlich auch nichts zur Sache. Sie waren hier und mit ihnen fünfundzwanzig glückliche Menschen, die man außerhalb des Villenzauns Kranke nannte.

Am Tisch von Vicky und Frieda entstand leichte Unruhe. Wird schon wieder ungeduldig, die Kleine, dachte Edna und klatschte zweimal in die Hände.

»Dürfen wir aufstehen?«, rief Vicky.

Edna wollte nicken, da donnerte Don ein Nein dazwischen, das keinen Widerspruch duldete.

»Diktator«, murmelte Vicky.

»Das hab ich gehört«, sagte Edna.

»War auch beabsichtigt«, sagte Vicky.

Die Schützlinge klatschten. Vicky war ihre Heldin und ihre heimliche Anführerin. Na ja, nicht unbedingt heimlich. Eigentlich waren sie alle Teil von Vickys Welt. Ihre Mitspieler, ihre Darsteller, ihre Statisten, im Grunde hatte jeder von ihnen seinen Platz in Vickys Inszenierung der Geschichte, die sie für ihre eigene hielt, und sie führte Regie.

Edna wartete noch ein paar Minuten, um Dons Autorität nicht zu untergraben. »So«, rief sie, als alle aufgegessen hatten, »Geschirr bitte in die Küche und zwei Stunden freie Abendgestaltung. Für alle, die sich für die … Selbstverteidigung angemeldet haben, bitte bei Ragnar melden. Er wartet im unteren Tanzsaal.«

Bei dem Wort Selbstverteidigung stockte sie immer noch ein bisschen. Es war Dons Idee gewesen, wessen sonst. Noch dazu hatte er einen von Billy Bobs fragwürdigen Freunden dafür im Auge gehabt. Ihr Sohn hatte eine ganze Menge fragwürdiger Freunde in der Gegend, deren vordringliches Lebensgefühl aus Fadesse bestand, und Ragnar war der Fragwürdigste von ihnen. Don und sie hatten lange diskutiert, ob sie ihm ihre Schützlinge anvertrauen sollten, bis Don sie mit einem Argument geködert hatte. »Ragnar ist selbst gefährdet«, hatte er gesagt, »ständig mit einem Bein im Gefängnis. Du bist doch immer für eine zweite, dritte, vierte Chance, und ihm willst du keine geben?« Edna gab nach, und Don hatte recht behalten. Ragnars sogenannte Selbstverteidigung war nicht mehr als gutes Bewegungstraining. Bis dahin hatten alle Versuche, irgendeine Art von Sport einzuführen, niemandem hinterm Ofen hervorgeholt. Seit sie es Selbstverteidigung nannten, machten alle mit. Alle bis auf Kathi und Anna.

»Herhören, Leute!« Vicky stand auf einem Sessel und winkte mit beiden Armen. »Frieda und ich sind vor dem Abendessen gelandet. Alle für die Flughafenszene bitte in die obere Halle, danke!« Vicky war nicht nur Regisseurin, sie war auch ihre eigene Inspizientin, im Grund betrachtete sie die Villa ohnehin als ihr Theater. »Wo ist mein Trolley?«

Frieda, neben ihren vielen Rollen vor allem auch Vickys Regieassistentin, zog das Riesending unter dem Tisch hervor. »Wieso muss das so ein sperriges Trumm sein?«

Vicky nahm ihr den Koffer aus der Hand und zog los. »Mit wie viel Gepäck würdest du drei Monate auf Schüleraustausch fahren?«

»Blöde Frage«, sagte Frieda.

»Genauso blöd wie deine«, sagte Vicky. Vor dem Eingang zur Halle blieb sie abrupt stehen und zeigte nach oben. »Hängt schon wieder schief.« Sie angelte sich einen Besen, der wie immer neben der Tür lehnte und rückte das Schild mit der Aufschrift *Louis Armstrong New Orleans International Airport* gerade.

Die Warteschlange hatte sich schon formiert. Kein Wunder. Sie spielten das Stück nun seit zehn Jahren en suite, manchmal dauerte es mehrere Wochen, manchmal bloß ein paar Tage, das kam auf Vickys Lust und Laune an. Über den Daumen geschätzt, durchliefen sie es einmal im Monat, also insgesamt schon dreihundertmal. Proben waren nicht mehr nötig. Jeder konnte den Text für jede Rolle in- und auswendig. Sie konnten, wenn die Regie es wollte, jederzeit füreinander einspringen und waren außerdem noch ihr eigenes Publikum.

Die Szene lief butterweich. Der Zollbeamte, der Vicky wie eine potenzielle Al-Quaida-Terroristin behandeln sollte, war fabelhaft. Der Gamsbart, wie Konrad von allen genannt wurde, weil er immer in Tracht und mit einem Gamsbart am Revers seiner Jagdsakkos herumlief, hatte die Rolle noch nie gespielt. Bisher war er ein amerikanischer Arzt gewesen, und kein sonderlich guter. Sie war zwar kein Freund so eigenständiger Umbesetzungen, aber es passierte immer wieder, und manchmal kam so etwas raus wie jetzt. Die Entdeckung eines Talents.

»Super, Konrad«, sagte Vicky und klopfte ihm ein bisschen gönnerhaft auf die Schulter. »Hätte ich dir nicht zugetraut. Nur der muss weg.« Ganz nebenbei zupfte sie ihm den Gamsbart aus dem Revers und kassierte ihn ein.

Konrad hatte nicht nur ein Faible für Tracht, sondern auch für Kitsch, über den er in so langwierigen wie langweiligen Erzählungen referieren konnte. Offenbar hatte er draußen in einem ähnlichen alten Kasten gewohnt wie hier, sein Kitschmuseum, wie er immer sagte. Man wusste nicht, was schlimmer war, die Scheußlichkeiten, die er dort angesammelt hatte, oder sein holpriger Vortrag darüber. Dass er sich jetzt so fulminant über seine mangelhafte Eloquenz erhob, hätte sich jedenfalls niemand gedacht.

Einen Augenblick stockte Konrad in seiner Freude über Vickys Lob, kurz sah es sogar so aus, als würde er nach seinem Gamsbart greifen wollen. Aber dann nahm er es gelassen. »Hast recht. Passt nicht.«

»Wenn du willst, kannst du auch größere Rollen probieren«, sagte Vicky. »Ich lass mir was einfallen.«

Auch die nächsten Szenen verliefen ohne Pannen. Vicky kam gut in der Apricot Street 2201 im Haus ihrer Gasteltern an. Die

Ratte, die sie dressiert hatten, damit sie ihr punktgenau über den Weg lief, bekam einen kleinen Zwischenapplaus. Und dann die große Frage.

Es war immer ein Mörderspektakel. Vicky stand auf einem Sessel, die anderen drängten derart zu ihr, dass Frieda zu tun hatte, ihn an der Rückenlehne festzuhalten. Vicky machte es jedes Mal spannender.

»Und nun … meine lieben Freunde …«

Die anderen johlten.

»Wer …«

Johlen.

»… ist …«

Johlen.

»… diesmal …«

Johlen.

»… unsere …«

Riesenjohlen.

»Wer ist diesmal unsere Edna Mae!«

Das Johlen brach ab. Ein Raunen setzte an und schwoll zu einem neuerlichen Johlen an.

Vicky nahm das knallrote Stoffsäckchen, das Frieda ihr reichte, schüttelte es und langte hinein. Unerträglich langsam zog sie die Hand heraus und hielt einen winzigen zusammengefalteten Zettel hoch. Noch unerträglich langsamer faltete sie ihn auseinander und sah ihn an. Absolut unerträglich langsam blickte sie auf und verkündete, als wär's die Oscar-Verleihung:

»Und unsere Edna Mae … ist …«

Stille.

»… Frieeeeeedaaaaaa!«

Johlen.

Es war immer Frieda. Aber das tat der Überraschung keinen Abbruch.

Edna Mae schüttelte den Kopf. Unfassbar, dachte sie. Es funktioniert immer noch. Sie zog den dunkelroten Samtvorhang, hinter dem sie ihren Lauschposten bezogen hatte, etwas weiter auf. Die Halle, wie sie es nannten, war der Mehrzwecksaal der Villa. Dort fanden sämtliche Veranstaltungen statt, von der Weihnachtsfeier bis zur Vollversammlung der Sponsoren. Zur Sicherheit der Schützlinge war rund um den Raum durch den schweren Vorhang ein Gang abgetrennt worden. Durch diese bewegliche Samtwand konnten alle schnell herausgeholt werden, denen es nicht gut ging, was immer wieder vorkam. Ednas Auslug war etwas erhöht, damit sie alles überblicken konnte. Und das tat sie bei jeder Szene von Vickys Stück. Nur die Landung in New Orleans mit Vicky und Frieda am Dachboden ließ sie unbeobachtet. Den beiden allein vertraute sie.

Edna atmete tief ein, wie immer an dieser Stelle. Es war ihr, als gelte das Johlen ihr, zumindest nahm sie es so. Was hatte sie gekämpft für diese Art der Therapie. Sie hatte sie noch genau im Ohr, die Skeptiker. Das können Sie nicht machen. Das ist nicht seriös. Was für ein hausgemachter Scheiß. Patiententheater. Dilettantenstadl. Jaja, dachte Edna, ihr mich auch.

Es war ganz natürlich entstanden. Als Doktor Segensreich damals mit Vicky ins Haus gekommen war, war die Kleine vollkommen in ihrem Stück versunken gewesen. Kein lichter Moment. Sie war in New Orleans auf Schüleraustausch, gefangen in ihrer grausamen Gastfamilie, in den Keller gesperrt, in die Psychological Health Clinic New Orleans abgeschoben und dort gestorben. Diesen Kreislauf durchlief sie in Endlosschleife. Sie hatten sämtliche Pölster in der Villa entfernen müssen, jede Daunenjacke. Selbst die winzigsten Federchen, das sie sich in den Mund stecken und schlucken konnte, hätten ihr Tod sein können. Edna und Frau Doktor Segensreich beobachteten das Schauspiel ein ums andere Mal. Und dann wurde Frieda aufgenommen, und es zeigte sich der erste Riss im Gefüge. Vicky änderte ihre Dramaturgie. Sie bezog das andere Mädchen mit ein, den ersten Menschen, den sie außer Edna und der Ärztin an sich heranließ, sogar ihre Eltern hatte sie ignoriert. Der Vorstand ließ sich berichten, beeindruckt war er nicht. Zufall, hieß es. Auf jeden Fall kein Therapieerfolg. Logisch, dachte Edna, wenn es keine Therapie ist, kann's auch kein Therapieerfolg sein. Und da hatte sie die Idee gehabt. Wir machen es einfach zur Therapie, hatte sie Doktor Segensreich vorgeschlagen, es fällt unter Aktivierung der Selbstheilungskräfte, den Effekt wird man dann schon sehen. Und. Voilà. Sie überließen Vicky die Regie. Nach und nach holte sie sich ihre Mitspieler, bis sie ihr Ensemble zusammen hatte. Und jedem einzelnen von ihnen ging es von Durchlauf zu Durchlauf besser. Die Patienten bekamen mehr Selbstbewusstsein, mehr Lebensfreude, sie fanden einen Sinn in ihrem Leben.

Edna schniefte leise. Egal, wie oft sie diesen Moment noch beobachten würde, sie würde immer gerührt sein. Geistesabwesend schnäuzte sie sich in den Vorhang und zog ihn dann zu einem engen Spalt zu, gerade so viel, dass sie Vicky und Frieda sehen konnte.

Frieda hatte sich das Kostüm der Rolle, das alte Hauskleid mit den Blumenmotiven, übergezogen. Edna hatte so eines gehabt und es gern zur Verfügung gestellt. Maske gab es keine. Die Schützlinge hatten alle genügend Fantasie, um sich das Nötige vorzustellen.

Frieda ging in Position und riss eine imaginäre Tür auf. Sie breitete die Arme aus. »Hallo! Du musst Vicky sein. Richtig? Hab ich richtig geraten?« Sie lachte übertrieben laut.

Vicky nickte. »Ja, Misses Fisher.«

»Du kannst Edna Mae zu mir sagen. Oder nur Edna.« Frieda machte Platz, damit Vicky eintreten konnte. »Komm doch. Rein in die gute Stube. Wir fressen niemanden, zumindest nicht gleich.«

Johlen. Jeder wusste, was davon zu halten war.

Vicky betrat das imaginäre Haus.

»Schuhe ausziehen«, sagte Frieda.

Das Johlen baute sich langsam und leise auf.

Edna hielt die Luft an hinter ihrem Vorhang. Jeder weiß, was zu tun ist, dachte sie, auch die, die gerade nicht mitspielen. Wie das Publikum bei der *Rocky Horror Picture Show*.

Das Johlen wurde lauter.

Wer würde heute Don sein? Wer Billy Bob? Auch Edna war gespannt, diese Rollen konnten wechseln.

Das Johlen schwoll an. Dann traten Don und Billy Bob auf, und das Johlen wurde so ohrenbetäubend wie noch nie. Billy Bob war geblieben, es war immer Paulis Rolle. Der neue Don war Konrad, in Boxershorts und Theaterbehaarung auf Bauch und Rücken. Vicky hatte schnell gehandelt.

Endloses Johlen.

Konrad fläzte sich auf ein altes Sofa aus Rothschilds Mobilienfundus im Keller der Villa und nahm einen Zug aus einer imaginären Zigarette. »Verfickte Scheiße«, sagte er.

Und beim Rest des Textes brüllten alle mit. »Wenn die Saints so weitermachen, geht alles den Bach runter. Die Superbowl können sie sich aufzeichnen.«

Das war noch nie vorgekommen. Aber Frieda spielte unbekümmert weiter. »Don?«, sagte sie. »Schau mal. Das Mädchen ist da.«

Anfangs war es Edna unheimlich gewesen, dass Vicky ausgerechnet ihren, Dons und Billy Bobs Namen für die Gastfamilie in ihrer dunklen Welt gewählt hatte. Mittlerweile war es kein Thema mehr.

Edna beobachtete Vicky jetzt ganz genau. Wird ihr nicht passen, dass ihr Konrad die Show stiehlt, dachte Edna. Aber Vicky überraschte sie mal wieder. Sie nahm sich unglaublich zurück. In vollendeter Verlegenheitsgeste fuhr sie sich durch die kurzen blonden Haare. »Eigentlich bin ich aus Österreich. Guten Abend, Mister Fisher.«

Den Rest der Szene über war es komplett ruhig im Publikum. Sie verfolgten, wie Vicky ihr Zimmer zugewiesen bekam, wie alle gemeinsam aßen und wie Vicky wegen ihrer Allergie die Shrimps im Louisiana Gumbo verweigerte.

»So scharf, dass es zweimal brennt«, sagte Konrad und lachte über seine Bemerkung.

Normalerweise bekam der Satz einen Zwischenapplaus, heute blieb es weiterhin still, auch als Konrad seinen Biersprühregen über den Tisch prustete. Er fesselte alle, spielte den Macho-Choleriker, als wäre es eine Szene aus seinem Leben. Es war, als wäre er mit dem Gamsbart auch seine Ängste losgeworden.

Edna Mae bedauerte, dass Doktor Segensreich nicht da war,

diese Vorstellung war es wert, live gesehen zu werden. Manchmal verfolgten sie die Vorstellungen gemeinsam, meistens nahm sich die Ärztin nur die Videoaufzeichnungen vor.

»Was ist eine Allergie?«, fragte Billy Bob gerade, den man aber so gut wie gar nicht wahrnahm.

»Halt's Maul!«, schrie Konrad und knallte dem Jungen eine, dass es klatschte. Dem armen Pauli standen echte Tränen in den Augen. Dann sprang Konrad auf und kippte den imaginären Kochtopf auf die Seite. Der imaginäre Eintopf verteilte sich auf dem Boden.

»Gottverdammte –« Konrad stampfte aus dem imaginären Zimmer, bis ihn der hintere Teil der Halle verschluckte.

Ein paar Sekunden war es totenstill, dann brach das Johlen los. Frieda musste lange warten mit ihrem letzten Satz. Konrad musste aus dem Dunkel hervorkommen und sich verbeugen. Einmal. Zweimal. Siebenmal. Es wären neunzehn Vorhänge gewesen, sofern ihre diversen Bühnen Vorhänge gehabt hätten. Und Vicky klatschte am lautesten.

»Gottverdammte –«, sagte Konrad noch einmal, bevor er endgültig abging.

»Er meint's nicht so«, sagte Frieda, als der Applaus etwas abebbte. Es war die richtige Textzeile, passte aber so zum echten Geschehen, dass auch sie Applaus bekam.

*

»Sie sind unruhig«, sagte Frau Doktor Segensreich. »Irgendwie anders.«

Sie stand mit Edna Mae im Kreativraum und überblickte ihre Patientenschar. Nach außen hin schienen sie alle in ihre Tätigkeiten versunken, aber über allem schien die Luft zu flirren. Es war erstaunlich heiß in diesem April, der Klimawandel rieb sich offenbar die Hände und wärmte sich weiter auf für die Dinge, die da kommen würden.

»Die Luft ist neugierig«, sagte die Ärztin. Manchmal hatte sie sehr poetische Anwandlungen.

Edna lächelte. Sie wusste, was sie meinte. Es war eine heitere Unruhe, die da über ihnen hing. »Wie deuten Sie das alles?«, fragte sie.

»Als etwas Gutes«, sagte Frau Doktor Segensreich.

Na, bravo, was für eine wissenschaftliche Auskunft, dachte Edna und war froh, dass es der Vorstand nicht gehört hatte.

»Die Frage ist sogar, ob man Konrad entlassen kann.«

Edna sah die Ärztin entsetzt an. Noch nie war einer ihrer Schützlinge entlassen worden.

»Der Sinn von Einrichtungen wie unserer ist eine Entlassung«, sagte Frau Doktor Segensreich ruhig. »Egal, ob sie ihre Schützlinge hergeben wollen oder nicht.«

Edna Mae schwieg bestürzt. Hatte sie sich verrannt? War sie zu involviert? Zum ersten Mal dachte sie genauer darüber nach, warum Vicky ihre Gastmutter nach ihr benannt hatte. Die Ärztin sah sie still von der Seite an. Edna Mae wurde rot.

Angekommen, dachte Frau Doktor Segensreich. Sie nahm Edna leicht am Ellbogen. »Schauen wir einmal, was sich heute so zeigt bei den Arbeiten.«

Wie ziellos wanderten die beiden durch die Reihen der Werkbänke. Hier und dort blieben sie stehen, fragten etwas, lobten, lächelten. Fachspezifisch war grundsätzlich alles interessant, aber Frau Doktor Segensreich hatte ihre eigenen Auswahlkriterien. Bei Frank hielt sie inne. Früher war er Tierpräparator gewesen, aber daran war natürlich in der Villa nicht zu denken. Ein paar Wochen war er darüber ziemlich unglücklich gewesen, dann erklärte er seinen Werkplatz zu seinem Atelier und brachte ein Schild über dem Tisch an: *Atelier Rauruckl.* Seit ein paar Tagen schnitzte er etwas, das aussah wie ein Hase, jetzt gerade bekam es ein Geweih.

»Was wird das?«, fragte die Ärztin.

»Ein Hase.«

»Hat aber Krickerl.«

Frank sah sie ernst an. »Ein Clown darf sich aussuchen, was er aus dem Hut zaubert.«

»Ja, natürlich«, sagte sie, »wie dumm von mir.«

Frank lächelte freundlich. »Kann doch jedem passieren.« Er beugte sich wieder über seinen Hasen.

Zu Ednas Erstaunen steuerte Frau Doktor Segensreich die Tür der Werkstatt an. »Schon durch für heute?«, fragte sie.

»Haben Sie gehört, was Frank gesagt hat?« Ohne die Antwort abzuwarten, sprach sie weiter. »Er hat einen entscheidenden Schritt gemacht.«

»Sagen Sie jetzt nicht, dass auch er …« Edna brachte den Satz nicht zu Ende.

»Noch nicht gleich, aber ich bin zuversichtlich.«

Ja du, dachte Edna. Und was ist mit mir?

»Ich möchte nur noch bei Vicky vorbeischauen«, sagte die Ärztin.

Vicky saß der Tür am nächsten. In ihrem Spiel stand sie zwar gern im Mittelpunkt, aber sonst drückte sie sich nach wie vor gern am Rand herum und machte sich so klein wie möglich. Nur nicht auffallen, hatte sie der Ärztin einmal gestanden. Vicky schrieb in ihr Tagebuch. Jahrelang hatte sie niemandem erlaubt, darin zu lesen, und es sofort mit der Hand abgeschirmt, wenn sich jemand näherte. Jetzt schrieb sie unbeirrt weiter. Frau Doktor Segensreich beugte sich über sie und las mit.

24. April

Konrad war super. Der beste Don, wo gibt. Hab mich nicht geirrt. Alle begeistert. Ich auch? Ja. Ganz genau weiß ich nicht, warum, aber ich bin mir nicht sicher, ob man die Warums immer so genau wissen muss. Plötzlich denke ich über neue Stücke nach. Da weiß ich auch nicht, warum. Kam von Frank, er sagt, er spürt, dass es Zeit ist. Wofür, hab ich gefragt, aber er wusste auch keine Antwort. Nur, dass Alina ihn drauf gebracht hat. Man kann nicht immer stillstehen, hat sie gesagt. Komisch von jemandem, der im Rollstuhl sitzt. Vielleicht mach ich einen Kabarettabend mit ihr, wär mal was Neues. Was Neues. Will ich das überh –

»Gute Frage«, sagte Frau Segensreich. «Und? Willst du was Neues?«

»Alle wollen was Neues«, sagte Vicky. Sie runzelte die Stirn und sah aus, als würde sie ihrem eigenen Echo lauschen.

Als Frau Doktor Segensreich nachdenklich den Gang zu ihrem Ordinationszimmer entlang ging, kam ihr Max entgegen. Er pfiff eine Nummer von Lady Gaga vor sich hin. Danke für den Ohrwurm, dachte sie, das bringe ich den ganzen Tag nicht mehr aus dem Sinn. Sie sah ihn erwartungsvoll an, aber Max war schon fast auf gleicher Höhe mit ihr und pfiff noch immer.

»Ja, Max, was ist los?«

»Was soll los sein?«

»Achtung, Autofahrer«, sagte sie.

Max sah sie an und legte den Kopf leicht schief.

»Nichts? *Auf der A4, der Ostautobahn, kommt Ihnen in Niederösterreich bei der Ausfahrt Bruck an der Leitha Ost ein …*«

Egal, wo man Max begegnet war, er leierte die Geisterfahrermeldung herunter, und immer mit Bruck an der Leitha Ost.

»Ach das«, unterbrach Max sie.

»War doch immer dein Spruch.«

»Jetzt nicht mehr.«

»Auf einmal?«

»Das war in einem anderen Leben«, sagte er so beiläufig, dass man nicht wusste, ob er es als Phrase oder ernst meinte.

»Kommst du heute zur Zeremonie?«, sagte die Ärztin, sie hatte da so eine Eingebung.

Max reagierte nicht. Wie sie vermutet hatte. Die Zeremonie war ein zentraler Punkt seiner Geschichte, die manchmal eine dunkle Wolke über sein Gesicht schickte, manchmal ein Strahlen. Diesmal geschah gar nichts. »Sie meinen Leos Geburtstag«, sagte er bloß.

Sie nickte.

»Den wievielten?«, fragte Max und lachte.

Sie lachte mit. »Ja, das kann man bei ihm nie wissen.« Sie ging weiter. »Schönen Tag noch, Max, wir sehen uns am Abend bei der Gruppentherapie.«

*

Edna rückte an jedem der fünfundzwanzig Sessel herum. Nicht, weil sie so penibel war, damit würde es in diesem Leben nichts mehr werden. In diesem Leben, dachte sie. Frau Doktor Segensreich hatte ihr von ihrer Begegnung mit Max erzählt. Das allein hätte sie nachdenklich gemacht. Zusammen mit dem, was in jüngster Zeit noch passiert war, machte es sie nervös. Zehn Jahre läuft alles gleich ab, dachte sie, Tag für Tag dieselbe Routine, niemand schert aus, niemand muckt auf, und niemandem scheint irgendetwas zu fehlen, und auf einmal drehen sie alle durch. Edna grinste, aber es war nur die Gewohnheit. Ihr war nicht nach Grinsen. Waren wirklich ein paar ihrer Schützlinge bereit für die andere Welt, wie sie es immer nannte? Die Welt, aus der sie sich hierher geflüchtet hatten. Zu ihr. Mama Edna.

Alle Sessel standen exakt an ihrem Platz, der Kreis war wie mit dem Zirkel gezogen, aber sie rückte weiter an ihnen herum. Bis sich eine Hand auf ihren Unterarm legte.

»Sie stehen perfekt«, sagte Frau Doktor Segensreich.

Edna Mae sah von der Hand nach oben. »Kein weißer Kittel heute?«

Die Ärztin schüttelte den Kopf. »Leo hat doch heute Geburtstag, da wollte ich es nicht so formell machen.«

Eine junge Pflegerin, beladen mit allerlei Therapieutensilien, rauschte in den Raum, stolperte über die Türschwelle, versuchte, sich mit ein paar Schritten zu erfangen, fiel dabei über einen Sessel und kickte zwei weitere in die Mitte des Kreises.

»Ilsa«, sagte Frau Doktor Segensreich. Sie war mit dem Rücken zur Tür gestanden, aber die Geräusche waren so eindeutig, es konnte nur Ilsa gewesen sein. Wenn sie sich bewegte, flog alles. Sie drehte sich um und half der Pflegerin, die Utensilien zusammenzusammeln, die ihr natürlich auch in hohem Bogen davongeflogen waren.

Edna griff sich auf den Kopf. Sie alle mochten Ilsa, besonders Frank, der sich sofort in sie verliebt hatte. Sie auch in ihn, was im Vorstand große Ethik-Diskussionen ausgelöst, letztlich aber mit einem Segen für die beiden geendet hatten. Ilsa war zwar als Pflegekraft hier, aber ganz so eindeutig war es bei ihr nicht, in welcher Welt sie lebte. Edna musterte den zerstörten Sesselkreis. Jetzt kann ich wieder von vorn anfangen, dachte sie, aber eigentlich war sie Ilsa dankbar. Wenigstens hatte sie was zu tun.

Die ersten Schützlinge trafen ein. Elly hüpfte geradezu in den Raum, sie liebte die Gruppentherapie. Es war einer der wenigen Veranstaltungen, bei denen sie nicht Gefahr lief, einzuschlafen. Das und Vickys Stück. Überall sonst überkam sie ihr Talent zur Entspannung, wie sie es nannte, oft so vehement, dass ihr an Ort und Stelle die Augen zufielen, selbst wenn sie schräg an der Wand lehnte. In der Gruppentherapie war sie dagegen hellwach. Sie konnte kaum genug kriegen von den Problemen der anderen. »Als hätte ich selber keine«, sagte sie oft und lachte sich jedes Mal kaputt über den Witz. Sie setzte sich neben Max, der den Platz neben sich extra freigehalten hatte. Die beiden waren verheiratet und mit Konrad und Zoe befreundet, die ebenfalls ein Paar waren. Manchmal brachten Edna die Verknüpfungen unter den Schützlingen zur Verzweiflung, weil man die Fälle nie isoliert voneinander betrachten konnte. Frau Doktor Segensreich konnte mit dem Wirrwarr an Beziehungen besser umgehen. Sie seien doch ohnehin alle miteinander verbunden, sagte sie immer. Ein Aufschrei riss Edna aus ihren Gedanken.

»Eine Biene! Eine Biene!«, rief Alina annähernd hysterisch. Sie war allergisch auf Bienengift und nicht besonders flexibel in ihrem Rollstuhl, an den sie gefesselt war, nachdem sie auf einem Berg abgestürzt und so gut wie tot gewesen war.

»Bleib einfach ruhig sitzen«, sagte Berti, ein Typ, der nie viel redete. »Bienen sind friedliche Tiere, sie stechen nur, wenn sie nicht anders können. Je mehr du herumfuchtelst, desto mehr hat sie das Gefühl, du willst ihr etwas Böses. Du kannst sie sogar auf dich draufsetzen lassen, wenn du dich nicht bewegst, du wirst sehen. Wenn du ihnen Namen gibst, hast du keine Angst mehr. Denk dir einfach, das ist Bruno. Glaub mir, ich war Imker.«

Aha, dachte Edna, hat auch niemand gewusst.

Alina gehorchte und rührte sich nicht mehr. Die Biene setzte sich tatsächlich auf ihren Arm. Alina starb ein paar Tode, das sah man ihr an, aber sie harrte tapfer aus.

Langsam ging Berti mit ausgestrecktem Finger auf sie zu. Wahrscheinlich wollte er ihr demonstrieren, wie handzahm das Tierchen war. Aber kurz bevor der Finger es erreichte, flog es auf und setzte sich auf das Sims des Fensters, durch das es hereingeflogen sein dürfte. Berti nickte.

Er kennt sich aus, dachte Frau Doktor Segensreich, warum habe ich das vorher nie bemerkt? Ich habe seinen Faible für Schwarz und Gelb immer für einen Tick gehalten.

Die Aufregung war vorüber, die Plätze füllten sich. Ilsa schloss unfallfrei die Tür.

»Guten Abend allerseits«, eröffnete Frau Doktor Segensreich die Sitzung.

Sie sah sorgfältig von einem zum anderen, das war ihr wichtig. Jeder sollte sich beachtet fühlen. Die Schützlinge schätzten das und warteten geduldig, bis die Ärztin mit ihrer Respektsbekundung im Kreis herum war. Die meisten nickten zurück, nur Anna blieb stoisch wie immer. Kathi war gar nicht erschienen.

Der Blick der Ärztin blieb bei Anna. Normalerweise wartete sie, wer sich selbst meldete, jetzt entschied sie sich anders. Es war nur so ein Gefühl, aber einen Versuch war's wert. »Anna. Was hast du uns zu sagen?«

Nichts an Anna ließ darauf schließen, dass sie sich angesprochen fühlte. Frau Doktor Segensreich drängte sie auch nicht. Aus den Augenwinkeln sah sie, wie Sarah auf ihrem Sessel herumwetzte. Sie konnte es sichtlich kaum erwarten dranzukommen, und schließlich platzte sie unaufgefordert dazwischen.

»Wir waren heute auf dem Berg.«

Alle, auch die, die ganz mit sich beschäftigt waren, sahen auf. Alina zuckte leicht zusammen. Edna lehnte sich mit dem Oberkörper nach vorne, als hätte sie nicht gut gehört.

Die Ärztin nahm einen langen Atemzug, bevor sie sprach. »Wen meinst du mit wir?«

»Anna, ihr Mann Kurt und ich.«

Bitte nicht, dachte Edna.

Jetzt ganz sachte, dachte Frau Doktor Segensreich.

Sarah war auf dem Berg, dachten alle, und das mit Anna?

»Verstehe ich das richtig?«, fragte die Ärztin. »Anna hat jemanden anderen in ihre Nähe gelassen außer Kurt? Und du warst höher oben, als man mit einer Leiter kommt?«

Die Leiter war kein Zufallsvergleich. Es war konsequente und harte Arbeit gewesen die vergangenen Jahre, Sarah Sprosse für Sprosse nach oben zu bringen, mittlerweile fehlten ihr nur noch zwei Schritte bis ganz nach oben. Wie Alina hatte auch sie irgendeinen Unfall auf einem Berg gehabt. Als sie in die Villa gekommen war, hatte sie nicht einmal die Stiegen hinaufgehen können, ohne Zustände zu kriegen, und zwar lebensbedrohliche. Und Anna sollte es jetzt geschafft haben, sie auf den Berg zu begleiten? Die Anna, die nie jemand anderen um sich duldete als Kurt? Es war schon ein Riesenerfolg gewesen, dass sie bei den großen Zusammenkünften wie Essen oder eben den Gruppentherapien dabei sein konnte. An kleinen Gruppen arbeiteten sie gerade, an Gemeinsames zu zweit oder zu dritt war nicht einmal noch zu denken gewesen.

Sarah sah Anna an. »Und wir haben sogar miteinander geredet. Stimmt's nicht?«

Einen Augenblick lang schien es, als würde Anna gleich vom Sessel kippen. Sie hielt sich mit beiden Händen an der Sitzfläche fest, dann straffte sich etwas in ihrem Körper, und sie stand auf. Einen Augenblick erschien sie unschlüssig, dann sah es aus, als fiele jede Spannung von ihr ab, und sie verlagerte das Gewicht lässig auf ein Bein. »Ich dachte, ich versuche es einmal«, sagte sie schlicht.

Alle schauten sie an, als wohnten sie einem Wunder bei. Und irgendwie war es auch eins.

»Ich dachte, ich versuche es einmal«, wiederholte Anna. »Und es ist mir gelungen«, fuhr sie fort, als konnte sie es selber nicht glauben, dass sie hier stand und sprach. »Ich weiß gar nicht, wovor ich Angst hatte. Ich hatte kein Herzrasen, im Gegenteil, mein Herz schlug weiter wie immer. Ich hatte kein Ohrensausen, ich hörte alles ganz normal. Nicht einmal mein Mund wurde trocken, ich konnte sprechen, ohne dass mir die Zunge am Gaumen klebte. Und ich habe gesprochen. Ja. Kurt und Sarah waren definitiv mehr in Gefahr als ich, die hat fast der Schlag getroffen. Sarah war übrigens nur zufällig in der Nähe gewesen, ich habe sie hergewinkt, als ich mich für den Versuch entschied. Hätte genauso gut wer anderer sein können, aber …«

Sie wandte sich an Sarah.

»… ich bin froh, dass du es warst, weil damit hattest du auch was davon.«

Sie sah in die Runde, von einem zum anderen wie vorher Frau Doktor Segensreich. Als sie bei ihr angekommen war, lächelte sie.

»So lange haben Sie sich solche Mühe mit mir gegeben, und jetzt geht's auf einmal von ganz allein. Jedenfalls habe ich Sarah gesagt, wenn ich das kann, kann sie das auch, und wir gehen jetzt auf diesen Berg. Der Hausberg, meine Güte, ein Dreihundert-Meter-Hügel, und der soll ewig gewinnen über sie? Ich weiß es nicht, waren es die richtigen Worte oder der richtige Zeitpunkt oder beides oder ein paar Schwermetalle in der Luft …«

Sie erntete ein paar Lacher, ein paar Schützlinge klatschten kurz.

»… danke, danke euch. Aber der Beifall gehört Sarah. Sie hat mich zwar angeschaut, als ob ich völlig irre wäre …«

Mehr Lacher. Mehr Klatschen.

»… aber dann ist sie gegangen. Einen Schritt vor den anderen. Ich habe ihr den Arm hingehalten, damit sie sich einhängen kann, aber sie hat abgelehnt. Wenn schon, denn schon, hat sie gesagt. Und …«

Sie beschrieb, wie Sarah sich nach oben gekämpft hatte, schilderte, wie sie sie den ganzen Weg über angefeuert hatte, erzählte, wie Kurt es nicht hatte fassen können. Sie redete und redete. Zwanzig Minuten lang. Sie war witzig, sie unterhielt die Runde. Dann holte sie Luft. »Um es kurz zu machen …«

Die anderen brüllten vor Lachen.

»Ich danke dir, Sarah, du hast mir meine Stimme wiedergegeben. Ich weiß nicht einmal mehr, warum ich zu sprechen aufgehört habe. Mein letzter Satz war: *Guten Tag, ich glaube, wir kennen uns.* Keine Ahnung, zu wem ich das gesagt habe, wo und warum. Danach lebte ich ohne Worte. Jetzt habe ich sie wiedergefunden. Und deshalb nehme ich mir heraus, zu verkünden, was verkündet werden muss. Es tut mir leid, Leute, wenn ich euch damit überfahre, aber ihr werdet es mir nachsehen. Frau Doktor Segensreich zweifelt schon an ihrer Qualifikation, und die arme Edna Mae kommt fast um, weil sie nicht weiß, was vorgeht. Also, ta-taaa, wir haben –«

»Moment mal, Anna!« Vicky sprang von ihrem Sessel auf. »Ich finde deine Rede großartig, versteh mich bitte nicht falsch, aber so geht's nicht. Erstens …« Sie sah sich um, bis ihr Blick an Leo hängenblieb. »… hat unser Leo …«

»Du brauchst gar nicht weiterzureden«, rief Leo dazwischen und winkte ab. »Geburtstage gibt's jede Menge, insbesondere bei mir …«

Alle lachten.

»… scheiß drauf, hier spielt die Musik.« Er zeigte auf Anna und Sarah. »Die beiden sind die Heldinnen des Tages, und deshalb soll Anna ihren Willen haben. Ich erkläre sie zur Moderatorin des Abends, sorry, Vicky, aber das musst du einstecken. Du kommst früh genug zu deinen Ehren.«

Jetzt wird sie gleich aufbegehren, dachte Edna. Aber Vicky war überraschend einsichtig. Sie verbeugte sich vor Anna, ging immer noch gebückt ein paar Schritte rückwärts zu ihrem Sessel und setzte sich.

Anna bedankte sich, indem sie die Augen kurz schloss und den Kopf neigte. Leo trommelte mit den Handflächen auf seinen Oberschenkeln einen Tusch.

»Also weiter im Text«, sagte Anna, »sonst klappen uns Edna und die Frau Doktor noch zusammen, und Ilsa stolpert im Stehen.«

Edna nutzt die Atempause. »Sollten wir nicht auch Don …«

»Nein!«, kam es aus fünfundzwanzig Kehlen.

»Eigentlich wollten wir es ja mit Glanz und Pomp begehen, aber das Leben hält sich nicht an ein Drehbuch. Im Gegenteil. Es schreibt sich seine eigenen Geschichten. Und es hat auch unsere geschrieben. Die von jedem einzelnen von uns. Jeder hier hat seine Vergangenheit, jeder hat seine Wahrheit. Manchmal wissen wir sie, manchmal ahnen wir sie nur, manchmal fürchten wir sie. Die Villa hier ist der Ort, an dem wir ihnen näherkommen, unseren Vergangenheiten und unseren Wahrheiten. Es ist nicht der Ort, an dem wir sind, wie wir sind. Es ist ein besserer Ort. Nämlich der, an dem wir sein können, wie wir sein wollen. Hier sind wir sicher. Wir können unsere dunklen Seiten ausblenden. So tun, als gäbe es sie nicht. Wir können sie aber auch erhellen. Sie anschauen und uns mit ihnen anfreunden. Wie wir wollen. Jede Katastrophe hat auch was Gutes, hat unsere Edna in ihrer unvergleichlichen Art immer wieder gepredigt. Und sie hat recht. Wir haben es überprüft. Es gibt zu jedem Bösen etwas Gutes. Man muss es nur sehen.«

Jemand reichte Anna ein Glas Wasser. Sie trank dankbar.

»Beides in der eigenen Geschichte zu sehen, ist die schwierigste Übung dabei. Wir haben uns für sie entschieden. Dank Ihnen, Frau Doktor Segensreich, und auch dank dir, Edna. Ihr habt uns akzeptiert. Seit wir hier sind. Uns nie zu etwas gedrängt. Uns nicht einmal zu etwas überreden wollen. Heilung ist etwas Freiwilliges. Deshalb haben wir uns aufgerafft, das Helle und das Dunkle in unserem Leben zu erkunden. Von euch haben wir gelernt, dass es zusammengehört. Kein Licht ohne Schatten, kein Schatten ohne Licht. Leben ist Zwielicht. Was zählt, ist die Perspektive. Manchmal wird alles diffuser, manchmal strahlt es einen an. Und irgendwie hängt alles zusammen. Durch das Helle und das Dunkle sind letztlich auch wir alle miteinander verbunden.«

Wow, dachte Vicky. Das war die Rede, die ich schreiben wollte, und jetzt hält sie eine aus dem Stegreif, von der wir dachten, sie wird nie ein Wort herausbringen.

»Nun«, fuhr Anna fort, »was ist jetzt dabei herausgekommen? Haben wir uns alle selber verstanden? Nein. Sind wir an unseren dunklen Seiten verzweifelt? Immer wieder. Halten wir uns für Lichtgestalten, die so gut sind, dass sie sich selbst blenden? Gott bewahre. Was wir zustande gebracht haben, sind unsere ureigensten Geschichten. Und Vicky und Alina haben diese Geschichten zu einem Buch gemacht.«

Leo trommelt wieder seinen Tusch. Don trägt eine Schatulle herein. Edna wird kurz ohnmächtig. Hinter Don huscht Kathi herein. Don wartet, bis Edna wieder bei sich ist und öffnet die Schatulle. Anna nimmt ein Buch heraus und stellt es Alina auf den Schoß.

»Bitte schön«, sagte Vicky. »*Die Perspektive des Zwielichts.*«

Eine Biene brummt heran, kreist einmal tänzelnd um das Buch und lässt sich dann darauf nieder. Eine zweite saust ihr nach und landet ebenfalls auf dem wunderschönen Einband des Buches. Alle starren auf die beiden winzigen Tiere, auch Alina.

Die beiden Bienen krabbeln an den, dem Fenster zugewandten Rand des Buches, stellen sich auf ihre hintersten Beine und bleiben ein paar Augenblicke aufrecht stehen. Dann sinken sie wieder auf alle Sechse, es sieht aus wie eine Verbeugung.

»Dort!«, ruft Vicky und zeigt aufs Fenstersims.

Auf dem Sims sitzt noch eine Biene, etwas größer als die beiden auf dem Buch, ein schönes Tier.

Auf sie zu bewegt sich eine Verwandte, kaum kleiner, und setzt sich neben sie. Sie hocken dicht nebeneinander, Seite an Seite.

»Bienengipfel«, sagt Sarah.

»Nein«, sagt Berti. »Die zweite ist eine Wespe.« Aber niemand teilt sein Staunen.

Was Sie interessieren könnte

Erst einmal ein Danke an Thomas' Familie, die aushält, dass er solche Dinge schreibt.

Denn Thomas schreibt gern Horror-Kurzgeschichten. Er hat's gern blutig.

Für Andrea ist Horror ein Horror. Sie hat's gern lustig.

Daraus entstand die Idee, Horror trifft Humor.

Das Zusammenspiel von Hell und Dunkel.

Eine Geschichte kann so oder so ausgehen, gut oder böse. Üblicherweise entscheidet man sich bei einem Buch für eine Richtung. Horror oder Humor. Wir haben beide genommen. Horror und Humor.

Deshalb gibt es die fünf Kurzgeschichten in diesem Buch in zwei Versionen. Dieselben Protagonisten erleben den Horror, und dann erleben sie, wie alles auch völlig anders hergehen hätte können.

Danke an dieser Stelle an Thomas Marschalek für die Geistesblitze zum Rauruckl.

Übrigens, drei der fünf Themenkomplexe basieren auf wahren Ereignissen.

Ein Sprachaufenthalt bei einer Gastfamilie in Amerika wurde für eine Schülerin aus dem Bezirk Baden in Niederösterreich zum Horrortrip – sie wurde gegen ihren Willen in die Psychiatrie eingeliefert.

Der 36-jährige Texaner Daniel Porter aus Granbury war vierzehn Jahre lang mit seiner Frau Ruth verheiratet, als er eines Morgens aufwachte und überzeugt war, ein sechszehnjähriger Teenager zu sein. »Warum bin ich so alt und fett«, fragte er. Er war überzeugt, Ende der Neunzigerjahre zu leben, und glaubte, von einer fremden Frau im Bett gekidnappt worden zu sein. Die Krankheit Transiente globale Amnesie gibt es wirklich.

Auch das Peyote-Ritual in Orth an der Donau fand so statt, nur ohne Mord.

Der Umstand, dass eine Frau ihren Mann bei einem Tierpräparator ausstopfen lassen will, ist erfunden, okay. Genauso wie die Sache mit dem seltsamen Imker. Überall Möglichkeiten. Solche Geschichten passieren, würde Roald Dahl sagen, falls den noch jemand kennt.

Die Perspektive macht den Unterschied im Zwielicht.

Licht und Schatten gehören zusammen. Am Ende haben wir auch das berücksichtigt.

Licht und Schatten sind überall. Und die Welt ist ein Irrenhaus, das im Mostviertel steht.

Wir sehen uns.

Andrea Fehringer & Thomas Köpf
Wien, April 2022

© Erich Reismann

Andrea Fehringer & Thomas Köpf – haben mehr als fünfzig Bücher geschrieben, auch als Ghostwriter viele Bestseller.

Sie sind Journalisten, waren in mehreren Chefredaktionen tätig und führen seit 2005 in Wien ihr eigenes Medienunternehmen, die Xpertmedia.

Die beiden begleiten andere Schreibfans auf dem Weg zum eigenen Buch, halten Schreibseminare ab und gründeten die digitale Schreibakademie www.ichschreibe.at.

© Michael Mayrhofer